绍兴文理学院出版基金资助

一遍，除了上述良好印象外，却又发觉本书的即将面世还有一层我当初未曾想到的现实警示意义。

本书将"儿童的发现"置于五四"人的发现"的历史背景下展开论述，完全正确。2009年春天我在一篇文章里说："'只听楼扳响，不见人下楼'。自打《新青年》93年前呱呱坠地，中国人就已听见'德''赛'先生准备下楼的脚步声。可是，这个'楼'难下得很呐！""儿童的发现"是又一例证，它如今究竟处于何种状况？是否与时俱进？不得不令人深思。只有将弘扬科学和民主的五四精神化为具体实践，"人的发现"、"儿童的发现"才能得到保障。德、赛二位先生下不了楼，周氏兄弟当年关于"救救孩子"、"儿童本位"的思想至今仍未失去时效。因此，对于成人社会来说，儿童的发现、教育和引导也就折腾了一个世纪。究竟用什么精神食粮哺育儿童？与新文化先驱批判以纲常名教为核心的儒家伦理学说，鼓吹科学、民主精神同步，尊孔读经的呼声就从未消停过。儿童在这场争执中又是怎样的情景？早在19世纪70年代，美国《纽约时报》发自中国的报道，就已发现将人的知识来源限定于孔孟经典大师身上，"是大清国教育制度最大的弊端"，它已经使整个民族具有根深蒂固的惰性："冷漠、很难脱出既有的条条框框、缺乏进取心、厌恶一切创新和改革"。民国以降，即使经过五四洗礼，此种状况也无根本改变。于是，在鲁迅笔下，父亲们总是"以为父对于子，有绝对的权力和威严；若是老子说话，当然无所不可，儿子有话，却在未说之前早已错了"，而作为青少年的儿子们，只能"屏息低头，毫不敢轻举妄动。两眼下视黄泉，看天就是傲慢，满脸装出死相，说笑就是放肆"。既然幼小时

序

　　初始阶段我认识的王黎君，有点腼腆，话很少，常挂在嘴角的是微微的笑；之后，每当上课讨论七嘴八舌时，她也只是习惯坐于不显眼处静静地听；课后，我知道她一定在默默地做，因为她总是按规定完成阅读和写作的任务，从不落后。不知不觉就在"笑、听、做"三部曲中，黎君修完三年专业课程，拿出了题为《儿童的发现与中国现代文学》这篇博士学位论文。

　　如今又是4年过去，但我还依稀记得，论文将五四时代"儿童的发现"作为切入口和贯穿轴线，很有创意；由此通过儿童视角、儿童形象以及儿童文学文体、精神等角度揭示与中国现代文学之间的互动关系，也颇为全面深刻，尤其是对儿童视角的论述、儿童形象的分析，善于将中外有关理论融于自己的阐释中，十分到位，显示了作者驾驭理论的能力。

　　本序虽然限于精力，无法写长，但我还是将原稿又翻阅

图书在版编目（CIP）数据

儿童的发现与中国现代文学/王黎君著 . —北京：中国社会
科学出版社，2009.8

ISBN 978-7-5004-8024-2

Ⅰ. 儿… Ⅱ. 王… Ⅲ. 儿童—观念—影响—现代文学—
研究—中国 Ⅳ. I206.6

中国版本图书馆 CIP 数据核字（2009）第 124942 号

责任编辑	胡 兰		
责任校对	刘 娟		
封面设计	王 华		
技术编辑	李 建		

出版发行	中国社会科学出版社		
社 址	北京鼓楼西大街甲 158 号	邮 编	100720
电 话	010－84029450（邮购）		
网 址	http://www.csspw.cn		
经 销	新华书店		
印 刷	北京新魏印刷厂	装 订	丰华装订厂
版 次	2009 年 8 月第 1 版	印 次	2009 年 8 月第 1 次印刷
开 本	880×1230 1/32		
印 张	8	插 页	2
字 数	180 千字		
定 价	23.00 元		

凡购买中国社会科学出版社图书，如有质量问题请与本社发行部联系调换

王黎君 ● 著

儿童的发现
与中国现代文学

中国社会科学出版社

如此，长大后必将沦为任人使唤的奴才。

到了新中国，儿童应有新气象，于是，"好好学习，天天向上"。不过在连成年人都被要求做"驯服工具"的年代，儿童怎能不乖乖"听话"呢。直至"文化大革命"结束，此后七八年间，改革开放春风吹遍大地。学界重振五四精神，"人的发现"又成热门话题，文学作品中不仅涌现具有独立人格的成人形象，而且以全新视角塑造的儿童形象也应运而生，正如本书"余论"所言："这些视角内涵的变化之中蕴含的是儿童发现的延续和儿童观的更选"。遗憾的是，"延续"和"更选"，好景不长。在经济改革继续而政治改革滞后的大环境下，学界开始反思五四，重估五四时的文化保守主义。反思和重估皆学界题中应有之义，但是，由反思进而从整体上质疑、否定五四，由重估进而无视当年历史情境，盲目吹捧文化保守主义，则又陷入另一片面和极端，大有只注视以儒家为代表的传统文化而置倡言科学与民主的五四精神于不顾之态势。

其实，本书初稿撰写的时候，弘扬传统文化、振兴国学乃至拜祖、尊孔、读经，已经蔚然成风，但作者并不为此风所动，仍坚持以五四精神笼盖全书。对此，我当时就十分赞赏，给予肯定。我一直以为，除了从世界观方法论创立某一全新体系的最高层次的创新外，各个层次的局部创新，经过努力并非高不可攀，如某些观点、某个视角、某种方法的出新，对某具体研究领域空白的填补、对湮没已久的史料的重新发现以及面对某种潮流或风尚敢于坚持原则，等等，都是富有创意的。本书的出版，不仅新意仍在，且能警示现实，就是因为原先那股风，不仅毫未收敛，反而越刮越猛。

　　自孔夫子到孙中山的数千年文化遗产当然要继承，但还是不能忘记毛泽东说的，必须去其糟粕，取其精华，"绝不能生吞活剥地毫无批判地吸收"。孔夫子在学习、教育、个人修养、待人处世等方面自有许多至理名言，有助于少年儿童的健康成长，但 21 世纪的中国儿童，更迫切需要的是"独立之精神，自由之思想"。在这里，孔夫子恐怕无用武之地，还得让位于五四文化先驱从近代西方引进的德先生和赛先生。与从前相比，今天的环境大为改善，"科学发展"已是基本国策，"民主"也被公认为"是个好东西"。然而，真正做到名至实归还有重重障碍。"儿童的发现"之难以延续，其原因就在强劲的尊孔读经之风。我们的未来属于儿童，他们是中国走向现代化的接班人。"儿童的发现"的可持续发展，主要靠科学和民主；传统文化、尊孔读经可助一臂之力，但不可喧宾夺主。

吴立昌
2008 年 11 月 4 日

目　录

引 言

儿童作为个体生命初始阶段的存在者，不仅具有自然所赋予的稚嫩身体，而且具备社会在其成长过程中造就出的内在精神、灵魂本位和人格价值。人们对儿童和童年现象的理解和把握，也就是儿童观，在人类文化的历史沿革中有一个变更和发展的过程，而对儿童内在精神、生命现象的尊崇，对儿童独立人格、社会地位的肯定，即文化层面上的儿童的发现，更是经历了漫长的等待。自人类诞生以来，儿童就一直存在着，但他们的独立人格和精神现象却并没有跟随人类历史的发展而得到肯定和张扬，无视儿童的独立性是占据古代中国和西方社会漫长历史的儿童观念。自恃是社会的统治者的成人们一直以一种视而不见的藐视眼光审视儿童，将他们当作不完全的小人或缩小了的成人看待，附属于成人的世界。直到 16 世纪摩拉维亚教育家夸美纽斯出版世界上第一本属于儿童的画册《世界图解》，儿童的精神世界和社会地位才逐渐得到成人领域的体认，儿童的发现开始汇入了历史的绵远序列。尤其是在进入 19、20 世纪之后，传统的成人与儿童的关系获得了一种现代性的转型。英国的湖畔诗人华兹华斯率先提出了"儿童是成人之父"的观念，并得到了文化人类学家泰勒、教育家蒙台梭利的认同和进一步阐发，凯伊更是在其著作《儿童的世纪》中直接宣称：20 世纪是儿童的世纪。可见，对儿童个体生命特质的尊重和赞美已经成为了人类社会的共识。中国对儿童的发现虽然晚于西方，但也在 20 世纪初叶，伴随着五四新文化运动的激情，作为"人的发现"的重要成果，完成了对儿童是具有独立地位和价值的生命存在的观念建构。

儿童的发现打破了成人一统人类社会的固定格局，随之而来的是成人们不得不改变看待和处置世界的方式。儿童的生命与精神以一种潜隐的方式影响着成人的认知、思维甚至生存领域，文学成为了更直接的表现形态，儿童的发现提供了考察文学的一个理论视角。《简明不列颠百科全书》在界定"儿童文学"的条目中曾有这样的表述：在工业革命前的西方社会，"儿童一直是当作未来的成人看待，因此，经典文学作品，要么看不见儿童，要么就是误解了他"。中国古典文学的发展历程，从文学的源头《诗经》到明清小说，也都呈现出了失落、湮没儿童或者以成人的理想塑造儿童的历史面貌，而具有丰富生命个性和精神特征的独立于成人社会以外的儿童，则基本没有进入文学的发展流程。五四时期儿童的发现，"儿童本位"儿童观的形成，改变了这一文学的不平衡现象，不仅产生了面向儿童的儿童文学创作这一独特的文学形态，更为重要的是，形成了对整个中国现代文学发展的极大触动，而这，恰恰是被当今的理论研究界所忽略的重要课题。当代学人从儿童的发现的角度去研究的常常是儿童文学。他们探讨儿童文学的诸多理论问题，梳理儿童文学的历史，以对儿童的热爱和理论的执著，书写着他们对儿童文学以及儿童文学研究的热情，如方卫平的《中国儿童文学理论批评史》、孙建江的《20世纪中国儿童文学导论》、朱自强的《中国儿童文学与现代化进程》等著作，构成了儿童文学研究的理论典范。但是，对于儿童的发现带给整个中国现代文学的意义，却鲜有人涉及。因此，本书拟以此为切入点，对这一课题进行深入而全面的研究。

本书的主要思路是：儿童的发现对于现代文学的意义可从五个维度来探讨，即儿童观的历史沿革及其文学呈现、儿童视角对文学表现力的延展、儿童形象造成了现代文学形象的多元化、儿童文学的文体与精神对现代文学形式与内蕴的充实以及儿童观念对现代哲思的烛照。在这五种维度当中，儿童的发现是导致儿童视角、儿童形象、儿童文学的文体形式与精神内核以及蕴含童心的成人哲思的历史成因。儿童视角和儿童形象是两种相互对举的文学表达的基石；文体形式与精神内核是儿童文学向成人文学渗透的实质内容；蕴含童心的成人哲思是儿童发现对现代哲思的丰富和开拓。此四者共同构成了儿童的发现的崭新视野。

具体而言，第一，作为五四时期的重要事件，儿童的发现在人的发现的时代气氛中浮出地表。这一过程充分建构起"以儿童为本位"的现代儿童观，对儿童在人的生命历程中的独特价值给予了体认。从而，儿童的发现对中国现代文学的观念、气质、思维方式和艺术表现等诸多层面都产生了强烈影响。

第二，儿童视角极大丰富了中国现当代文学的文学表现力。儿童视角以儿童为叙述者，通常运用稚嫩活泼、清新自然的口吻，脱离是非价值评判的客观态度，表现儿童眼里的成人世界。另外，儿童叙述者担当起第一人称、第三人称限制性的叙事功能，有力地改善了传统的全知视角的单一叙述状态。儿童视角着眼于自然、生命个体的原初本能深度拓展了文学的表现空间。

第三，儿童形象的大量出现，改善了中国古典文学中儿童形象苍白的状况。根据儿童与代表着成人世界的"父亲"的关系，可将现代文学作品中可见的儿童形象分为：摆脱了父亲权威的压制和束缚、呈现出纯洁的天性和活泼的生命力的无父型儿童；被成人、家庭、社会所抛弃的失父型儿童；依恋生活中的父亲或历史、文化、传统的精神之父的恋父型儿童；颠覆传统的弑父型儿童以及寻找理想的精神之父的寻父型儿童。

第四，儿童文学的文体形式散发出特有的文体魅力，渗透到成人文体之中，尤其是专属于儿童文学的儿歌、寓言和童话对成人小说诗歌散文的影响；同时，儿童的精神与儿童文学的精神也影响着成人文学的创作，形成游戏性、荒诞性等美学品格。

第五，儿童观对成人的思维模式也造成了影响。分别作为爱的哲学、少年人的纯净初恋情怀、儿童崇拜之代表的冰心、湖畔诗社和丰子恺，充分体现出成人在肯定童年，张扬儿童本位的儿童观的基础上，对儿童把握的多元化和对儿童的文化思考的多样性。

从而，由于儿童的发现在现代时期的出现，儿童视角、儿童形象、儿童文学文体形式与精神内核对于现代文学的表现力、形象、形式与内蕴的影响，以及儿童观念对现代哲思的开拓，现代文学的机体内部孕育着一种名曰"儿童"的多维思索空间。

第一章

儿童观的历史沿革及其文学呈现

　　中国历史的变迁蕴含着儿童观的历史沿革。在儒家思想盛行，尊奉"君君，臣臣，父父，子子"的社会道德规范的封建社会，人的主体性失落在了伦理纲常的窠臼里，儿童更是受"父为子纲"的约束而被成人的巨大阴影湮没。直到晚清，严重的民族危机触发了一场救亡图存的社会启蒙运动，儿童才作为国家民族的希望开始进入启蒙者的关注视野，重要性得到空前的张扬，儿童作为一个独立群体开始浮出水面。但这种出于社会责任、出于民族命运考虑的对儿童的关注，使儿童的发现仅限于"成人生活的预备"的层面，缺乏对儿童特有的生命本质和精神个性的体认。五四时期随着启蒙者精神兴奋点的文化转移，"人的发现"成为了显在的时代标识，儿童作为人的生长发展阶段的独立生命意义与妇女的解放一起构成了"人的发现"的内容。至此，尊重儿童生命和人生权利的、"以儿童为本位"的现代儿童观才在中国真正确立。在这种儿童观的历史演进过程中，文学也呈现出了对儿童不同的理解和把握。

第一节　古代：成人附庸的
儿童存在模式

　　儿童作为人之初的"儿童"的原生状态，对其生理上的特征，中国古代文化是有清晰的概念认定的，他们认为儿童是"具体而微的成人"，但这一解释并不能体现儿童生命的独立价值和地位等文化内涵。造成这一现象的原因在于中国传统的文化体系。在中国两千年来的历史绵延里，儒家文化一直是支撑传统文化的主流形态。孔子立仁孝为本，历经汉代"罢黜百家，独尊儒术"之确立，充实着官方哲学的主流语境，成为统治阶级治理掌管现实社会的主要工具。其中孝文化正是儒家文化现实的表现。《论语》中在强调了"仁者爱人"、"克己复礼为仁"的仁学思想之后，进一步提出"孝悌也者，其为仁之本与！"（《论语·学而》）肯定了以孝为仁之核心的理论观念。系统总结儒家孝理和孝行的《孝经》更是指出："夫孝，德之本也，教之所由出也。"（《孝经·开宗明义章》）从而使"孝"这一本属于家庭内部的伦理规范成为整个传统伦理道德系统之核心，任何政治、文化、礼仪等诸种制度都建构在以仁为内核、以孝为外显的基础之上。在这种儒家伦理体系的充实过程中，人的主体性资格消融在了群体性的类别属性之中，失去了个体的独立精神和生命的个性特征，只是以某种社会角色的符号代码的形式出现在已被预设好的社会位置里。"人只能意识到他自己是一个种族、民族、党派、家族或社会集团的一分子——人只有透过某普通的种类，来认识自己。"① 处于君臣父子关系最底层的、属于弱势群体的儿童更是退隐在了成人的背影之后，踪迹难寻。而儒家的伦理体系显然为湮没儿童的独立个性和生命自由提供了鲜明直接的理论背景。

考察儒家文化中的孝观念，可见它是一个内容驳杂，涉及家庭、社会、政治等多种领域的理论体系，但孝首先是作为家庭伦理规范被提出却是不争的事实。"反哺"本就是人类的自然天性。孩子由父母的精血孕育而生并由父母的精心养育而长，这种天然的亲情使人类产生了酬父母养育之恩的意识。商代卜辞中的"孝"字即由"爻"和"子"上下两部分组成，表达了人子应当行孝这最为古朴简单的孝理。《尚书·尧典》"克谐以孝"，《尔雅·释训》"善父母为孝"，《墨子·经上》"孝，利亲也"，也都是对孝这一家庭伦理观念最基本的"赡养父母"内容的理论界定。而且由于中国古人聚居的生活生存方式以及自给自足的以家庭为单位的小农经济模式，使得生产生活经验的获得几乎与年龄的增长成正比，长者的传授就成了最主要和快捷的途径。祖先因其丰富的生产生活知识而赢得了后人的景仰和崇拜，老者本位的观念得以形成，尊老敬老成为整个社会的传统。因此，顺从长辈也就构成了孝文化的重要内容。孔子率先指出："父在，观其志，父没，观其行；三年无改于父之道，可谓孝矣。"（《论语·学而》）父亲的行为举

---

① ［美］弗洛姆著，陈学明译：《逃避自由》，北方文艺出版社1987年版，第20页。

止、思想观念是子辈们应该长期标举的神圣规范，子辈们不能随意地抛弃和背离长辈的意愿、志向和爱好而自行其是。即使父母长辈有过失过错，也只能委婉的劝谏而不能触犯怨恨长辈："事父母几谏，见志不从，又敬不违，劳而不怨。"（《论语·里仁》）孟子则直接指称："不得乎亲，不可以为人；不顺乎亲，不可以为子。"（《孟子·离娄上》）更是将顺从长辈的孝道内容推向了极致。孝道伦理逐渐成为一种道德性的强制力量。对此，鲁迅曾深有感慨："父对于子，有绝对的权力和威严；若是老子说话，当然无所不可，儿子有话，却在未说之前早已错了。"①

　　从家庭血缘伦理与人的天性的角度审视孝文化的养亲尊亲内容，自然有其合理的一面，尤其是赡养父母长辈，应该是子辈的应尽义务。但是，无条件无理智地顺从长辈，也必然会导致个人人格和思想自由的失落，个体的人被人的类的群体所湮没。而且，既然父命不可违，那么家庭内部父母与子女之间就形成了界限森严的上下关系，"父母爱之，喜而弗忘；父母恶之，惧而无怨；父母有过，谏而不逆；父母既没，必求仁者之粟以祀之，此之谓礼终"。（《礼记·祭仪》）"父兄长上，有所教督，但当低首听受，不可妄自议论。"（朱熹《蒙童须知》）子女完全成了父母的附庸，唯父母之命是从，以父母的是非善恶标准为标准，失去了独立的自我和个性。在这样的家庭伦理规范的背景下，作为人子的儿童自然就成了父母的附庸和所有品。

_____

　　① 鲁迅：《我们现在怎样做父亲》，《鲁迅全集》第 1 卷，人民文学出版社 1981 年版，第 130 页。

孝道作为协调父母与子女关系的行为准则一经产生，就辐射、推衍向了整个社会与政治领域。卡西尔在总结祖先崇拜现象时曾说："在很多情况下祖宗崇拜具有渗透于一切的特征，这种特征充分地反映并规定了全部宗教和社会生活。在中国，被国家宗教所认可和控制的对祖宗的这种崇拜，被看成是人民可以有的唯一宗教。"① 夹带着巨大的情感力量的儒家孝道伦理更是如此。它由尊亲养亲一推而至尊崇天下的所有长者："谨庠序之教，申之以孝悌之义，颁白者不负戴于道路矣。"（《孟子》）由悌而衍化出人际之间的规范准则："弟子入则孝，出则悌，谨而信，泛爱众，而亲仁。"（《论语·学而》）从而在中国的古代社会建构起了一张以孝为核心的社会人伦之网。但孝文化对中国传统社会影响更为深广的，则是其对政治伦理的渗透。《孝经·广扬名章》已将家庭伦理的孝观念延伸为忠君治国的政治伦理观："君子之事亲，故忠可移于君；事兄悌，故顺可移于长；居家理，故治可移于官。"孝与忠完成了政治伦理领域的联姻。《吕氏春秋·孝行览》中亦将治国之本归诸于崇孝："凡为天下治国者，必先务本而后末。……务本莫过于孝。人主孝，则名章荣，下服听，天下誉。人臣孝，则事君忠，处官廉，临难死。士民孝，则耕耘疾，守战固，不败北。"《秦简·为吏之道》对君臣父子关系也提出了明确要求："为人君则怀，为人臣则忠，为人父则慈，为人子则孝。""君怀臣忠，父慈子孝，政之本也。"儒家的忠孝观念被设置成了统治者的"为

---

① ［德］卡西尔著，甘阳译：《人论》，上海译文出版社 1985 年版，第 108 页。

政之本"。在这样的观念之下，东汉开始实施举孝廉的选吏制度，将孝作为衡量和选拔人才的标准，以求忠臣于孝子之门。这种制度一直延续到魏晋和隋代。始于唐代的科举考试，则将集儒家孝文化大成的《孝经》作为选拔官吏的一种手段。于是，被"学而优则仕"的传统所奴役的士人学子，必然将行孝行读《孝经》，以达到出仕与建功立业的目的。因此，整个传统中国的伦理领域，包括家庭、社会、政治，都被孝道所笼罩。

在这样的背景下，对儿童的教育自然也不可能逃离孝道的伦理控制。封建的蒙学教育，向儿童灌输的主要就是以儒家思想为主的伦理道德。它一方面详细规定了儿童在家庭中应该遵守的各种繁文缛节，将儿童的活泼自由的天性销蚀殆尽："父母呼，应勿缓，父母命，行勿懒。父母叫，须敬听，父母责，须承受。"（《弟子规》）除了对父母的绝对的服从之外，已没有了作为个体的儿童的思维与生命特征。同时，它又确立起儿童"万般皆下品，唯有读书高"的清高志向。以"满朝朱紫贵，尽是读书人"的虚幻前景引诱儿童，"幼而学，壮而行，上致君，下泽民。扬名声，显父母，光于前，裕于后"。（王应麟《三字经》）以读书为进身的阶梯，达到忠君扬名显亲的人生目的。而在"首孝悌，次谨信"（《弟子规》）、"百善孝为先"的孝道伦理的束缚和科考内容的限制之下，儿童蒙学的重要读物就包含有《孝经》，所谓"《孝经》通，《四书》熟，如《六经》，始可读"。（《三字经》）蒙学的核心内容也是孝道伦常，包括《三字经》、《千字文》、《幼学琼林》、《二十四孝图》等的蒙学读物，都以宣扬忠孝伦理为基本内容："父子恩，夫妻从，兄则友，弟则恭，长幼序，友于朋，君则敬，臣则忠，此十义，人所同。"（《三字经》）"何谓三从？从父、从夫、从子。""何谓五伦？君臣、父子、兄弟、朋友、夫妇。"（《幼学琼林》）颂扬的是四岁即能让梨的孔融、年届七十而"戏彩娱亲"的老莱子、家境贫寒只能"恣蚊饱血"的八岁儿童吴猛等等。在这样的家庭、社会伦理体系与教育制度的制约之下，儿童显然是失去了独立的人格和应有的社会地位，他们只是被成人"当作缩小的成人，拿'圣经贤传'尽量的灌下去"，[①]从而培养起忠君尊亲的观念，达到显亲扬名的目的。

中国几千年的封建社会就这样压制与湮没着儿童的自由人性和生命尊严，不是将他们视作"缩小的成人"，灌输封建纲常伦理内容，就是将他们"看作不完全的小人，说小孩懂得甚么，一笔抹杀，不去理他"。[②]既是如此，失去了生命尊严的儿童自然就引不起成人们对他们本真生命的关注，只是以成人附庸的形式被父母基于养老和显亲的目的所抚养教育，被统治者基于培养忠臣顺民的意图所教化。这种漠视与忽略儿童的传统观念，显然会影响到整个社会的各种生活与文化政治层面的内容，体现于文学，那就是儿童情趣、儿童生命特征的失落。考察源远流长的中国文学发展史，儿童被排除在文学之外是显在的事实，几乎没有基于审美目的而为儿童创作或塑造纯真儿童形象的文学作品。在祖先崇拜、老者本位的社会模式之下，蔑视儿童、视儿童的天真纯洁为无

---

① 周作人：《儿童的文学》，《新青年》第八卷第四号，1920年12月。

② 同上。

知的成人，更不屑于以儿童的视角、儿童的思维模式去审视与反映成人的社会，塑造稚拙清纯的儿童形象。即使是生活中的儿童，在他们的笔下，也充溢着成人的智慧和世故。孔融四岁时能让梨，十岁时又在与李膺、陈韪的对答中显示了他的博学儒雅和明思善辩："孔文举年十岁，随父到洛。时李元礼有盛名，为司隶校尉。诣门者，皆隽才清称及中表亲戚乃通。文举至门，谓吏曰：'我是李府君亲。'既通，前坐。元礼问曰：'君与仆有何亲？'对曰：'昔先君仲尼与君先人伯阳有师资之尊，是仆与君奕世为通好也。'元礼与宾客莫不奇之。太中大夫陈韪后至，人以其语语之，韪曰：'小时了了，大未必佳。'文举曰：'想君小时，必当了了。'韪大踧踖。"（《世说新语·言语》）以孔子和老子的师生情谊来说明自己与李膺的亲戚关系，既显示了孔融的博学，又彰显了李膺的声望和家族历史；而循陈韪的逻辑思路逆推出"想君小时，必当了了"，讥刺陈韪的平庸。如此的儒雅博学、才思敏捷，显然不逊色于自恃满腹诗书的成人。但是这样的一个十岁的孔融，无疑已超越了儿童的年龄和生命特征，与成人无异。作者在叙述事件时，要褒扬的也是他的成人化的智慧而非儿童式的聪明。中国古代文学中的儿童形象大多是以类似的"成人化儿童"的面目出现的，或者说正是由于他们具有成人式的智慧、世故和忠君孝亲，才被成人的文学体系所接纳和演绎。即使是经典的古代文学作品，也不能跳出这样的模式。《红楼梦》中那初进贾府的林黛玉，"年貌虽小"，却又通达世故，在贾府是"步步留心，时时在意，不肯轻易多说一句话，多行一步路"，无论是言行举止还是处世方式，无不体现出成人的心机，完全脱却了一个纯真少女的浑朴稚气。

　　因此，在儿童是成人附庸的中国古代社会，失去独立人格的儿童并不能真正进入文学艺术创作主体的意念世界，他们的思维、视角也都是为成人所不屑的。虽然作为客观的生命存在，儿童也分担充任了一定数量的文学形象，但是这些儿童形象是因他们具有智慧、勤奋、孝亲等成人所渴望他们拥有的品性，被成人出于教化与教育现实儿童的目的所塑造，而不具备儿童的独特天性。更何况成人作者在塑造这些形象时，并没有考虑到他们的儿童品性，只是将他们看作缩小的成人而已。当然在整个中国古代文学的创作中，也不可能完全不留下儿童的影子，个别思想者也没有放弃对纯洁童心的礼赞。"含德之厚者，比之赤子"、"抟合至柔，能如婴儿乎"；（老子《道德经》）"夫童心者，绝假纯真，最初一念之本心也。若失却童心，便失却真心；失却真心，便失却真人。"① 以对赤子和童心的崇敬表达，指向一种人类本身需要建构的至善至美的道德境界和人格精神。尽管老子是以"婴儿"来喻得道者的情态，李贽以"童心"指称的是人的本然的、未被染污的清净之心，但语词本身的采纳已经表达了他们对童年状态的青睐和童心的张扬。一部分童心未泯的作者更是注意到了儿童迥异于成人的动作、情态、语言和心理特征，用文学的形式展现着他们天真稚气、活泼坦率的天性和情趣，杨万里的儿童情趣诗就是其中不可多得的经典："稚子相看只笑渠，老夫亦复小卢胡。一鸦飞立钩栏角，仔细看

---

　　① 李贽：《童心说》，《焚书·续焚书》，岳麓书社1990年版，第97页。

来还有须。"(《鸦》)孩子"相看"的结果，发现"老夫"与乌鸦都长着胡须，就情不自禁地灿然而笑。这样顽皮、善于发现细节的情态显然是属于儿童的。至于"童子柳荫眠正着，一牛吃过柳荫西"(《桑茶坑中》)的悠然自得，"儿童急走追黄蝶，飞入菜花无处寻"(《宿新市徐公店》)的活泼天真，也是对儿童情态的自然描述。《稚子弄冰》一诗，更是在游戏中洋溢着盎然的稚趣："稚子金盆脱晓冰，彩丝穿取当银钲。敲成玉磬穿林响，忽作玻璃碎地声。"但是在中国的古代文学中，能如此描摹孩子的游戏情态，表现儿童的活泼天真的，只是极少的一部分，并且因为与主流文学的不相吻合而构不成对整个文学创作的触动。而且能如杨万里般尊重儿童的天性与童真的，也只是个体的选择，不可能与以孝文化为核心的整个儒家文化束缚下的儿童观念相抗衡。因此，在儿童个性被泯灭的古代中国，儿童的生命特征和精神气质基本上没有影响到文学的外在表征和内在精神。

第二节　晚清："成人生活的预备" 儿童观的成型

晚清是中国现代儿童观生成过程中的重要环节。严重的民族危机、救亡图存的迫切要求，使先觉的知识分子体认到了儿童作为一种生命形式的重要价值，他们是民族的未来、国家的希望。儿童开始摆脱了成人附庸的存在状态，作为国家民族希望的承载者浮出地表。对儿童的这种认识和肯定，虽然由于时代的局限还没有完全达到从文化层面发现儿童的高度，但是已经构成了对统治中国两千多年的古代儿童观的一次重大修正，并直接开启了五四时期现代儿童观的建构过程。

晚清时期，内忧外患的现实困境惊醒了一批敏感的知识分子，他们急于通过开启民智和舆论宣传的策略完成"新民"的启蒙理想，并最终达到改造社会的政治目的。而此时，近代报刊也以一种文化入侵的姿态进入中国，并随着洋务运动的兴起一路高歌。1815 年 8 月 5 日，最早的中文期刊《察世俗每月统计传》（原名 *Chinese Monthly Magazine*，察世俗为 Chinese 的音译），由英国传教士马礼逊在马六甲创刊；1858 年，香港的《孖剌报》在伍廷芳的提议下，增出了名为《中外新闻》的中文晚报，中文报刊由此蓬勃兴起。这在客观上为中国知识分子提供了更多接触西方思想文化的机会，也使梁启超等一批致力于开通民智、改革政治的有识之士敏锐地意识到了报刊的宣传价值和工具意义。创办报刊成了他们的共同选择。陈平原曾对这一时期的报刊作出过统计：1902 年为 124 种，辛亥革命后全国报刊达到 500 家之多。[1] 其中梁启超一人就办有《时务报》、《清议报》、《新民丛报》、《新小说》等多种报刊。觉醒的知识分子以这些报刊为舆论工具，宣扬他们爱国、新民的启蒙思想。在这种思想的具体贯彻过程中，他们发现了悬系着中国的未来和希望的人群——儿童。因此，作为寻求救亡图存道路的结果，作为国家民族的前途未来，儿童被从封建伦理纲常的压抑之下挖

---

[1]　陈平原：《二十世纪中国小说史》第一卷，北京大学出版社 1989 年版，第 66 页。

掘出来，重要性得到了前所未有的肯定和张扬。鉴于此，现代儿童观雏形的生成，自然就无法剥离报刊的价值贡献。而报刊作为一种媒体对儿童观生成的推动意义，无论在晚清还是五四，都是不容忽视的。一方面报刊营造着整个时代的主体气氛，不同报刊对类似议题的集体关注，容易形成理论上的呼应，而报刊传播的迅速与定时性，又使观点的讨论呈现出反复宣讲之势，并最终形成一种集体性意识，构成主导的舆论倾向。同时，报刊作为一种面向大众的传播媒介，无疑为理论的阐发和流传提供了坚实的基地，梁启超、周作人、鲁迅等批判封建伦常、阐述儿童观的有关文章，最初基本见于当时的主要刊物上，如《清议报》、《新青年》等，而这些报刊的主导媒体地位，必然会促成先觉者理论的迅速传播和广为关注。报刊对中国现代儿童观的生成起着不可或缺的作用。我们可以以当时的报刊为载体，检索到儿童从尘封走向明朗的艰难过程，感悟到启蒙者对儿童的热情和殷殷期待。

早在1899年，梁启超主编的《清议报》就已经刊载了谭嗣同的《仁学》，对两千年来的传统意识形态和纲常名教进行了猛烈的口诛笔伐，其批判的核心就是三纲五常，认为它不过是"上以治其下"的工具，"数千年来，三纲五伦之惨祸烈毒，由是酷焉矣。君以名桎臣，官以名轭民，父以名压子，夫以名困妻，兄弟朋友各挟一名以相抗拒"。"三纲之慑人，足以破其胆，而杀其灵魂。"在这伦理纲常的统治之下，人人本应具有的自由、平等、自主之权都被剥夺尽净。在谭嗣同看来，君臣父子间的各种权利义务和责任都是双方的，"君父以责臣子，臣子亦可反之君父"，从而提出了"冲决伦常之网罗"的概念。如此激烈的反封建伦常的态度，是震撼了当时的思想界的。1901年的梁启超的《卢梭学案》更是对卢梭的"天赋人权"观念作了进一步的生发:"彼儿子亦人也,生而有自由权,而此权,当躬自左右之,非为人父者所能强夺也。"对"父为子纲"的封建伦理观念进行了猛烈的抨击,强调了儿童作为人,具有与成人平等的权利。谭嗣同与梁启超的这些以封建伦理纲常为批判对象的言辞,虽然没有激起整个社会的文化批判思潮,但是显然已经动摇了儿童依附于成人的观念的社会与理论基础,内忧外患的现实也不得不将他们关注的目光引向寄寓着民族的未来的儿童身上,儿童的发现开始走上了初始的艰难阶段。1900年,刊载于《清议报》上的梁启超的《少年中国说》则直接颠覆了成人与儿童的传统关系,把人生价值的砝码明显地偏向于儿童,"老年人如夕照,少年人如朝阳;老年人如瘠牛,少年人如乳虎",因此,国家的希望,民族的前途完全系于儿童,"少年强则国强,少年独立则国独立,少年自由则国自由,少年进步则国进步,少年胜于欧洲,则国胜于欧洲,少年雄于地球,则国雄于地球"。这些洋溢着激情的肯定儿童的文字,借助占舆论主导地位的《清议报》,流转于渴望激情的时代,自然就鼓舞起了社会的热情,一些当时的青年就以"少年中国之少年"自命,梁启超也曾不免自夸地说过:"有《少年中国说》……激民气之暗潮。"[①] 由此,儿童作为一个独立的群体开始在《清议报》的舆论支持与梁启超等启蒙者的理论倡导之下从封建桎梏中蔓生出来。同时,《清议

① 梁启超:《本馆第一百册祝辞并论报馆之责任及本馆之经历》,《清议报》第100册,1901年。

报》对儿童重要性的展示也引起了其他进步报刊的兴趣和呼应,《杭州白话报》在 1901 年就载文呼吁"少年乃为国之宝"。由蔡元培主办的爱国学社发行的《童子世界》,其创刊号(1903 年)的首版就开宗明义地说:救国的"责任尽在吾童子……二十世纪中国之存亡,实系于吾童子之手矣。则虽谓二十世纪之世界为吾童子之世界也亦宜"。第五号则刊文《论童子为二十世纪中国之主人翁》,第二十八号的《敬告同志者》又再次强调"中国存亡悬诸吾童子之掌上"。① 诸如此类的言论,频繁地见诸报端,使儿童的重要性在晚清的舆论界日见彰显。

　　但这些启蒙的呐喊本身也说明,他们对儿童的重视是基于对国家民族前途命运的关注,儿童的重要性凸显在救亡图存的希望维系上。以此为基点,对儿童教育的倡导成为先进知识分子推重儿童的另一种表达方式,并以期达到对国家民族命运的前瞻及改造,因此这种倡导的逻辑立足点实在成人。《杭州白话报》、《中国白话报》、《新民丛报》等都曾刊载过阐述儿童教育的理论文章,如《论今日最重要的两种教育》、《小孩子的教育》、《中国新教育案》等等,宣泄着他们对儿童教育的理论阐述热情。《新小说》、《月月小说》、《中华小说界》等清末民初重要的文学刊物,则以诗歌和翻译小说的形式,为儿童教育的弘扬提供了话语空间。尤其是梁启超于 1902 年 10 月创办的《新小说》,创刊号上就反复咏唱:"结我团体,振我精神;二十世纪新世界,雄飞宇内畴与伦?

---

　　① 胡从经:《晚清儿童文学钩沉》,少年儿童出版社 1982 年版,第 116 页。

可爱哉！我国民。可爱哉！我国民。"① 以诗歌内蕴的爱国热
情感召着少年儿童，激起他们为中国而团结奋斗的精神气
质。此后，又一再歌吟"新少年，别怀抱，新世界，赖尔
造"、"思救国，莫草草"、"新少年，姑且去探讨"，② 以劝
喻和施加救国重任的方式激励和鞭策儿童，希望催发起他们
的爱国热望和勤学兴趣。

　　报刊对承载着西方文化和思想的翻译小说的刊载介绍，
也是将儿童纳入到自己的读者群体之中的。登载翻译小说是
诸多晚清报刊坚持的办刊策略。梁启超在 1898 年《清议报》
的创刊号上就已经强调"小说为国民之魂"，③ 因此，"欲新
一国之民，不可不先新一国之小说"，"欲改良群治，必自小
说界革命始"。④ 按照这种思维逻辑，处于文学边缘的小说被
推向了中心，并随着政治功能的确认而使地位一再稳固。在
引进西方先进文化成为时代共鸣，翻译构成了时代热潮的历
史阶段，著译小说成了启蒙的有力武器。尤其是能"改良思
想，补助文明……导中国人群以进行"的科学小说和"激发
国人冒险进取之志气"的冒险小说，成为当时最为活跃的翻
译小说形态，也是《新小说》着力提倡的文学类别。杂志自
创刊号起就辟有科学小说专栏，以十八期近三年的时间跨
度，刊载了南海卢藉东、东越红溪生合译的《海底旅行》

---

①　梁启超：《爱国歌》，《新小说》第一卷第一号，1902 年 11 月。
②　剑公：《新少年歌》，《新小说》第一卷第七号，1903 年 8 月。
③　梁启超：《译印政治小说序》，《清议报》第一册，1898 年 11
月。
④　梁启超：《论小说与群治之关系》，《新小说》第一号，1902 年
11 月。

（即儒勒·凡尔纳的《海底两万里》），表达了对科学小说持续的推介热情。南野浣白子述译的冒险小说《二勇少年》也自第一期起连载到第七期，第十八期上亦刊有周桂笙（新庵）译述的《水底渡节》等等。此外，《月月小说》、《小说林》、《新民丛报》等报刊也在时代的翻译热潮中，通过刊登《飞访木星》、《电冠》、《魔海》、《十五小豪杰》等译著，诉说着他们对时代与西方文化的关注。这些科学和冒险小说虽然翻译的初衷是为引进西方的先进文化和观念，完成"新民"和"改良群治"的政治理想，面向的也是所有的大众而非儿童群体，但既然儿童已经被纳入了他们的启蒙对象范畴，自然就不能被疏离于读者群体之外。《清议报》早就表述得清清楚楚，他们倡导的翻译小说是"彼中辍学之子，黉塾之暇，手之口之，下而……而妇女，而童孺，靡不手之口之"①的，《小说林》则更是强调"宜专出一种小说，足备学生之观摩"，"以足鼓舞儿童之兴趣，启发儿童之智慧，培养儿童之德性"，②可见，翻译小说设置的读者群是包括儿童在内的整个社会群体。梁启超为《十五小豪杰》填的卷首词中就有"劝年少同胞，听鸡起舞，休把此生误"，体现了启蒙者在翻译小说中依然坚守着对儿童的深情注视。而这些作品蕴含的新奇因素和非凡想象，客观上又为缺乏理想读物的儿童提供了阅读资源，使儿童在文学的欣赏中获得冒险精神的熏染，激发起钻研科学吸纳新知的兴趣。实质上也确实如

---

① 梁启超：《译印政治小说序》，《清议报》第一册，1898 年 11 月。

② 徐念慈：《余之小说观》，《小说林》1908 年第 9、10 期。

此，当时的儿童鲁迅和周作人就都曾表达过类似的意思，"在《新小说》上，看见了焦士威奴（Jules Verne）所著的号称科学小说的《海底旅行》之类的新奇"；[①] "我在南京的时候所受到的文学的影响，也就只是梁任公的《新小说》里所载的那些，主要是焦士威奴的科学小说"。[②]

可以说，通过晚清报刊刊载的翻译小说、诗歌和理论文章，我们清晰地感受到时代对儿童的重视热情，一向被埋没于封建伦理中的儿童获得了生命价值的体认，这无疑是对几千年传统文化的一次有力反动。但正如有学者对梁启超的恰切评价一样，晚清时期对儿童的肯定和褒扬，也蕴含着"一贯主导的政治功能（'群治'）因素"，[③] 是在民族危机压迫沉重，改良群治成为时代主题的背景中，发现了儿童相对于国家前途的重要性，从某种意义上说，是将儿童看作了"成人生活的预备"。可见，近代是在民族未来的拯救者这一点上发现了儿童，这种发现严格地说只能算是初步的，不具备现代的品格，姑且可称之为近代的儿童观。而在封建伦理纲常还笼罩控制着整个社会家庭的时代，也只可能形成"成人生活的预备"的儿童观。这种尚处于雏形的近代儿童观，既然是源于对国家命运前途的忧思，而不是对儿童独立精神个性、自身趣味和生命特质的体认，那么反映于文学，自然也

---

① 鲁迅：《祝中俄文字之交》，《鲁迅全集》卷4，人民文学出版社1981年版，第459页。

② 周作人：《筹备杂志》，《知堂回想录》，河北教育出版社2002年版，第230页。

③ 班马：《前艺术思想》，福建少年儿童出版社1996年版，第299页。

就无法超越传统文学的模式，并因融入了晚清的救亡背景而使塑造的儿童形象多以"拯国家以瓜分之厄"的少年英雄的姿态出现，依然呈现出明显的成人化特征，因此儿童的影响仍然被放逐在了文学的创作和发展之外。

第三节　五四："以儿童为本位"现代儿童观的生成

五四时期，新文化运动以前所未有的姿态对以儒学为核心的封建传统文化发起了激烈的批判，使扼杀人的个性与独立的纲常礼教遭到了毁灭性的打击，人的解放成了时代的精神兴奋点，人的发现构成了新文化运动的显著成就。郁达夫在总结这场运动时就指出："五四运动的最大的成功，第一要算'个人'的发见。"[1] 而人的发现本身是具体而全面的，它的最终完成，"归根结底，是要看处于社会结构最底层的'人'——妇女、儿童、农民的觉醒"，[2] 只有当处于弱势地位的妇女和儿童的个体独立价值被肯定的时候，人的发现才是完整的。因此随着压制束缚儿童的封建伦理规范的被毁弃，先觉者从初识人的个性意义的喜悦中把目光投向了儿童，发现了儿童作为人的生命阶段的独特性质，对儿童本能

---

① 郁达夫：《中国新文学大系·散文二集导言》，良友图书公司1935年版，第5页。

② 钱理群：《试论五四时期"人的觉醒"》，王晓明主编：《二十世纪中国文学史论》（第一卷），东方出版中心1997年版，第328页。

和本性的普遍尊重成为时代的共识，"儿童本位"的儿童观得以建构成型。

这场运动的渊薮，则是聚集了一批觉醒的知识分子，创刊于 1915 年 9 月的《青年杂志》（2 卷 1 号起改名为《新青年》）首先打出了"打倒孔家店"的旗号，对以儒家为代表的传统文化进行了彻底的否定，石破天惊地喊出了"人的文学"、"救救孩子"的时代强音。并引领《每周评论》、《新潮》等一批激进刊物，以打破一切摧毁一切的革命姿态，表达彻底反封建的坚决意志，高扬起民主与科学的时代精神，为五四新文化运动提供了理论的准备和支持，完成了激情时代氛围的塑造和运动方向的实际领导指引。梳理《新青年》上刊载的先觉者的文字，我们可以毫不费力地整理出中国现代儿童观生成的时代背景和清晰线索。

《新青年》是以科学与民主为办刊宗旨，旨在"破坏孔教，破坏礼法，破坏国粹，破坏贞洁，破坏旧伦理（忠、孝、节），破坏旧艺术（中国戏），破坏旧宗教（鬼神），破坏旧文学，破坏旧政治"[①] 的激进刊物，以反封建伦理道德为核心的五四新文化运动正是以此为阵地生发起来的，而刊物本身对儒家传统文化的激烈批判和颠覆，也为现代儿童观的生成提供了时代背景和可能性。在新文化运动期间，陈独秀的《吾人最后之觉悟》、《宪法与孔教》、《复辟与尊孔》，吴虞的《家族制度为专制主义之根据论》、《儒家主张阶级制度之害》、《吃人与礼教》，易白沙的《孔子评议》等众多论

---

① 陈独秀：《本誌罪案之答辩书》，《新青年》第六卷第一号，1919 年 1 月。

文以集束的形式纷纷在《新青年》上亮相，它们重新评估了被历代统治者视为圭臬的儒家学说，批判了孔子及儒家思想，着重探讨了以"三纲五常"为核心的封建礼教对人们心灵的残害和精神的禁锢，从而为尚处于封建伦理规范制约下的中国社会提供了反对孝道伦理、纲常名教的舆论与理论上的支持与领导。陈独秀对封建伦理纲常的批判在五四时期的《新青年》阵营中显然是最早觉悟、最为激烈，也是最富代表性的。他率先概括了儒家思想的核心内容，即是"教人忠君孝父从夫"，①并明确指出："儒者三纲之说，为一切道德政治之大原。""君为臣纲，则民于君为附属品，而无独立自主之人格矣；父为子纲，则子于父为附属品，而无独立自主之人格矣；夫为妻纲，则妻为夫之附属品，而无独立自主之人格矣。"②人的独立性被"三纲五常"所剥夺与消灭。刊于第四卷第四号上的鲁迅的《狂人日记》，则借狂人之口界定了封建礼教的吃人本质："我翻开历史一查，这历史没有年代，歪歪斜斜的每页上都写着'仁义道德'几个字。我横竖睡不着，仔细看了半夜，才从字缝里看出字来，满纸都写着两个字'吃人'！"鲁迅对礼教吃人本质的归纳，得到了被胡适尊之为"只手打孔家店的老英雄"的吴虞的强烈呼应："孔二先生的礼教讲到极点，就非杀人吃人不成功，是惨酷极了！……我们如今应该明白了！吃人的是讲礼的！讲礼教

---

① 陈独秀：《旧思想与国体问题》，《新青年》第三卷第三号，1917 年 5 月。

② 陈独秀：《一九一六年》，《新青年》第一卷第五号，1916 年 1 月。

的就是吃人的呀！"① 并进一步分析指出"儒家以孝悌二字为二千多年来专制政治与家族制度联结之根干贯彻始终，而不可动摇"，"其流毒诚不减于洪水猛兽矣"。② 尤其是孝的封建伦理规范，它的最大作用就是"把中国弄成一个'制造顺民的大工厂'"。③ 在如此看清、界定了包括孝道伦理在内的封建纲常的实质之后，这些五四的觉悟者们显然达成了一种共识，那就是：要完成摧毁封建礼教、建构人格独立的启蒙理想，就必须"对于与此新社会新国家新信仰不可相容之孔教，不可不有彻底之觉悟，猛勇之决心；否则不塞不流，不止不行！"④ 胡适甚至以诗歌的形式激越地告诫儿子："我要你做一个堂堂的人，不要你做我的孝顺的儿子。"⑤ 《新青年》及其阵营内的陈独秀、吴虞等对封建礼教的激烈的彻底的扫荡态度，显然在思想、理论、制度上扫除了纲常名教对人的自由与独立个性的钳制，使人走出了"三纲五常"的约束与阴影。作为人的一部分的儿童，也是受孝道伦理束缚与压抑最深的儿童，由于迫害的根基遭到了根本的否定和猛烈的攻击，自然也逐渐走出了成人高大背影的遮蔽，他们的生

---

① 吴虞：《吃人与礼教》，《新青年》第六卷第六号，1919 年 11 月。

② 吴虞：《家族制度为专制主义之根据论》，《新青年》第二卷第六号，1917 年 2 月。

③ 吴虞：《说孝》，赵清、郑城编：《吴虞集》，四川人民出版社 1985 年版，第 173 页。

④ 陈独秀：《宪法与孔教》，《新青年》第二卷三号，1916 年 11 月。

⑤ 胡适：《我的儿子》，《每周评论》，1919 年 8 月 3 日。

命与精神的独立性、应有的社会地位开始得到了成人世界的体认。这个过程在《新青年》中呈现出清晰的脉络。

创刊号上署名"中国一青年"的译文《青年论》中，已将对儿童的崇拜之情表达了出来："儿童者成人之根基也。"但因为文章本身只是一篇翻译，只是他人观点的忠实传达，又处于 1915 年的背景中，这一被后来的儿童文学界奉为圭臬的华兹华斯的名言，并没有引起应有的时代注意。第三卷第五号陈独秀的《近代西洋教育》一文，则从儿童教育的角度，对"所谓儿童心理，所谓人类性灵，一概抹杀，无人理会"的中国传统教育提出了理论批判，指出中国教育应该取法西洋。在这里，论者是从儿童心理和人类性灵的角度来指斥传统教育的，无疑已不同于晚清时期对教育的阐发。尤其值得我们注意的是，鲁迅在 1918 年 5 月的《新青年》上首先发出了"救救孩子"的激情呐喊，热切地期望中国新生的一代能够脱离"父母福气的材料"的依从品性，成为真正的"将来的'人'的萌芽"，[①] 表达了一个先觉者对儿童生命形态的本质认同和着意注视。但这些对儿童诉说着热情的文字毕竟只是零星的存在，鲁迅的《狂人日记》的最终主题也是为了揭示封建礼教的吃人本质。因此，对儿童的生命特性的体认还潜隐在先觉者的意识深处。直到《人的文学》、《我们现在怎样做父亲》、《儿童的文学》这几篇带着震醒时代气质的作品出现，具有现代特征的，一切以儿童为出发点、肯定儿童精神和社会地位的"儿童本位"儿童观，才在被"父为

---

① 唐俟（鲁迅）：《随感录·二十五》，《新青年》第五卷第三号，1918 年 9 月。

子纲"压迫了几千年的中国艰难生成。

发表于 1918 年 12 月《新青年》第五卷第六号上的《人的文学》，是具有时代标识意义的文字。它简单地描述了西方发现人、妇女和儿童的历史，阐发了周作人"立人"为中心的人道主义思想，并由对人性的全面发展的关怀延伸到对儿童和妇女问题的真诚探讨，认为即使在人的发现较早的西方，"女人与小儿的发现，却迟至十九世纪才有萌芽"，在中古时代的欧洲，"小儿也只是父母的所有品，又不认他是一个未长成的人，却当他作具体而微的成人"，更何况在"人的问题，从来未经解决"的中国，"女人小儿"就"更不必说了"。在文中，周作人空谷足音地提出了"祖先为子孙而生存"的观念，并在 1919 年直接撰文《祖先崇拜》刊登在《每周评论》上，对这一主张做了进一步的强调，"的确是祖先为子孙而生存，并非子孙为祖先而生存的"，"所以我们不可不废去祖先崇拜，改为自己崇拜——子孙崇拜"，初步形成了"孩子本位"的儿童观。到了鲁迅发表于《新青年》第六卷第六号的《我们现在怎样做父亲》一文中，"子孙崇拜"的观念被生发为"后起的生命，总比以前的更有意义，更近完全，因此也更有价值，更可宝贵；前者的生命，应该牺牲于他"。从进化论的角度肯定和褒扬了新生命的价值，对"长者本位"的传统道德观念提出了质疑和批驳，认为此后觉醒的人们"对于子女，义务思想须加多，而权利思想却大可切实核减，以准备改作幼者本位的道德"，并在此基础上进一步指出"孩子的世界，与成人截然不同；倘不先行理解，一味蛮做，便大碍于孩子的发达。所以一切设施，都应该以孩子为本位"，完成了他"以孩子为本位"的儿童观的建构。这对于儿童的发现进程来说无疑是一次强有力的迈进。

1920 年 10 月 26 日，这是一个在现代儿童观的形成史上值得大笔书写的日子，周作人在历史上的这一天，在北京的孔德学校做了题为《儿童的文学》的演讲，演讲稿就刊登在《新青年》的第八卷第四号上，基于周作人不善演讲的特性和报刊发行的时空跨度的广阔性，文章的影响大大超过了演讲本身。在这篇带有里程碑意义的文章中，周作人指出："儿童在生理心理上，虽然和大人有点不同，但他仍是完全的个人，有他自己的内外两面的生活。儿童期的二十岁年的生活，一面固然是成人生活的预备，但一面也自有独立的意义与价值。"从心理的角度肯定了儿童作为人的发展阶段，具有"独立的意义和价值"，鲜明地强调了儿童的人生权利。而作为独立阶段的儿童生活，又是"转变的生长的"，可根据年龄分为四个时期，每个年龄时期的儿童具有不同的情感和心理特征。这些理论显然已经超越了晚清的梁启超等人所构造的"成人生活的预备"的儿童观，呈现出对儿童生命的崇仰和精神品性的体认，尤其是年龄分期观念的提出，即使在当代的学术视野中也透示出不可逾越的理论深度，被当下的儿童文学研究界所广泛采纳。至此，传统的儿童观终于受到了追问深究甚至拷问，遭到了彻底而全面的批判否定，尊重儿童独立人格的现代儿童观在五四的文化背景中建构成型了。

上述以《新青年》为对象范畴的对现代儿童观的生成过程的梳理，显然已经展示了先觉者们在五四时期曾经走过的心路历程。当然，只要我们略微仔细地浏览一下五四时期的主要报刊，就可发现，当时的先进报刊《晨报副刊》、《创造周刊》、《新潮》、《每周评论》、《新教育》等，都曾如《新青年》般直接参与了现代儿童观的建构。如 1921 年的《晨报副刊》登载了叶圣陶的三十九则《文艺谈》，其中在论及儿童文学时，作者认为："小孩有勇往无畏的气概，于一切无所畏惧。这该善为保育，善为发展。"并要求为父母的，对于"儿童的一切本能都让他们自由发展，更帮助他们发展"，从一个教育工作者的经历和感受出发，展示了呵护儿童心灵的姿态，表达了对儿童本性的支持和固守。同一年，《时事新报·学灯》的《〈儿童世界〉宣言》（郑振铎）又对旧式教育提出了质疑和批判："以前的儿童教育是注入式的教育；只要把种种的死知识，死教训装入他头脑里，就以为满足了。"1922 年《创造周刊》上郭沫若的《儿童文学的管见》一文，则将儿童纳入了人的改造的时代精神主潮："人类社会根本改造的步骤之一，应当是人的改造。人的改造应当从儿童的感情教育、美的教育着手。"上述言辞虽然没有像周氏兄弟般明确地提出儿童本位的儿童观，但表述本身已经从各自的层面构成了对观念的补充。而这些在当时颇具地位和影响力的报刊，在短时间内对儿童的集体关注，显然是配合了《新青年》的理论倡导，使"儿童本位"这一极具精神穿透力的儿童观念成为五四新文化运动一脉的群体思想。

在这"儿童本位"论的提出和理论的充实过程中，我们还有必要清理杜威的"儿童中心主义"观念的意义和价值。杜威来华演讲是五四时期的重要事件，当时的众多报刊对这一引发传统教育观念危机的演讲内容都着力地宣传。1919 年 6 月，《每周评论》连续出刊了两期《杜威讲演录》专号，

《新教育》也将第一卷第三期设为"杜威号",第 2 卷第 1 号
的《新潮》登载了志希(罗家伦)的《杜威博士的〈学校与
社会〉》,《晨报》则几乎连载了杜威全部重要演说的记录稿。
此外,《新青年》、《民国日报·觉悟》、《时事新报·学灯》
等报刊也都曾刊发过杜威的演讲。这些报刊对杜威演讲的合
力介绍,其中的一个重要目的是为宣扬杜威的"儿童中心主
义"的教育学说,即儿童是中心,是太阳,一切教育的手段
都要以儿童为转移。一时间,"儿童中心主义"成为五四时
期一个炙手可热的话题,引起了国人的强烈兴奋。虽然对中
国的"儿童本位论"与杜威的"儿童中心主义"之间是否存
在挪移和派生的关系问题,至今尚有争论,但不可否认的
是,立足于教育提出的"儿童中心主义"观念,其中内蕴的
对儿童个性和生命的尊重,显然与当时儿童文化界普遍流行
的"儿童本位论"有着精神上的契合,而当时整个教育界与
学术界对杜威哲学的接受热情,也为"儿童本位论"的传播
提供了舆论上的准备和支持,至少是在理论的宣传上两者形
成了一种互动态势。

由此可见,中国现代儿童观的生成,走过了从晚清到五
四的历史阶段。梁启超等人对儿童重要性的张扬,构成了儿
童的发现的铺垫性成果,周作人、鲁迅等人的理论表达,最
终完成了具有现代品格的"儿童本位"儿童观的塑造。而儿
童一旦以独立精神个体的身份被成人社会所认同和崇仰,就
会以各种形式介入成人的各种生活、思维和文化领域。检视
中国现代文学三十年的丰硕创作实绩,我们不难看到,随着
五四时期儿童作为独立的生命个体的被发现,文学创作中出
现了一批回忆童年往事、以儿童视角来叙述的作品,塑造出

了众多具有独立生命特质的鲜活的儿童形象，并能借鉴儿童文学的文体形式和精神内核以及儿童的思维模式进行创作。转变了儿童观的作家们似乎是不约而同地发现，儿童视角在揭示人的精神世界、表现人的精神现象上具有独特的艺术价值，从而为新文学的创作找到了全新的认识视角和艺术手段；成人文学中那具有鲜活生命特征的儿童形象，也已脱却了传统覆盖在他们身上的成人外衣，不再以成人化儿童的面目出现，而是表现出了纯粹的儿童本性。现代文学的艺术表征清晰地呈现出了儿童的发现的内涵和价值。

第二章

儿童视角：现代文学表现力的延展

儿童视角，是"小说借助于儿童的眼光或口吻来讲述故事，故事的呈现过程具有鲜明的儿童思维的特征，小说的叙述调子、姿态、结构及心理意识因素都受制于作者所选定的儿童的叙事角度"。① 作为一种有意味的叙事策略，儿童视角通过从成人到儿童的角色置换，以儿童的别一种眼光去观察和打量陌生的成人生活空间，从而打造出一个非常别致的世界，展现不易为成人所体察的原生态的生命情境和生存世界的他种面貌。儿童视角的这种叙事效果使之一度成为中国现代作家所青睐和热衷的创作技巧选择，从鲁迅的《怀旧》、《孔乙己》到萧乾的《篱下》、萧红的《小城三月》、《呼兰河传》等小说，都涉及了儿童视角的命题。

值得关注的是，在创作主体对儿童的生命特征缺乏必要

---

① 吴晓东等：《现代小说研究的诗学视域》，《中国现代文学研究丛刊》1999 年第 1 期。

的认识和体验的前提下，儿童不可能作为叙述者出现在叙事文学作品中。考察整个中国古代文学的经典序列，儿童视角的存在几乎是一片荒芜。这是一个完全可以理解的事实。在儿童没有取得"人"的资格的年代里，儿童的感受和对世界的体认自然就被创作者放逐在了创作意念尤其是文本之外。中国现代小说中儿童视角的出现和之后的长足发展，是以五四时期人的发现和儿童的发现作为理论的坚强依托的。随着"儿童本位"的现代儿童观的提出，儿童作为未来的人的萌芽获得了独立人格的尊重，具有了与成人同等的地位，自然也就获得了与成人同等的话语权，开始拥有了表达对世界的感受的权利。与此同时，在发现儿童的巨大惊喜中，作家们也试图以纯洁的童心来净化"早已失了'赤子之心'，好像'毛毛虫'的变了胡蝶"①的成人已变得粗糙的心灵，于是对不可复返的童年的追忆构成了成人作家们寻找精神家园的最基本的内容之一，他们重新使自己"回到"童年，以儿童的感受形式、思维方式、叙事策略和语言句式，去重新诠释和描绘外在的世界。但是，儿童独立于成人世界之外而又通过日渐的成长靠近成人世界的生命特征，又使他们游离在了成人世界的边缘，只能用一种窥探者的眼光去打量远远超出他们理解能力而他们又必须适应的成人社会的游戏规则。透过这样的儿童眼光，自然就有可能避免覆盖在现实生活上的谎言和虚伪，呈现出生活本身毛茸茸的原生态情境。这显然与以成人视角、成人感受建构的文学世界之间形成了某种疏

---

①　周作人:《阿丽思漫游奇境记》,《自己的园地》,河北教育出版社 2002 年版,第 54 页。

离，一种儿童式的鲜明和不经意间的深刻，从对这复杂现实的稚气把握中透示出来。于是，作为一种叙事策略，儿童视角进入中国现代作家的文学创作空间，为现代文学作家提供了一种崭新的反映现实的角度。可以说，对儿童生命特征的体认，促成了中国现代文学中儿童视角这一叙事角度的出现，而儿童视角给中国现代文学带来的，是艺术空间的丰富和对文学发展的推动。

第一节　儿童视角的叙事学意义

视角问题是叙事学家们的讨论热点，从视角的分类到具体视角模式的探讨，都成为他们热衷阐释的叙事学内容。这种热闹的场面使视角这一叙事策略风光无限，构成了"19世纪末以来涉及叙述技巧的所有问题中人们最经常研究的问题"。① 在这百家争鸣中，至少有一个声音是共同的，那就是："在绝大多数现代叙事作品中，正是叙事视点创造了兴趣、冲突、悬念乃至情节本身。"② 视角选择体现着创作主体的叙述智慧，极大地影响着一部叙事作品的营构甚至最终的成败。

叙述视角的分类构成了叙事学家们争论的焦点。帕西·

---

① ［法］热拉尔·热奈特著，王文融译：《叙事话语·新叙事话语》，中国社会科学出版社1990年版，第126页。

② ［美］华莱士·马丁著，伍晓明译：《当代叙事学》，北京大学出版社1990年版，第159页。

拉伯克、托多罗夫、热奈特等都提出过自己的分类观点，中国的评论家对此也有自己的阐释和解读。夏丏尊早在1925年就以作家与故事的整个关系着眼提出了"全知的视点"、"制限的视点"、"纯客观的视点"的主张;① 陈平原更是参照托多罗夫等三家的理论，提出了全知叙事、限制叙事、纯客观叙事的视角三分法。② 鉴于论述的方便和一些接受上的习惯，本书将采纳这种从视域的限制分类的视角分类理论作为研究的基点。

考察中国叙事文学的发展流程，叙事模式的转变在从晚清到五四的时间序列里留下了清晰的印痕，视角作为叙事技巧的选择自然参与了叙事模式的沿革进程。以儿童视角演绎而成的文本就出现在这样的一个时段里，它的出现带来了叙事的变化，推动了叙事学的革命。毫无疑问，在儿童发现之前，成人的全知视角是弥漫在整个中国古典小说创作中的一种传统叙事模式，全知全能的成年"说书人"雄踞中国小说界上千年。根据全知视角内在的逻辑规则，叙述者通晓事情的来龙去脉，能够控制故事和人物性格的发展，能随意地进出任何事件、场景的内部和任何人物的内心，并用上帝般不容置疑的口吻将他洞察的一切讲述出来。他的活动空间是如此之大，用罗兰·巴特的话来说就是"叙述者既在人物内部（既然人物内心发生什么他都知道），又在人物外部（既然他

---

① 夏丏尊:《论记叙文中作者的地位并评现今小说界的文字》，《夏丏尊文集·文心之辑》，浙江人民出版社1983年版，第113页。

② 陈平原:《中国小说叙事模式的转变》，北京大学出版社2003年版，第62—63页。

从来不与任何人物相混)"。① 叙述者犹如上帝一般无处不在、无所不知。这种洞彻万物的眼光，显然有利于中国古典小说叙述"一种社会之历史"以实现"补正史之阙"的人生理想的功利目的。儿童，由于对世界了解的有限，自身思维能力的薄弱，显然没有能力承担起上帝般的"说书人"的任务；成人对儿童的轻视，也使他们不相信儿童的叙事能力，甚至不屑也不愿以儿童的视角去诠释人生体察社会，因此，古典文学中的全知视角必定是属于成人的。从《三言》、《二拍》到《水浒传》、《三国演义》、《红楼梦》，全知的成人视角几乎构成了白话小说的共同选择，这些文本的开头就已经定下了说书人口吻的基调："话说故宋，哲宗皇帝在时，其时去仁宗天子已远……"（《水浒传》）"话说天下大势，分久必合，合久必分。"（《三国演义》）"此开卷第一回也。作者自云：因曾历过一番梦幻之后，故将真事隐去，而借'通灵'之说，撰此《石头记》一书也。……列位看官：你道此书从何而来？说起根由虽近荒唐，细按则深有趣味。待在下将此来历注明，方使阅者了然不惑。"（《红楼梦》）虽然在这些作品中也不乏采用限制叙事的段落和章节，比如，一直为叙事学者引用以验证古代白话小说中存在限制叙事的《红楼梦》第六回中的一段："刘姥姥只听见咯当咯当的响声，大有似乎打箩柜筛面的一般，不免东瞧西望的。忽见堂屋中柱子上挂着一个匣子，底下又坠着称砣般一物，却不住的乱

---

① ［法］罗兰·巴特著，张寅德译：《叙事作品结构分析导论》，张寅德编选：《叙述学研究》，中国社会科学出版社 1989 年版，第 29 页。

晃。"其中"忽见"所引领的句子就是换用了刘姥姥的有限视角的叙事，但是总的来说，"中国古代白话小说的叙述大都是借用一个全知全能的说书人的口吻"，"并没有形成突破全知叙事的自觉意识"。①

随着 20 世纪初西方小说与小说理论的被大量译介，这种传统的全知叙事模式开始遭到作家和文论家的质疑和反思，他们意识到上帝般的叙述者所建构的虚拟文本，其真实性已经被洞悉世事、俯视一切的全知眼光所贬低，于是西方小说中限制性叙事所透示出的"身临其境"感逐渐取代了作家对全知视角的信赖。虽然这是一个并不顺畅的过程，但结果还是显在的。在这里，我们必须提到鲁迅的小说《怀旧》。据现有资料，这篇写于 1911 年冬天被誉为是"中国小说艺术革新的先声"②、"中国现代文学的先声"③ 的文言小说，是中国第一篇现代意义上的儿童视角小说。它突破了传统的全知成人视角模式，以一个 9 岁的学童"吾"来讲述发生的故事，以儿童的视角和感受去铺写成人世界里的真实生活，而且这种叙述能基本控制在一个儿童的所见、所闻、所感的范畴之内，实践着第一人称限制性叙事的视角原则。这在成人视角、全知视角铺天盖地的清末民初，显然是一种清新的

---

① 陈平原：《中国小说叙事模式的转变》，北京大学出版社 2003 年版，第 63 页。

② 王富仁：《论〈怀旧〉》，西北大学鲁迅研究室编：《鲁迅研究年刊》（1980 年号），陕西人民出版社，第 272 页。

③ ［捷克］雅罗斯拉夫·普实克著，沈于译：《鲁迅的〈怀旧〉——中国现代文学的先声》，乐黛云编选：《国外鲁迅研究论集》，北京大学出版社 1981 年版，第 465 页。

存在。虽然儿童视角的出现并不意味着限制视角的形成，但以学童"吾"建构的《怀旧》文本，确实是一种限制性叙事。《怀旧》的标题、"时予已九龄"的叙述已经将文本的回忆性质显露无遗，其中的儿童形象作为第一人称叙述者的身份出现，讲述的是童年时期"吾"所参与及所见所思的故事，基本上没有越出笔致去铺写"吾"的见闻以外的内容。在《怀旧》中，我们也可以多次感到作者坚持第一人称限制叙事的努力。比如，秃先生对被王翁所轻视的金耀宗却"特优遇"，对其中的原因，"予"作了一番周密的逻辑推理，从金耀宗借口"无子"、"蓄妾三人"与秃先生依仗"不孝有三，无后为大"、"购如夫人一"的相似行径中，推断出秃先生对金耀宗"优礼之故，自因耀宗纯孝"的结论。但作者也深知这番推演对一个9岁学童也许过于周密，于是一再解释此推论"予亦经罥思多日，始得其故者"，试图保持第一人称限知视角的统一。耐人寻味的是，为什么鲁迅的第一篇小说就采用了儿童视角这种叙事策略？这使我们有必要再一次提起当时社会对儿童的重要性的推崇和鲁迅对儿童的认识。在梁启超等人的鼎力呼吁声中，儿童作为未来民族拯救者的形象被从尘封的历史中挖掘了出来，鲁迅也是这场挖掘运动的自觉参与者，虽然他留给后人更清晰印象的是五四时期那"救救孩子"的激情呐喊和"各自解放了自己的孩子。自己背着因袭的重担，肩住了黑色的闸门，放他们到宽阔光明的地方去；此后幸福地度日，合理地做人"① 的深挚吁请，但

---

① 鲁迅：《我们现在怎样做父亲》，《鲁迅全集》第 1 卷，人民文学出版社 1981 年版，第 130 页。

是这些呐喊和吁请之所以得以发出，显然是来源于鲁迅对儿童问题的关注和研究。早在 1909 年鲁迅与周作人合译出版的《域外小说集》中，就收录了周作人翻译的王尔德的《安乐王子》和安徒生的《皇帝之新衣》，并附有周作人撰写的"著者事略"或作者小传，而这些译文和小传都经过了鲁迅的"校阅润饰"，童话本身也是鲁迅所喜欢的。① 在 1913、1914 年间，鲁迅又分别翻译了日本上野阳一的《儿童之好奇心》、高岛平三郎的《儿童观念之研究》等多篇论文，对儿童心理、儿童教育作了深切的研究；周作人撰写的《童话研究》和《童话略论》也是在此时期由鲁迅推荐而刊载在了《教育部编纂处月刊》上。因此在鲁迅创作《怀旧》的时间交叉点上，大的社会氛围和自身对儿童的尊重，使他有可能择取儿童经验构成限制性视角，来观察与演绎成人的现实生活。何况在写作《怀旧》之时，鲁迅已经是一个自觉的启蒙主义者了。三十而立的他不仅接受了进化论的思想，还撰写了大量宣扬启蒙主义思想的论文，如《摩罗诗力说》、《文化偏至论》、《破恶声论》等，这些论文的核心就是表达鲁迅"排众数而任个人，掊物质而张灵明"的"立人"观念。鲁迅在有了这些丰厚的思想积累之后，开始意识到："我们的第一要素，是在改变他们（即国民——引者注）的精神，而善于改变精神的是，我那时以为要推文艺。"于是动笔撰写小说，为着唤起民众，题材又"多采自病态社会的不幸的人们中，意思是揭出病苦，

---

① 胡从经：《晚清儿童文学钩沉》，少年儿童出版社 1982 年版，第 220 页。

引起疗救的注意"①，以完成启蒙的理想。根据弗洛伊德的观点，"目前的强烈经验，唤起了创作家对早先经验的回忆（通常是孩提时代的经验）"，②童年经验自然而然地出现在了鲁迅的创作空间中，尤其是十几年的正统私塾教育所建构起来的丰富灿烂的私塾故事，更是以其生命情感中不可或缺的形式凸显出来，构成了鲁迅第一篇小说的叙述。

《怀旧》对"吾"讲述"吾"童年时期的故事这种叙事方式的采纳，对中国小说叙事模式转变的意义是深远的。虽然在古典白话小说中，第一人称也是不难追寻到的叙述者，但常常是以配角的面目出现，用事件的旁观者与记录者的眼光去讲述所见闻的别人的故事，而自己不参与到故事之中。即使到了晚清，这种状况也没有得到根本的改观。正是在这个意义上，有论者提出：《怀旧》"使小说的新形式，包括新的叙事模式最终得以完善和确立，从而完成了从传统小说到现代小说的转变过程"。③确实，《怀旧》择取自己儿时的经验来建构叙述的视角，以第一人称"吾"叙述"吾"童年的故事，构成了成人视角的补充，开启了此后以儿童视角构造叙事文本的崭新思路，《社戏》、《故乡》、《呼兰河传》等童年回忆小说就是儿童视角在现代文学时间跨度里的长足发

---

① 鲁迅：《我怎么做起小说来》，《鲁迅全集》第4卷，人民文学出版社1981年版，第512页。

② ［奥］弗洛伊德著，林骧华译：《创作家与白日梦》，包华富等编译：《弗洛伊德心理学与西方文学》，湖南文艺出版社1986年版，第142页。

③ 谭君强：《论〈怀旧〉在鲁迅小说叙事模式转换中的意义》，《思想战线》1998年第11期。

展。当然儿童视角的运用，并非都要以作者的童年经历为切入点，隐含作者也可以操纵作品中的一个儿童形象，利用他的眼光与感受去发掘出别样的成人世界，借助几乎未被社会文化所浸染的儿童的质朴单纯的原初生命体验，从他们对发生的事件的困惑与误解中，更为真实鲜明地折射出生存世界的本来面目。萧乾的《篱下》，凌叔华的《凤凰》、《小英》，采纳的都是第三人称儿童人物视角，但作品为保持儿童视角体察社会的独特深刻和鲜明，都没有溢出儿童形象感受和视角的范围，形成一种第三人称限制叙事。因此，当以童年回忆中的"我"或作者控制的作品中的一个儿童形象去叙述一段故事时，叙述者就褪去了上帝般的全知全能，走向一种"限制叙事"；同时视角构造的世界是成人曾经拥有但已淡忘了的熟悉的世界，这也使成人作家体悟到了儿童视角的独特魅力，使他们不愿放弃对儿童视角的采纳，于是，儿童视角作为一种限制视角直接参与了对传统的全知全能视角的变革，使限制叙事成为了五四以后小说家乐于接受的叙事策略。

儿童视角的出现，对叙事作品所引起的叙事学意义上的变更是显而易见的，从叙述者、叙事角度到叙事口吻、叙事态度，都将因儿童的成长性认知和感觉特征而呈现出独特的叙事特征和美学价值。

以儿童视角建构的叙事文本，叙述者通常由儿童来承担，以儿童的思维方式和行为方式进入叙事系统。在这里，叙述者常常是一个活泼天真、好奇顽皮的儿童。正如《怀旧》中的"吾"，"属对"做不出被秃先生斥退，于是"渐展掌拍吾股使发大声如扑蚊，冀秃先生知吾苦"；对秃先生摇头晃脑讲述的《论语》茫然不懂也全无兴趣，关注的是"《论语》之上，载先生秃头，烂然有光，可照我面目；特颇模糊臃肿，远不如厚朴古池之明晰耳"。活脱脱一个生性顽劣而又不失天真的聪明无赖小儿形象。这样的孩子，即使寄人篱下也难脱稚气的本性。萧乾笔下的环哥，因母亲被父亲抛弃而去城里的姨妈家寄居，但环哥依然快乐地视这一次的出走为新鲜的旅行。在姨妈家，他怂恿城里的表弟下河摸泥鳅，为逗弄表妹而故意将表妹深爱的花掐下来，甚至伙同表弟将姨父用于巴结上司的枣打离了枝头，天真顽劣的本性没有因为寄居的生活状况而有一丝的收敛，终于为姨父所不容。《呼兰河传》中的"我"，《凤凰》中的枝儿也是稚气而纯真的孩子，枝儿被"坏人"拐去，但她对"坏人"的诡计浑然不觉，并把他看成是能耐心回答各种疑问、和气而爱小孩子，要什么都舍得给的"好朋友"，枝儿心地的纯洁成为作者着墨的重点。

既然儿童视角小说的叙述者往往是天真纯洁的孩子，那么文本就将呈现出浓厚的儿童色彩："余思长毛来而秃先生去，长毛盖好人，王翁善我，必长毛也。"（《怀旧》）"孵出来的一点小的鸡，下多小的蛋呵？哦，我知道，就是那回吃的小鸽子蛋吧。"（凌叔华《搬家》）长毛能把"吾"厌恶的秃先生吓走，那长毛必定是好人，王翁对我好，那王翁就是长毛；小鸡下的蛋应该比大鸡的小，那小小的鸽子蛋肯定是小鸡下的。儿童的逻辑就是这么简单得富有童趣和创造力。作为一种非理性的原始思维，儿童的逻辑通常会淡化对结果多元层面的考虑，而在单一的直接性短暂接触中与世界发生关联。这体现在表述内容的选择上，很多被成人视角所抛弃的内容进入了文本的叙述系统。比如储藏室探险中的真诚的快乐。端木蕻良《初吻》中的兰柱和《呼兰河传》中的"我"不约而同地表现出了对储藏室的好奇和探险。兰柱常常去父亲的静室（储藏室），静室里的每一件东西"都是我所熟习的，差不多我都闭着眼睛就可以找到它们。每样东西都用手摸过，凡是可以掀开来看的，我就看到里边去，看看里边还有什么"。《呼兰河传》中那家里的储藏室由于"里边是无穷无尽地什么都有，这里边所宝藏着的都是我所想象不到的东西，使我感到世界上的东西怎么这样多！而且样样好玩，样样新奇"，于是"变成我探险的地方"，常常趁母亲不在的时候溜进储藏室，翻遍了里面的每一件物品、每一个角落，几乎所有陈旧的储藏室的积存物都被"我"翻了出来，这个探险的过程给了"我"极大的快乐和满足。这种对外界的认知欲望显然是属于孩子的。儿童对认知的渴求使他们对所处的世界充满了好奇，意欲以成人世界窥探者的角度去破译外在世界的奥秘，任何不被成人注意的角落都成了他们探究的对象，储藏室由于储存物的繁多复杂和探究可能被成人的限制和剥夺而成了儿童的首选，在文本中得到呈现。即使是成人关注的事件，儿童也能将之牵引到儿童式的注意视线里面去。萧红《家族以外的人》中的有二伯终于有一天被"我"的父亲打了，他枕着自己的血躺在地上，"脚趾上扎着的那块麻绳脱落在旁边，烟荷包上的小圆葫芦，只留了一些片沫在他的左近"。但"我"的目光并没有长久地停留在有二伯的身上，而是将视线延伸到了两只来啄食有二伯身边的血的鸭子，"我"更感兴趣的是这两只鸭子的外形："一个绿头顶的鸭子和一个花脖子的。"孩子的视角将叙述引向了似乎与整个事件无关的鸭子，使之成为最后定格的画面。当然，由于儿童对叙述者身份的承担所带来的叙述上的变化是多方面的，文本呈现的是儿童眼里的成人的世界，他们感受的直觉性所形成的文本的碎片化等等，将在以后的章节中作更为详细的阐述。

如果说儿童视角的选择塑造了活泼天真的儿童叙述者，建构了文本内容上的儿童色彩，那么，儿童心灵的稚嫩与视角的晶莹纯净，则使文本的叙事口吻体现出单纯稚嫩活泼清新的气质。"我家有一个大花园，这花园里蜂子、蝴蝶、蜻蜓、蚂蚱，样样都有。蝴蝶有白蝴蝶、黄蝴蝶。这种蝴蝶极小，不太好看。好看的是大红蝴蝶，满身带着金粉。蜻蜓是金的，蚂蚱是绿的，蜂子则嗡嗡地飞着，满身绒毛，落到一朵大花上，胖圆圆的就和一个小毛球似的不动了。"（《呼兰河传》）这是一个儿童眼睛里的大花园，有着大红蝴蝶、金蜻蜓、绿蚂蚱的大花园，字里行间充满着的是儿童的欢快和纯真。至于"我"在储藏室里与有二伯分享偷盗的秘密，则更体现出叙述的灵动与清新："他的肚子前压着一个铜酒壶，我的肚子前抱着一罐墨枣。他偷，我也偷，所以两边害怕。/有二伯一看见我，立刻头盖上就冒着很大的汗珠。他说：'你不说么？'/'说什么……'/'不说，好孩子……'他拍着我的头顶。/'那么，你让我把这琉璃罐拿出去。'/他说：'拿吧。'/他一点没有阻挡我。我看他不阻挡我，我还在门旁的筐子里抓了四五个大馒头，就跑了。"（《呼兰河传》）无论是场景的设计，还是人物关系的安排，都流露出一个小女孩的童真与稚拙。即使是指向沉重痛苦的成人世界的叙述，也在孩子的视角观照之下呈现出口吻上的单纯和清新。张天翼的《蜜蜂》透示的是 20 世纪 30 年代中国的阶级矛盾和现实争端,却是以孩子的口吻徐徐道来:"古时候恰巧爸爸跟哥哥跟大家的爸爸哥哥跟罗老师跟徐老师跟师范生跟许多许多人,一千一万个人,到鲜长牙门那里请怨,要振华养蜂场搬走。请呀请的振华养蜂场就不在九里松了,恰巧振华养蜂场就搬到和尚桥了。"以日常口语写出,保存着小孩子叙述中的语法和拼写错误的文字,显然是将社会的复杂斗争作了另一种稚嫩的阐述。确实,孩子的思维与成人有着太大的差别,在小小孩的视野里,阴沟洞里流淌的黑水是"藕粉似的",没有皮的被窝是被"卷成一个大鸡蛋卷直放着"的(张天翼《奇遇》),以这样稚拙的眼光和心灵为依托,后花园里纷飞的蝴蝶、蜻蜓和蚂蚱,储藏室里的偷盗经历,自然就更呈现出了童真的趣味。于是,在儿童视角的笼罩之下,带来的是叙事口吻的单纯、稚拙和清新。

儿童作为个体的人的初长阶段,还保有不受任何文化与意识形态熏染的生命原初体验,认知的有限和天真无邪的目光,使他们更愿意观察而非评判他们所不理解的成人社会的人与事,生活的复杂本性也使单纯幼稚的孩子无法也不需要做出理性的是非褒贬和价值判断。于是在儿童视角建构的文本中,道德化的议论和理性的说教退出了叙事的范畴,"讲述"变成了"显示",呈现出冷静客观的叙事态度特征。凌叔华《一件喜事》中的"凤儿",对父亲纳妾所造成的妈妈们的痛苦浑然不觉,眼中所见的是过年般的喜庆,感受到的是过年般的快乐,除此之外,没有任何道德上的评判和是非标准上的衡量。《呼兰河传》中的"我",则忠实地记录着那黑忽忽、笑呵呵,有着又黑又长的大辫子的小团圆媳妇的故事：小团圆媳妇来了，被街坊邻居相看议论着；小团圆媳妇被胡家打了，"我"经常听到她被打时的哭叫声；小团圆媳妇"病了"，好心人善意地去献各种偏方野药，胡家为小团圆媳妇跳神赶鬼。终于胡家为彻底治好小团圆媳妇要给她跳神"洗澡"了，于是"看热闹的人，络绎不绝地来看。我和祖父也来了"。只见"她在大缸里边，叫着、跳着，好像她要逃命似的狂喊"。"我看了半天，到后来她连动也不动"了，于是"我跟祖父说：'小团圆媳妇不叫了。'我再往大缸里看，小团圆媳妇没有了。她倒在大缸里了。""我"只是就物观物，就事叙事，客观地叙述小团圆媳妇出现在"我"视野里以后的遭遇，至于事件背后的深层意蕴，那不是"我"一个五岁的孩子所能分析和评判的。《孔乙己》中的小伙计"我"，也没有对孔乙己命运的把握，只是觉得孔乙己是一个好玩的能给人带来快乐的人物：当他被人问到因偷书而被打之事时，"便涨红了脸，额上的青筋条条绽出，争辩道：'窃书不能算偷……窃书！……读书人的事，能算偷么？'接连便是难懂的话，什么'君子固穷'，什么'者乎'之类"；对没有进学考取秀才的质询，孔乙己更是"立刻显出颓唐不安模样，脸上笼上了一层灰色，嘴里说些话；这回可是全是之乎者也之类，一些不懂了"。"我"对孔乙己的尴尬与颓唐显然是不理解的，但从孔乙己面对质问时或青筋绽出的红脸或颓唐不安的灰脸中，从这些表情中，"我"感到了一种朦胧的快乐，他所说的那些难懂的之乎者也的话，在"我"看来也是好玩的。于是在众人捉弄孔乙己的哄笑声中，在这些笑声所营造的快活气氛中，"我"享受着"可以附和着笑"的权利，完成了孔乙己形象的塑造：一个好玩的、能使人开心的人。至于众人为什么要取笑孔乙己？孔乙己什么时候死的？这都不是"我"所关心的内容，也不是"我"能理解的内容；对庸众的批判，更不是一个专管温酒的小伙计的思维与认知能力上所能完成的。于是，文本中就只留下了生活的本来面貌，没有任何的品评，儿童叙述者保持着平淡中立的态度。

但是，在儿童视角这一叙事策略的实际运用中，要让作者完全将自己从叙述者的身份中剥离出来，用一种纯粹的儿童眼光去审视与体察成人的世界，这似乎也是不可能的。W. C. 布斯在《小说修辞学》中认为：就小说本性而言，它是作家创造的产物，纯粹的不介入只是一种奢望，根本做不到，"虽然作者可以在一定程度上选择他的伪装，但是他永远不能选择消失不见"。"作者的判断，对于那些知道如何去找的人来说，总是存在的，总是明显的。"① 因此，成人作者不可能对他用儿童视角建构的叙事文本全然信赖，不作任何的干预和介入，尤其是当这些作者建构的故事往往与自己的童年有关时，作者采纳的儿童视角更不可能是纯粹的。《社戏》里的故事取自鲁迅在平桥村外婆家的经历；《初吻》中的兰柱，就是端木蕻良的小名；《呼兰河传》中描述的后花园是萧红童年生活留给她的最深刻的记忆。他们的儿童视角小说实质上就是对自己童年的一种回忆与记录方式。即使作者构置的情节与自己的童年经验无关，成人作者的身份也将使他在操纵儿童形象以完成文

---

① ［美］W. C. 布斯著，华明等译：《小说修辞学》，北京大学出版社 1987 年版，第 23 页。

本的叙述中呈现出回忆的性质。而只要是童年回忆，则它必然是"过去的'童年世界'与现在的'成年世界'之间的出与入。'入'就是要重新进入童年的存在方式，激活（再现）童年的思维、心理、情感，以至语言（'童年视角'的本质即在于此）；'出'即是在童年生活的再现中暗示（显现）现时成年人的身份，对童年视角的叙述形成一种干预"。[1] 即使这种"回溯性叙事中再纯粹的儿童视角也无法彻底摒弃成人经验与判断的渗入。回溯的姿态本身已经先在地预示了成年世界超越审视的存在"。[2] 于是在儿童视角文本中，往往存在着两种声音：儿童身份叙述者的声音和隐含作者（成人身份）的声音。儿童叙述者的声音作为显在的主体的形式浮现在文本的表层，而叙述的过程中又夹杂着成年人历经沧桑后的批判眼光。儿童简单审美的声音与成人复杂评判的声音在文本中同时并存、轮流切换，形成了两套不同的话语系统，这两者之间的距离，构成了作品的复调。

在这种复调叙事的结构中，成年叙述者的话语和判断总是带有分析、评论甚至反讽的意味，他的声音在当下与童年的时空中来回穿梭。《怀旧》中就有一个成年人的声音在品评、褒贬着人物和事件，其中最为响亮的大概要算金耀宗受秃先生的点解"大感佩而去"后的一段："人谓遍搜芜市，

---

① 钱理群：《文体与风格的多种实验——四十年代小说研读札记》，《文学评论》1997 年第 3 期。

② 吴晓东等：《现代小说研究的诗学视域》，《中国现代文学研究丛刊》1999 年第 1 期。

当以我秃先生为第一智者,语良不诬。先生能出任何时世,而使己身无几微之疵,故虽自盘古开天辟地后,代有战争杀伐治乱兴衰,而仰圣先生一家,独不殉难而亡,亦未从贼而死,绵绵至今,犹巍然拥皋比为予顽弟子讲七十而从心所欲不逾矩。若有今日天演家言之,或曰有宗祖之遗传;顾自我言之,则非从读书得来,必不有是。"无论从反讽的语调、老辣尖刻的笔致还是纵横捭阖的叙述内容,都表明这段议论是出自成年人之口,是成年叙述者站在当下的立场对儿童叙事的评论性干预,目的是为明确地揭示出秃先生的真正的面目,使读者对之有一个更为清晰的把握。而《呼兰河传》中贯穿的成年叙述者的声音,意图更为深刻和复杂,她将主题引向了对呼兰河这个小城文化学和民俗学意义上的审视。小说的主体部分以"我"的儿童视角回忆了有关后花园的生活,有关小团圆媳妇、有二伯和冯歪嘴子的故事,用天真的视角和天真的话语将呼兰河小城里的人生娓娓道来,但开头两章对呼兰河人麻木愚昧生活的描述,则显然是属于成年叙述者的声音范畴,而且这个声音一直或隐或显地伴随着儿童叙述者的眼光。即使在"我"叙述小团圆媳妇的故事中,也要不时地干预进来,"呼兰河这地方,到底是太闭塞,文化是不大有的。虽然当地的官、绅,认为已经满意了,而且请了一位满清的翰林,作了一首歌",这首歌被配上了从东洋流传来的乐谱在呼兰河传唱,"使老百姓听了,也觉得呼兰河是个了不起的地方,一开口说话就'我们呼兰河';那在街上捡粪蛋的孩子,手里提着粪耙子,他还说'我们呼兰河!'可不知道呼兰河给了他什么好处。也许那粪耙子就是呼兰河给他的"。在儿童叙述者快乐地回忆童年经历,原生态地呈现生活的本来面貌的过程中，成年叙述者的声音时断时续地浮出文本的表层，将儿童视角不能承载的文化学、民俗学的内容展现在读者的视野中，并表达着对发生的事件的反讽和批判的态度。

因此，儿童视角文本的复调结构首先表达的是叙述者的道德立场和对现实、人生的当下态度，儿童话语系统与成人话语系统的交织，实质上是成人当下的写作意图渗透于童年叙事文本得以实现的方式。从这个层面上来说，儿童视角的复调结构在作者选择视角的过程中已经确立，它是立足于童年回忆而指向现实的成人世界的，以通过童年回忆更深刻地认清现实人生的本真面目。于是，在儿童的叙事文本中，成年人对现实的评论性声音与姿态总是掩饰不住地显现在儿童的叙述中。即使不直接露面，读者也能感受到弥散在小说的叙述中的成人情绪。端木蕻良的《早春》在写到"我"不顾一切要得到的小黄花被金枝姐失手掉入山涧时，心里的痛苦倾泻而来："我一定听到了她发出的一种声音，一种奇异的凄惨的转侧着的声音，要不然我的没有长成的肌肉不会那样痉挛……那一朵黄花跌落在水中'哧'的一声熄灭了，绿色的绫绸，仿佛焦糊了一下，皱折了一下，哗哗地滚落下去。什么都完了。"一朵小花的丢失在一个儿童心灵中所造成的震撼是如此的强烈和刻骨铭心，显然是过于夸张了，虽然文本似乎是以内心独白的形式来展露儿童"我"的心情，但其中蕴含的应该是现实生活中成年作者情感失落的悲怆和隐痛，那种幻灭的感觉和悸痛的悲哀对稚嫩单纯的孩子来说过于沉重也过于深刻了，这段文字其实是成年叙述者借助儿童之口对内心情绪的宣泄。这种成人叙述者对儿童叙述者的心理介入，构成了成人世界与儿童世界的互染和两存。当然，有的时候，成人叙述者只是站在当下的时空中，时不时地对儿童的叙述进行补充和说明，表达文本回忆的性质，并不明确地显示其评论的姿态，但成人叙述者的声音跨越时空出现在儿童视角的文本中，还是造成了视角的不统一，构成了文本多种声音并存的复调结构状态。

这种成人叙述与儿童叙述两种话语系统交织的叙事结构，显然使叙事文本在充满内在叙事张力的机理中生成了超越现有文本的他种意义，从而拓宽了叙事的空间。实质上，读者对这种成年人的声音也能认可。毫无疑问，读者在儿童叙述者的牵引下，获得了阅读中的审美愉悦，但读者对世界的观察和认知又是远远地超过了儿童的，成年叙述者的评论声音使他能对儿童叙述者所展示的世界作进一步的思考，将作品的主题引向更深刻的层面。这也是儿童视角所建构的文本的复调意味的又一价值所在。

第二节　儿童感觉的"碎片"呈现

一旦儿童视角成为建构文本的叙事策略，那么与视角相一致的感觉也必将是属于儿童的，文本中遍地都是儿童的感觉、印象和直觉。汪曾祺曾经无限感慨地评述过废名《桥·万寿宫》中的一节文字："读《万寿宫》，至程林写在墙上的字：'万寿宫丁丁响'，我也异常的感动，本来丁丁响的是四个屋角挂的铜铃，但是孩子们觉得是万寿宫在丁丁响。这是孩子的直觉。孩子是不大理智的，他们总是直觉地感受这个世界，去'认同'世界。"① 这与成人视角形成了极大的反差。成人总是从社会文化的角度去认知世界，在经历尘世后的厚重的文化积淀中表达对历史、社会与世态人情的理性把握，于是本能的感觉收缩了，文本往往蕴含丰富的社会文化成分；而儿童的思维与认知特点使他们更多地表现出生命个体原初的本能的体验，文本表达的是儿童的心灵和儿童的视角所呈现的经验和感觉，并由此而形成独特的审美价值。

一　与自然的本能亲近

在儿童视角被选择成为文本的叙事策略后，文本中的儿童与动物、自然获得了一种本能的亲和，人与物的界限模糊而朦胧，自然界的万物在儿童的感觉范畴里都富有了生机和灵气，儿童也在与自然的心灵交感中获得了生活与精神的丰富和充实。

根据皮亚杰对儿童思维的研究，认为"儿童最早的活动既显示出在主体和客体之间完全没有分化，也显示出一种根本的自身中心化"。② 他们分不清你和我的差别，视自然界的万物都是跟他一样的存在物，甚至认为他知道的别人也一定知道。这种稚嫩直观的以自我为中心来感知世界的思维方式，使他们自然而然地将"一切都等同于有生命的'我'，

---

① 汪曾祺：《万寿宫丁丁响（代序）》，汪曾祺著，范用编：《晚翠文谈新编》，生活·读书·新知三联书店 2002 年版，第 242 页。

② ［瑞士］皮亚杰著，王宪钿等译：《发生认识论原理》，商务印书馆 1981 年版，第 23 页。

不能区分有生命的和无生命的现象,而把整个世界(无论是物还是人)都作为有生命的和有情感的对象来加以对待",[①]他们"常常与椅子谈话,与草木微笑"。[②] 用18世纪意大利哲学家维柯的话说,就是儿童总是"把无生命的事物拿到手里,戏与它们交谈,仿佛它们就是些有生命的人",[③] 构成了"万物有灵"的思维特征。这与成人的泛神论哲学观念显然是不同的。泛神论勃兴于人们渴求自由平等的背景中,是一种自觉的意识追求,以达到人神合一、人与自然同化的生存境界;而儿童的万物有灵论则是自发的,源自儿童主客体不分的思维模式。于是没有生命的山川草木,在孩子们的眼里,有了灵动的气息,呈现出活泼的生命,而且都带上了儿童特有的生机和情趣。"草叶绿绿的,树叶绿绿的,浮动着一层美丽的阳光,仿佛都含着轻松的笑意。"(艾芜《童年的故事·手》)"在朝露里,那样嫩弱的须蔓的梢头,好像淡绿色的玻璃抽成的,不敢去触,一触非断不可的样子。同时一边结着果子,一边攀着窗棂往高处伸张,好像它们彼此学着样,一个跟着一个都爬上窗子来了。到六月,窗子就被封满了,而且就在窗棂上挂着嘀嘀嘟嘟的大黄瓜、小黄瓜、瘦黄瓜、胖黄瓜,还有最小的小黄瓜纽儿,头顶上还正在顶着一朵黄花还没有落呢。"(萧红《后花园》)"花开了,就像花睡

---

① 童庆炳:《作家的童年经验及其对创作的影响》,《文学评论》1993年第4期。

② 叶圣陶:《文艺谈·十》,原载《晨报副刊》,《叶圣陶论创作》上海文艺出版社1982年版,第20页。

③ [意]维柯著,朱光潜译:《新科学》,人民文学出版社1986年版,第98页。

醒了似的。鸟飞了，就像鸟上天了似的。虫子叫了，就像虫子在说话似的，一切都活了。"（萧红《呼兰河传》）那含着轻松笑意的叶子，你追我赶往窗上爬的黄瓜蔓子，嘀嘀嘟嘟挂满了窗棂的胖瘦不等的黄瓜，睡醒了的花、说话的虫子，都具有了人的情趣和姿态，甚至连破旧的草房子也是活的："可曾有人听过夜里房子会叫的，谁家的房子会叫，叫得好像个活物似的，嚓嚓的，带着无限的重量。往往会把睡在这房子里的人叫醒。"（萧红《呼兰河传》）作家赋予了世间万物以血肉和情感。至于本身缺乏灵性的猫狗等家禽走兽则成了富通人性、善解人意的忠实伴侣。鲁迅《猫·狗·鼠》里的那只可爱的小小的隐鼠，每每在"我"的书桌上"从容的游行，看见砚台便舐吃了研着的墨汁"，这给"我"枯寂的读书生活带来了"非常惊喜"，以至"大半天没见"就"感到寂寞了"，甚至"若有所失"，当得知隐鼠被猫吃了之后，就将猫视作了不能眼见的仇敌。萧乾笔下那通灵性的小狗花子，更是摇着尾巴时时伴随在"我"的左右，"只要我一打哨，这有着梅花鹿身份的小狗，无论溜得多么远，无论和多么漂亮的同类在调情玩耍，都会立刻抹过头来，硬起耳叶，用眼睛瞄准了哨子的来处，然后摇摇小尾巴，就一纵两纵地纵到我的跟前"，一看到"我"放学，马上就会"蹿到我的脚前报到"，然后一路"影子似地跟着我"。（萧乾《花子与老黄》）这些动物都有着活泼、机灵、聪明的秉性，虽然它们作为个体的形象或许鲁莽可爱，或许温顺可人，但是它们都与儿童的心灵契合，与儿童的精神相通，作为儿童的忠实伴侣填充着儿童或寂寞单调或色彩纷呈的生活，儿童也在这过程中获得了精神的愉悦和满足。

因此,在儿童主客体不分、自我中心的思维方式的观照之下,围绕在儿童身边的动物和植物都勃发出鲜活的生机,散发着人性人情的光辉,使人与物之间的一种心灵交感自然呈露。在这样的思维模式下,人与物的界限朦胧了:粉房的歌声是"像一朵红花开在了墙头上"(《呼兰河传》);有二伯上唇的红色的小胡子"像是一条秋天里"的"毛虫子"(萧红《家族以外的人》);"我"眼中的五娘"像一枝红芍药花,可是闪着银白色的光"(凌叔华《一件喜事》)。这种新奇的想象与比喻打破了人与物的天然局限,实质上,比喻本身也不仅仅只是作为一种修辞手法和写作的技巧,而是儿童视角和儿童感觉的文字呈现,或者说,这样的比喻是建立在儿童物我不分的感觉方式基础上的。在成人高声呼喊"回归自然"的激烈姿态中,在人类试图从自然中寻找平衡内心的精神家园的自觉努力中,儿童却凭借稚嫩的思维表达着与自然本能的亲近,并在与世间万物无意识的精神与心灵交流中获得了生命的丰富。《初吻》中那段"我"在田野里捉蚂蚱的描写,是会让每一个希望回归自然的成人神往的。在"我"的视角中,各色的蚂蚱在田野里翻飞,"紫色的土色的黄色的苍绿色的花的蛇色的穿梭似的飞",它们又是那么的骄傲,那么的快活和得意,透明的翅膀在阳光中"闪耀着欢喜的光芒",这种快乐同样是儿童对自然亲近,与自然合一的结果。而大自然也将自己所有的神奇和神秘,都展现在了未经世事熏染的孩子的稚气的眼睛里,听凭他们的好奇和幻想的驰骋。在孩子好奇和富于探索的眼睛里,成人眼中那平淡无聊的现实生活变得丰富而奇妙,一种神奇的色彩开始蒙上了周围景物和真实生活的表层:大人眼中一个普通的种菜的后园，在儿童的视线里，却只见"花园里边明晃晃的，红的红，绿的绿，新鲜漂亮"，成了充满着梦幻和想象的神奇乐土。那站在园子西北角上的一棵榆树，"来了风，这榆树先啸，来了雨，大榆树先就冒烟了。太阳一出来，大榆树的叶子就先发光了，它们闪烁得和沙滩上的蚌壳一样了"。（《呼兰河传》）一个"啸"字，一个"冒烟"，将一棵普普通通的榆树衬托得那么富有灵性和神奇，传达出了儿童眼中这棵平常榆树的新奇和情趣。在一个种菜的园子也具有了鲜亮的色彩和迷人的幻想的孩子眼中，本就神秘莫测的大海，更引起了孩子好奇的想象："我要是能随着这浪儿，直到了水的尽头，掀起天的边角来看一看，那多么好呵！那么一定是亮极了，月亮的家，不也在那里么？不过掀起天来的时候，要把海水漏了过去，把月亮濡湿了。"（冰心《鱼儿》）对无限宇宙的凝望，是儿童强烈的好奇心驱使下对遥远物象的探寻，空间的距离感构筑了他们心中充满梦幻的完美世界，于是，他们要掀起天的一角，找寻天空中幻想的美，但又生怕漏出去的海水濡湿了晶莹的月亮。正是这样明澈而纯净的想象和感觉，使文本呈现出飞扬灵动的艺术气质。

成人在尘世的生活中逐渐磨钝和摧折了对自然的感觉，他们试图努力建构人与自然交融的生存环境和精神体系，但这种有意识的自觉的追求本身却已经使人自己凌驾在了自然之上，"回归自然"的呼喊和努力融入自然的行为本身表达的正是人与自然的分离状态。而儿童对自然的亲近是出于一种本能的驱使，主客体不分的泛灵思维模式、好奇的探究眼光，使他们对自然和社会有了一种迥异于成人的解读。在他们的视野里，自然和社会呈现出新奇有趣的色彩，即使是成

人熟视无睹的春天的花鸟、可爱的小动物、普通的后花园与
大海，在儿童视角的审视之下，在儿童的心灵与感觉中，也
都呈现出了丰富的姿态和盎然的趣味。这些表达着人与自然
的和谐的文本呈现在现代小说的文本序列里，不能不说是值
得人关注和欣悦的，它让我们想起郁达夫等浪漫主义作家
"对于大自然的迷恋"① 以及融入自然的渴望和努力：《迟桂
花》里人与自然的两相交融，《东梓关》中文朴对大自然怀
抱的依恋，《沉沦》中的"他"对澄澈透明的大自然的逃遁
和陶醉等等。但这些成人视角文本所表达的都是人对自然的
理性接近和回归，是成年人由于对现实的不满和失望而返回
自然找寻心灵的安慰，其中寄寓的也是作家试图从大自然中
寻觅并恢复被现代性社会机器文明和物质主义原则所异化和
扭曲的人类原初品性的努力，和儿童对自然的那种出自本能
的心意相通显然存在着层次上的不同。儿童视角小说似乎是
在不经意间就轻易地达到了真正平等意义上的人与自然的相
互融合，而这种融合也使成年作家顺利地通过儿童走向了对
自然的本能亲近，达到了天人合一的至纯境界，理性的哲学
观念与感性的儿童式直觉在儿童视角的参与下，获得了真正
的互渗和交融。

二　感受世界的细节化方式

儿童视角建构的文本几乎是由细节构成的。这是由儿童
的思维特征决定的。发展心理学认为，儿童的思维伴随着儿

---

①　郁达夫：《忏余独白》，《郁达夫文集》（第7卷），花城出版社
1983年版，第249页。

童的生命的成长，呈现出感性认知的特点，并逐渐向抽象逻辑的结构转化，但是这个过程需要一个较长的时间序列才能完成，因此在儿童的生命阶段，思维"具有很大成分的具体形象性"，① 不谙世事的孩子只注意到具体形象的客观事物的外在展现，而缺乏运用概念进行抽象的概括、判断和推理的能力，呈现在儿童视角里的是一个个具体的细节。细节化的呈现正是儿童观察世界感受世界的方式。当然成人也有对世界的细节把握和呈现，但是细节对儿童和成人的意义是不同的，在儿童的思维中，甚至可以说细节是儿童的全部感受策略。由于思维的特点以及视角的单纯与好奇，他们无法了解掌握事件背后隐藏的深层意蕴和内涵，只能将生活中最显在的表象详细地展现出来，好奇的本性也使他们愿意去追寻生活中的任何可能被成人忽视的细节。

《初吻》中的兰柱对父亲静室里的陈设了如指掌，并洞察其中任何一件物品的各个细节。他不仅知道："那个古铜的法铃里的小锤也是一个小铃铛。西藏传来的披着紫甲的瓷金刚，背后的火焰是活动的，拿下来也可以的。"而且知道："父亲的大铜仿键子，拼起来是个长键子，拆开来是个仿圈，笔洗旁边是两只螃蟹，放水放得正合适的时候，螃蟹的眼睛里就透出两粒小水珠儿来，像是活了的。"这样拆卸和重新拼装物品也许是属于每一个孩子的经历，他们总是好奇地探寻每一个物品里里外外的所有细节，并从这些具体的物象身上开始对世界的解读和把握。

---

① 朱智贤：《儿童心理学》，人民教育出版社 1981 年版，第 344 页。

如果说《初吻》中的这些细节还只是属于景物的细节，是儿童的好奇心和探究的结果，那么《社戏》、《家族以外的人》、《早春》则包容了许多脱离任何因果逻辑的天真无邪的儿童心理细节。《社戏》中的"我"努力支撑期待着蛇精的出场，然而老旦却终于出台了："老旦本来是我所最怕的东西，尤其是怕他坐下了唱。这时候，看见大家也都很扫兴，才知道他们的意见是和我一致的。那老旦当初还只是踱来踱去的唱，后来竟在中间的一把交椅上坐下了。我很担心；双喜他们却就破口喃喃的骂。我忍耐的等着，许多工夫，只见那老旦将手一抬，我以为就要站起来了，不料他却又慢慢的放在原来的地方，仍旧唱。""我"一直在交代怕老旦坐下来唱，而老旦终于坐了下来，虽然"我很担心"，但还是忍耐着，等待的焦虑、无奈和期待交织在一起，这种情绪在老旦抬手又慢慢放回原处的瞬间里得到了极好的展示和宣泄，"我"正是从这个细节中感到了真正的扫兴和期望的泯灭。《家族以外的人》里"我"为躲避妈妈的追打逃到了后花园的树上，天黑后才从树上溜下来，但对母亲依然心存胆怯，于是"在院心空场上的草丛里边站了一些时候，连自己也没有注意到我是折碎了一些草叶咬在嘴里。白天那些所熟识的虫子，也都停止了鸣叫，在夜里叫的是另外一些虫子，它们的声音沉静，清脆而悠长。那埋着我的蒿草，和我的头顶一平，它们在我的耳边唱着那么微细的小歌，使我不相信倒是听到还是没有听到。"儿童心中的孤独寂寞在这些对自然声音的聆听中得到了细节的展示。而端木蕻良《早春》中的细节更是有着浓墨重彩的铺展。在"我"的眼里，一朵黄色的小花是"一团有生命的火焰，懂得爱慕的电花……那花穿过了我心房的每根纤维，使我的每滴血液都渗和了香味，使我每次呼吸都随着她而震颤，她的每个闪光都在我的心里唤起一片透明的可喜的爱悦"。确实，儿童对自然对生活并不如成人所想象的那么粗疏和平淡，在他们的心灵感受中，也有着许多切肤的疼痛和惊喜，世界在他们纯真的眼睛面前，表现出了全部的细节和真实。正因为此，儿童也更能够发现常常被成人或麻木不仁或熟视无睹的眼睛所疏忽的细节和生活的真实：在众人都将小团圆媳妇看作是病人、怪物的集体语境中，只有"我"说小团圆媳妇"不是什么媳妇，而是一个小姑娘"，她也没有病，更不是掉了头发的怪物，她的头发"看那样子一定是什么人用剪刀给她剪下来的"。(《呼兰河传》) 甚至那些成人着意隐瞒或不愿说破的事实，孩子单纯的视角与感受也触摸到了事情的真相，小英就清楚地明白出嫁的三姑姑哭的原因是她"怕那个老太婆（三姑姑的婆婆——引者注），一定是那个老太婆欺负她了"，这就像安徒生童话《皇帝的新装》中的那个小孩，他一眼就洞穿了皇帝什么都没有穿的事实。

因此，儿童视角小说中展示的是各种细节，事实上，儿童视角构筑的叙事系统正是由细节建构起来的文本，《呼兰河传》中展示的呼兰小城人的生活就是由细节组成的，这中间没有统一的时间逻辑和情节逻辑，无论是小团圆媳妇的故事、有二伯的故事还是冯歪嘴子的故事，几乎每一章每一节都是可以独立存在的，它们只是一些没有内在因果联系的细节。即使是每一个人的故事，也是细节的、印象式的。小团圆媳妇的故事是一个个的片段：相看、被打、跳神治病，有二伯的故事更是松散：有二伯的性情古怪、有二伯的行李、有二伯的鞋子、有二伯的草帽、有二伯的爱偷等等,这显然是富感知性特征的儿童视角观察的结果,在缺乏概括和抽象思维能力的儿童眼中,也只可能是这样一个个的细节性片段。这样的碎片式的文本内容形态,在儿童视角小说中几乎是普遍存在,骆宾基的《幼年》就是由随着母亲到红旗河去洗衣服、坐在炕上看母亲裁衣服、把碎布剪成小布条、到韩四婶家看喂猪、跟随父亲去赴宴等琐琐碎碎的细节构成的。《社戏》中给我们留下最深印象的也许是偷罗汉豆的细节。因此,儿童思维的具体形象性特征,决定了在儿童视角建构的文本中,许多被成人忽略了的细节重新落入了表现的视野,在呈现儿童的感觉的前提下,文本也将以表现细节为其显在的构造特征。而这种儿童视角的细节化表述,一方面触摸到了生活的真实,还原了生活的本来面貌,同时孩子对世界的一知半解和感性的思维方式,又使他们无法真正把握世界的深层意蕴和内涵,只能真实地展现生活的表象。然而这些感性的、具有毛茸茸质感的生活的真实,却使已经习惯了从观念到观念,习惯了抽象的概括和推理的成人体验到了新鲜的感觉,产生了审美上的陌生感。实际上,细节产生的触目惊心的震撼效果和身临其境的审美意蕴是远远超过了简单的概括和判断的。正是在这个意义上,我们可以说,儿童视角所产生的细节,不仅极大地丰富与深化了表现的内容,也使深富理性的成人读者从细节中体悟到了新鲜的快乐,从细节中解读出了表象背后的深层内涵。

三 世俗生活的直觉把握

儿童的思维是感性的、直觉的,没有理念的束缚,缺乏抽象判断推理的浓重理性，这是本章一直阐释和强调引用的观点，叶圣陶也曾一再述说"儿童的心里似乎无不是纯任直觉的"①。确实，由于儿童的初历人世和稚嫩的思维能力，使他们游离在了束缚着成人的铺天盖地的概念、理智、真理之外，以感性的态度去感知和了解世界，真正"直觉地感受这个世界"，"把握周围环境的颜色、形体、光和影、声音和寂静"。② 值得注意的是，这里所说的直觉是儿童的直觉，而不是经验丰富的成年人的直觉。成年人的直觉是以经历的沧桑世事为基础的，渗透着社会阅历和文化的深厚积淀以及充实的理性内涵，而儿童的直觉几乎没有任何文化和意识形态的浸染，没有世间尘埃在心灵中的积存。因此，当他们用这种直觉的眼光和心灵去窥探成人的世界，用孩子的心理和情趣去述说和剖析外在的成人世界时，就呈现出了生活的原生态内容和他们对生活的原初体验，直觉的思维模式决定了文本的直觉色彩和感性表述。这种直觉性和感性是成人视角小说所无法企及的。

儿童视角文本中呈现的是儿童对生活的直觉和感性解读，表达的是他们对生活现象的直觉把握和表层感受。《呼兰河传》中有关祖母病重和去世的事件，在"我"的眼里，只是"祖母病重，家里热闹得很，来了很多亲戚，忙忙碌碌不知忙些个什么"，"祖母一死，家里陆续着来了许多亲戚，有的拿着香、

---

① 叶圣陶：《文艺谈·十》，原载《晨报副刊》，《叶圣陶论创作》上海文艺出版社1982年版，第20页。

② 汪曾祺：《万寿宫丁丁响（代序）》，汪曾祺著，范用编：《晚翠文谈新编》，生活·读书·新知三联书店2002年版，第242页。

纸,到灵前哭了一阵就回去了。有的就带着大包小包的来了就住下了。大门前边吹着喇叭,院子里搭了灵棚,哭声终日,一闹闹了不知多少日子。请了和尚道士来,一闹闹到半夜,所来的都是吃、喝、说、笑。"祖母的病重去世在"我"的感觉里留下了的只是"热闹"、"闹"、"吃喝说笑"这些表层的内容。确实,人的死亡对一个五岁的孩子来说太过遥远和苍茫,她不可能了解死亡的真正意义和内涵,在小女孩的天真视角里,祖母的死是与热闹并置的,这是一个不谙世事的小女孩对生活的真实感受。废名小说《阿妹》中的阿妹对自己的死亡也是"很欣然的去接近的",但是,当母亲告诉她死了以后"你一个人睡在山上,下雨下雪都是这样睡"的时候,阿妹才"愕然无以对了"。阿妹对死亡的恐惧不是来自抽象的意念,而是母亲对死亡无论下雨下雪都要一个人睡在山上的具象描绘。也就是说,只有当死亡以具体的感性的形式呈现在阿妹的眼前时,她才感到了害怕,而且她害怕的也不是抽象的死,而是要一个人睡在山上的孤单和恐惧。

当然对成人来说都是充满着神秘意味的死亡,要儿童做出正确的把握,确实是过于苛刻了,事实上,儿童的直觉、稚嫩的思维形式使他们对成人司空见惯的事件也常常进行误读。他们是按照自己的方式来把握这个成人的世界的。环哥也许是喜欢父母的争吵的,因为"吵了嘴后,环哥照例应享有一次随了妈妈到新鲜地方的旅行","'上城里去哩!'环哥乐得直颤着身子"。(萧乾《篱下》)对母亲被父亲遗弃后的出走,环哥感到的只是旅行的快乐和终于可以上城去的欣喜,在他小小的心里还没有容纳有趣以外的事情的空间。弟弟对大人之间的事情也在一次次的误读(凌叔华《弟弟》)。

他将二姊姊对婚事的害羞和家里人因对婚事的兴奋和忙碌而造成的对自己的冷落，都看成了是自己偷偷地将二姊姊收集的报纸上林先生的文章和照片都拿给林先生看这件事情的结果，他的小心眼里充满着担心："坏了，林先生一定把昨天我开开二姊姊抽屉的事情告诉他们了。""他愈想愈怕"，尤其是看到晚饭时姊姊话也不说，只低头吃了一碗饭时，他更加确定"姊姊方才生气了，若不是，怎么吃得这样少，也不同他说话呢？"甚至感觉到连"妈妈也生我的气了，今晚连菜都不给我捡，也不搭理我了"。殊不知姊姊的"生气"是源自有人给她做媒的害羞，妈妈的"生气"是忙着"起劲的同爸爸商量"喜宴是放在"德义馆好或忠信堂好"的无暇他顾。弟弟的思维和关注点与大人们的忙碌形成了两条没有交叉点的线，于是，在弟弟的感觉里面，姊姊婚事的决定过程成了大人们对他偷看姊姊抽屉的"生气"，而文本表达的就是弟弟的这种感觉。丰子恺《华瞻的日记》里的"我"对成人世界的不理解就更多了："那一天爸爸同我到先施公司去，我看见地上放着许多小汽车、小脚踏车，这分明是我们小孩子用的；但是爸爸一定不肯给我拿一部回家，让它许多空摆在那里。回来的时候，我看见许多汽车停在路旁；我要坐，爸爸一定不给我坐，让它们空停在路旁。又有一次，娘姨抱我到街里去，一个捎着许多小花篮的老太婆，口中吹着笛子，手里拿着一只小花篮，向我看，把手中的花篮递给我；然而娘姨一定不要，急忙抱我走开去。这种小花篮，原是小孩子玩的，况且那老太婆明明表示愿意给我，娘姨何以一定叫我不要接呢？"当孩子们从自己的感觉出发来审视这个世界时，要做到理解确实是太难了。他们的抽象逻辑结构还没有最后形成，感性和直觉是他们思维的主要形式，因此他们不可能以客观的逻辑关系为依据去做出判断和推理，而往往是以对待生活的态度为旨归。

儿童是以游戏的姿态对待生活的，他们的全部生活内容和任务都是游戏，他们也将所有的生活看作游戏。从《怀旧》里的"吾"到《呼兰河传》、《幼年》里的"我"，都热衷于游戏，是"好玩"两个字将"我"引向了一切的人物和故事。《呼兰河传》中的小女孩是贪玩的，她在后花园里追蜻蜓、采倭瓜花心、捉蚂蚱；把透着花窗棂的纸窗捅成一个个窟窿；即使祖母去世了，她还在后花园里顶着缸帽子玩，欣喜着这巨大的发现，"这小屋这么好，不怕风，不怕雨。站起来走的时候，顶着屋盖就走了，有多么轻快"，于是"我顶着缸帽子，一路摸索着，来到了后门口，我是要顶给爷爷看看"。环哥是贪玩的，虽然寄居在姨家，可是还是下河捉泥鳅上树打枣（《篱下》）；兰柱也是贪玩的，摸索父亲静室里的一切摆设，在田野上自由地追逐蚂蚱，买通看门人，偷偷地与金枝姐去野地里挖莴苣菜、采小黄花（《初吻》、《早春》）；迅哥儿也是贪玩的，钓虾、看社戏、偷蚕豆（《社戏》）。确实，好玩是儿童的天性，游戏是儿童的全部生活内容。当他们用这种游戏的心态去审视生活的时候，生活也就成了游戏。"当祖父下种，种小白菜的时候，我就跟在后边，把那下了种的土窝，用脚一个一个的溜平，哪里会溜得准，东一脚的，西一脚的瞎闹。""祖父浇地，我也抢过来浇，奇怪的就是并不往菜上浇，而是拿着水瓢，拼尽了力气，把水往天空中一扬，大喊着："下雨了，下雨了。'"（《呼兰河传》）与母亲去红旗河洗衣服，那从"我"身上脱下来的红肚兜当然是要由我自己亲手投到水流里去浸湿，自己洗的，于是"用肥皂摩擦着平铺在方木上的红肚兜"。（骆宾基《幼年》）劳动本身变成了一种游戏，也就成了一件好玩的事情。即使是满含着艰辛和沉重的场景，在孩子的眼里有时也是好玩的。磨倌冯歪嘴子偷偷地与王大姐有了孩子，孩子和王大姐被安置在四面透风的磨房里，好奇的"我想那磨房的温度在零度以下，岂不是等于露天地了吗？这真笑话，房子和露天地一样。我越想越可笑，也就越高兴。于是连喊带叫的也就跑到家了"。不久，王大姐和孩子被磨房主人以破坏风水为由赶了出去，住进了"我"家的草棚子，看到那睡在草窝里的小孩，"我越看越觉得好玩，好像小孩睡在鹊雀窝里了似的"。房子和露天地一样、小孩子睡在鹊雀窝里，在"我"的感觉里，是非常的可笑和好玩的，其中没有苦难的阴影。这完全是一个小女孩的真实的感受，她对生活作了一种游戏的把握。甚至是一些反映沉重的社会斗争的叙事作品，由于儿童视角的采纳，也会在严肃中透示出一点游戏的性质：凶巴巴的兵由子们"还有一个体操老师，在兵由子前面巴的巴的走来走去。兵由子的体操老师肚子中间挂了一把很长很长的裁纸刀"。（张天翼《蜜蜂》）虽然在文本的表述中依然透着沉重和严肃，但"体操老师"、"裁纸刀"却在孩子对事物的错误认知中表现出了一种游戏的品格。厚重的生活在儿童的视角里，成了一种游戏。而这种"标志着活动的自由和生命力的畅通"[①] 的游戏精神，正是被现实的

---

① 朱光潜：《西方美学史》（下卷），人民文学出版社 1964 年版，第 36 页。

生活所束缚与异化的成年人所缺乏的。席勒曾经在《审美教育书简》中指出:"只有当人是完全意义上的人,他才游戏;只有当人游戏时,他才完全是人。"① 游戏能使人获得人格的完整和心灵的优美,从而产生人的主体性自由。儿童的游戏天性体现的恰恰就是健全完整的人格,而成年作家对这种游戏的体认和书写,实质上也是对已经远离的快乐自由的游戏精神的重新拾得和努力靠近,以获得心灵的自由。

既然儿童总是睁着一双游戏的眼睛打量着成人的世界,那么他的注意力就不可能长久地固定在一个事物身上。生活对他来说新奇的东西太多了,他总是目不暇接地去关注周围发生的事情。而且由于孩子的注意力本身就是迅捷转换和灵动的,只要一有新的事物闯入视野,他就会把目光转向这崭新的事物。"一抬头看见了一个黄瓜长大了,跑过去摘下来,我又去吃黄瓜了。黄瓜也许没有吃完,又看见了一个大蜻蜓从旁飞过,于是丢了黄瓜又去追蜻蜓去了。蜻蜓飞得多么的快,哪里会追得上。好在一切开初也没有存心一定追上,所以站起来,跟了蜻蜓跑了几步就又去做别的去了。"(《呼兰河传》)随着黄瓜蜻蜓在"我"的眼前依次地出现,"我"的注意力也就随之而不停地转换和变动。即使是几分钟前还是视若珍宝的东西也会被迅速地忘却。《早春》中的"我"曾经那么的珍视那朵小黄花,将之视为"一团有生命的火焰,懂得爱慕的电花"的小黄花,金枝姐用生命换来的小黄花,但是回到家一见着姑姑,"便随手把那朵黄花,交给湘灵,

---

① ［德］席勒著,冯至、范大灿译:《审美教育书简》,北京大学出版社1985年版,第80页。

但我一看，不是湘灵，我也交给了随便谁"。珍爱的黄花交给的是"随便谁"，儿童视线的这种迅速转移的特征，使儿童对世界的认知呈现出即兴的色彩，儿童被各种闯入他们视野的事物所吸引，他们的眼光被这些不断交替变动的事物牵引着，而儿童又缺乏抽象思维和判断推理的逻辑能力，他们只能对闯入自己视野的故事作客观的体验，不能将体验到的内容作体系的建构，于是儿童的直觉和感受以及由此构造的文本，也在这种牵引和转换中表现为印象和碎片。

因此，儿童视角展现的文本内容，表达的是儿童的感觉、印象和直觉。由于思维发展的不成熟，抽象逻辑能力的匮乏，儿童总是直觉地感受世界，总是以感性的态度去感知和了解世界，并对世俗生活作出直觉的把握。而且这种把握是碎片式的，没有构成完整的体系。但正是这些似乎由破碎的感觉所建构的小说，却给成人提供了另一种观察、解读和记录世界的方式，文本所呈现的别致世界也是对现代文学里由成人视角敷衍而成的理性的镜像式的世界的极好丰富和充实。而这样的文本建构方式，显然也蕴含了作者对童年时代的精神个性的保持以及在创作中对这种童年个性的重视和发扬，英国著名诗人柯勒律治曾盛赞："把儿童时代的情感注入成年人的理性中去，用儿童新颖和惊奇的感受去鉴定我们几十年来熟视无睹、习以为常的日常事物表象——这便是天才的独特个性和才能。"① 确实，这些保有童心的天才作家留给我们的天才文本，因其对世界的新颖感受和展示，至今依

---

① 吴格非：《自然、童心与诗——论英国19世纪浪漫主义文学中的童年意识》，《南京师大学报》2000年第1期。

然散发着浓艳的艺术色泽。

第三节 成人世界的审美观照

儿童视角的采纳并不意味着对成人世界的疏离。当成人作者选择儿童作为打量世界的叙事角度,借助儿童的思维方式进入叙事的话语系统时,他们并不以对儿童世界的描摹和建构作为自己的审美追求,而是要将儿童感觉中的别致的成人世界挖掘和呈现出来,以宣泄心中积郁的思想和情感,从这个意义上说,儿童视角实质上是成人自己观察和反映世界的视角的隐喻或载体。以儿童视角铺写的小说文本,观照的是有着人世沧桑苦难的成人及成人世界,无论是《孔乙己》、《社戏》,还是张天翼、萧红、端木蕻良、凌叔华的小说,儿童视角都并非专写儿童生活,最终呈现的依然是成人的形象、成人的故事,其中隐喻的主题也是严肃而深刻的,它们构成的不是儿童小说,而是有着严肃主题的社会小说。儿童只是承担了外部世界的观察者和代言人的责任。

《孔乙己》中小伙计"我"的视角里直接呈现的是包括孔乙己在内的中国的成人社会的现实,作品表达的是鲁迅对封建文化、对"庸众"的残酷的揭露和批判。孔乙己是已经失去了生存能力的落魄的知识分子,但"万般皆下品,唯有读书高"的根深蒂固的清高观念,使他依然努力保持着读书人的身份和心理优势,仍然以读书人自傲,于是,他穿着那件"又脏又破,似乎是多年没有洗,也没有补"的破长衫,成为了咸亨酒店里唯一"站着喝酒而穿长衫"的人;有着曲尺形大柜台的咸亨酒店则是整个社会的缩影，这里也有人与人之间的尊卑贵贱之分，但无论是长衫主顾、短衣帮还是掌柜和"我"，都无一例外地参与了嘲笑侮辱孔乙己这一集体性的行为，构成了对孔乙己人格的侮辱和心灵的戕害。孔乙己也只有在成为笑料、给人带来快活的空气的时候，才进入了民众的视野。"我"作为整个事件的叙述者和见证人，眼里的孔乙己也只是一个可以带来"快活的空气"的人，使"我"能在"掌柜是一副凶面孔，主顾也没有好声气，叫人活泼不得"的凝滞的氛围里，可以附和着笑几声。至于对孔乙己，也是充满了鄙夷和不屑的：当孔乙己考我"茴"字的写法时，"我想，讨饭一样的人，也配考我么？便回过脸去，不再理会"。十二三岁的"我"与"庸众"在取笑孔乙己的哄笑声中达成了共谋，"我"的视角在一定程度上代表着周围的庸众的视角。于是，呈现在一个小伙计眼里的发生在咸亨酒店的故事，它的主角或故事的焦点是孔乙己及周围的酒客，指向的主题是封建文化对人的摧残和民众的冷漠与麻木，反封建的启蒙呐喊依然是小说坚持贯彻的任务。这显然是成人作者对外在世界观察和思考的结果。在小伙计虽然略显世俗但依然孩子气的视角里，蕴含着深刻的启蒙内容，而以一个稚气未脱的小伙计视角去承载厚重的反封建主题，这内在的深刻性却也不是成人视角所能够达到的。

不仅《孔乙己》，20世纪二三十年代的儿童视角小说基本上都是借助儿童的眼睛以揭示社会问题、反映悲苦人生的。凌叔华的《小英》以一个小女孩小英的视角，目睹姑姑的婚嫁过程，讲述了姑姑不幸的婚姻。小英从起初的热切企盼和欣喜到婚后对姑姑做了新娘的沮丧和后悔，其中心情的转折都是以小女孩看到的场景、听到的诉说为指针。在姑姑的婚礼上,小英第一次见到了姑姑的婆婆,一个"吓人的老太婆","那两只眼,看人的时候,比大街口那个宰猪的还凶"。三天后去接姑姑回门时,又见"大家坐下吃茶说话,三姑姑却站在一边,后来还替那老太婆装烟袋",好不容易回了家,可"下午太阳还没下去",三姑丈就来了,说是"母亲说没下太阳前就回去",这些小英亲眼见到的情境,夹杂着姑姑向祖母伤心的哭诉:"三天都是站着,……他们晚上打牌到一两点都不睡觉,我也伺候到那时分,……吃饭也不许坐到桌上吃,女婿同他母亲坐着吃,叫我站在一边伺候。"共同形成了喜事不喜的凄楚,小英的后悔与沮丧中也蕴含了对旧式婚姻与家庭的否定。当然这么深刻的内涵对一个五六岁的孩子来说是不能理解的,但就在这儿童视角对事件的忠实记录以及孩子对恶婆婆的本能感觉中,作者对这一社会问题的批判和否定已经寄寓其中。以追随时代的文学主流思潮、反映阶级、社会矛盾斗争为创作宗旨的张天翼,更是将儿童的视线投向了灾难深重的成人社会。《蜜蜂》里的小学生在写给姐姐的信里,讲述了这样的故事:成群的蜜蜂吃光了稻浆,农民们奋起请愿反抗,但是却遭到了血腥的镇压;《奇遇》中的豫子看到听到的是奶妈为生计而丢下自己的孩子出去带奶,自己的孩子没有人照顾而病得生命垂危。故事的主干都是成人的艰难生活和尖锐的现实阶级冲突。《故乡》、《社戏》也在儿童世界与成人世界的对立中表达着对成人世界的不满和否定。

20世纪40年代以萧红为代表的儿童视角小说,虽然以表现故乡风物、描摹儿童的心理和儿童的感觉为目的,但他们的关注点依然没有真正地完成从成人世界到儿童世界的转换。一向被喻为是纯粹的儿童视角典范的《呼兰河传》，叙写的还是呼兰河小城里的人生的愚昧和麻木，"他们被父母生下来了，没有什么希望，只希望吃饱了，穿暖了"，进入"我"的视野的也是小团圆媳妇的故事、有二伯的故事和冯歪嘴子的故事，这些成人的形象和故事构成了小说的主体。《小城三月》、《家族以外的人》等儿童视角小说也是以成人形象的塑造和成人故事的讲述为创作目的，无论是翠姨的故事还是有二伯的故事，都是以贴近成人现实的形式呈现在文本的构造中。端木蕻良、骆宾基的儿童视角小说也只是将儿童的思维方式和感知特征作为真实展现成人世界的一种策略选择的结果。可以说，在整个现代文学中，选择儿童视角作为叙事策略建构而成的文本，其关注点依然是成人的生活悲欢和复杂的现实矛盾争端，观照的还是有着人世沧桑的成人和社会的苦难。而以儿童视角来观察和抒写成人的生活现实，也体现出了迥异于以成人视角写成人悲欢文本的审美指向，呈现出单纯中透深刻、以儿童世界与成人世界的并置完成对成人世界的批判、文本的诗性表达和欢快笔调，以及由此而形成的陌生化效果等品格。

儿童的视角和眼光是单纯的，他对展现在自己眼前的世界没有任何的先入之见，直觉的认知形式也使他对世界的把握停留于直观的阶段。更可贵的是，儿童与这个世界是初次相遇，还没有过多的社会文化与意识形态的濡沫浸染，纤尘未染的童心还保有着稚拙和本真的品性。以这样的眼睛去观察和记录外在的世界，自然就多了几分单纯和清晰。萧红《呼兰河传》和《家族以外的人》中的有二伯是被家族抛弃，被周围人所挖苦嘲弄的对象,他们眼里的有二伯自然就带有了个人的成见。而"我"眼里的有二伯则只是性情古怪而已。"他很喜欢和天空的雀子说话,他很喜欢和大黄狗谈天。他一和人在一起,他就一句话都没有了,就是有话也是很古怪的,使人听了常常不得要领。""有东西,你若不给他吃,他就骂,若给他送去,他就说:'你二伯不吃这个,你们拿去吃吧!'"有二伯的骂人也是骂得非常的古怪,"尽是些我不懂的话"。总之,在"我"的儿童视线中,"有二伯和后院里的老茄子一样,是灰白了,然而老茄子一天比一天静默下去,好像完全任凭了命运。可是有二伯从东墙骂到西墙,从扫地的扫帚骂到水桶……而后他骂到自己的草帽":"没有人心! 夏不遮凉冬不抗寒……"于是,通过一个不晓世事而又对世界充满了好奇的"我"的观察和描绘,塑造了一个古怪的有二伯形象。然而就在这些单纯的表述中,有二伯心灵深处的复杂思绪和创伤得到了深刻的揭示和呈现。他的心里充满了寂寞和凄苦,无法与周围的人交流和对话,只能与天空的雀子和大黄狗甚至地上的石头谈天,但内心又特别渴望别人的认同,生怕被人遗忘和抛弃,于是常常通过骂人的极端的形式表示自己的存在,不断地诉说年轻时替主人守护家园的危险和恐惧,以引起家里人对他的注意和感激。当有二伯终于有一天被"我"父亲"收拾"了之后,一种被主人家遗弃的惨痛感觉就淤积在了他的心头,一场场自杀和出走的闹剧开始上演。这整个的过程中,"我"浑然不懂有二伯的寂寞和凄苦,也不懂他的语言和行为的真实意图,有二伯的举止只是被"我"单纯地视为古怪而已,但是有二伯作为"家族以外的人"的真实生存处境和孤寂的生怕被人遗忘的内心世界，也在"我"单纯心灵的观照下被无限清晰地揭示了出来。

　　显然，儿童视角的这种单纯性为真切地反映现实提供了一个非常别致的角度。凌叔华的《一件喜事》通过儿童视角展示了一场父亲娶姨太太的快乐场面：凤儿穿上了过年才穿的新衣服，两条辫子的尾上都用两三条大红绒绳结出一个蝴蝶式，"这都给凤儿加增真的过年的感觉"，而且"祖先神龛前点了一对大红蜡烛"，还要放鞭炮，一人能拿到一只元宝的标封，爸爸"长长的脸上挂着笑"，这一切真的"都像过年"。整个小说的基调是快乐的，充满了笑声和喜气，凤儿眼中看到的也只是姨太太的如何进门，怎样放鞭炮，怎样向爸爸磕头道喜要标封，并感觉到"快活的日子常像闪电一般闪过，这一天飞快的便过完了"。作者借助于儿童的视角，使这场喜事投影在一个孩子纯洁幼稚的心中，于是就得到了清晰简单的反映和记录。同时，凤儿也被佣人嘱咐要"乖乖的跟着妈妈，不要多话，惹她生气"。也听说五娘哭了一天，饭也不吃，脸相也"没有平时可爱，狠狠地闭着嘴，方才妈妈笑着逗她说话，她都不笑"。这些话语虽然只是间或地出现在文本中，五娘和妈妈们的心灵创伤，孩子也还不能真正地了解，但在佣人的嘱咐和"我"对五娘的观察中，已经将这种伤痛明显地透示出来，喜事中流淌的其实是一种伤痛，揭示的是士大夫的不断纳妾对妻子心灵的伤害。这个沉重的属于成人的主题在孩子单纯的视角下自然地荡漾流露出来，孩子似乎是在不经意的对生活的好奇的观察中就触摸到了生活的真实，于是这个真实也就体现出了沉甸甸的质感。萧乾的《花子与老黄》写的是一个孩子眼里的世态炎凉：和父亲一起打过番子，每天接送我上学的老黄，为了抢救"我"珍爱的但是发了疯的小狗，被狗咬了，于是被赶出了家门，连工钱也是由胡妈从门缝里接过去，放在了地上。温顺的老黄一瞬间就成了一匹最可怕的毒兽，被周围所有的人抛弃，避之唯恐不及。只有"我"还在恳求妈妈留老黄一夜。《小城三月》也是以一个不谙情事的天真稚气的少女的口吻，来叙说翠姨纯洁含蓄的爱情故事，使故事呈现出鲜亮的真实色彩；《牛车上》则是通过小姑娘"我"在坐牛车回城的路上听五云嫂讲述自己的遭遇，表达出了战乱年代里普通老百姓的真实也是悲惨的生活状态。因此，儿童的纯洁和稚气，他们稚嫩的思维能力以及生活于成人社会边缘的观察者身份，使他们远在意念世界构成之前，就感受到了成人意念的复杂交织，从而使自身显得那么的单纯和弱小，他们也比在世俗尘埃中异化了自己的成年人，总要以现成的理性观念去判断世界的成年人，更能触摸到生活的本质。而在这种对复杂生活的简单化审视和处理、单纯的表述中所透显出来的深刻和悲凉，也是成人视角所不容易达到的。

儿童视角展现的是成人与成人的世界，但是，既然是以儿童为叙述者，以儿童的眼光去观察和审视成人的世界，表达的是儿童的感觉和直觉，那么文本中也必然存在一个与成人世界相映照的儿童的世界。这两个世界之间往往存在着相互的不了解，甚至形成一种并置中的对立，从而也就建构起了作者以儿童世界来反衬出成人世界的虚伪、冷漠、麻木与残酷，完成对成人世界的批判的创作理想。

儿童与成人之间的相互的不了解，显然是来自于不同的感受方式、思维能力、文化积淀和社会阅历。成人已经从艰难的成长过程中完成了理性的逻辑结构的构造，沧桑的苦难也使他们在观察世界时带上了文化和社会意识形态的影子，而儿童依然还是纯任直觉地去把握成人的世界，于是之间的互不理解就在所难免。凌叔华《搬家》中的成人是完全不理解枝儿的，即使是枝儿最依恋的四婆也是如此：枝儿将无法带走的钟爱的大花鸡送给了四婆，是要四婆替她养着的，但四婆却把它变成了给他们送行的佳肴，枝儿不能理解"一向是非常好的人"的四婆，"难道真的杀了那只大花鸡了吗？"于是满腹的委屈涌上心头，"满眼含了泪，喉咙那一阵阵咸涩，咽不下东西了"，甚至"望见那只花婆鸡满身溅了鲜血，慢宕宕的一步一跌的变了一大团黑东西，可怕极了"。枝儿的泪水和委屈里当然含有对连最爱的四婆也不理解她的伤心。萧乾《雨夕》中的"我"同样也不懂为什么长工要那么凶，不让一个被雨淋得透湿的女人到磨棚里来躲雨，而把她赶到"哗哗的田野里"，即使长工告诉"我"她是一个被人抛弃遭人蹂躏的疯女人，"我"依然不明白，"那用得着非赶她走不可吗？"这个质问实际上已经建构了儿童世界与成人世界的差别，它们不可能达成相互的理解和共识，于是两个世界就形成了并置中的对立，以儿童世界来反衬成人世界。这在《故乡》等小说中表现得尤为明显。在儿童"我"的视野里，关于闰土，是一幅神异的图画："深蓝的天空中挂着一轮金黄的圆月，下面是海边的沙地，都种着一望无际的碧绿的西瓜，其间有一个十一二岁的少年，项带银圈，手捏一柄钢叉，向一匹猹尽力的刺去，那猹却将身一扭，反从他的胯下逃走了。"无论是记忆中的闰土还是故乡都充满了生机，显现出美丽的色彩。但现在的故乡则是"苍黄的天底下，远近横着几个萧索的荒村，没有一些活气"。中年的闰土也已经麻木得"像一个木偶人了"。两相对照，其中的悲凉之感也就自然生成了。如果没有儿童视角里那个美丽的故乡、机灵的闰土做铺垫，也许萧瑟的故乡和麻木的闰土也不会引起"我"心中如此深切的悲凉之感，闰土的那一声"老爷"的震撼力也许就没有这么撼人心魄。《社戏》的叙事策略与结构方式其实是《故乡》的转化。在"我"的儿童世界里，"在野外看过很好的好戏"：和平桥村的伙伴们撑着航船去赵庄看戏，野外夜色中的美丽风景，偷罗汉豆的快乐，这就是伴随着社戏的无拘无束的儿时生活。以这样的经验去对照现在戏园子里的都市戏剧，自然就产生了诸多的不满与无法忍受，将北京看戏的两次经历视之为"冬冬喤喤之灾"。如果没有了儿童世界里的经验，"我"也许就会和所有的都市人一样迷恋于戏园子里的演出。

在儿童世界与成人世界的并置与对立中，儿童世界的经验构成了对现实不满的基础，以儿童世界反衬成人世界，也就在深层次上揭示出了成人世界的病痛。尤其是当作品中的人物同时出现在儿童世界和成人空间里，所遭受的境遇又完全不同时。《初吻》里的灵姨在"我"的视野范畴里是快乐的，"我们"一起去后花园的水池子里照镜子玩："谁也不看谁，只是在水里看着彼此的脸，我在水里向她笑笑，她也在水里向我笑笑，我向她皱鼻，她也向我皱鼻，我向她做鬼脸，她也向我做鬼脸。"玩腻了，就再去采杏花。总之，灵姨和我在一起时是活泼灵动和愉快的。但在属于父亲的空间里，灵姨却是"怨忧"的，连笑容也是意味深长的，她告诉"我"，"你的爹爹用马鞭打了我"，"因为他又喜欢了别人"。

其实，灵姨在"我"家的真实身份也不可能给她带来现实中的真正幸福，只有和不谙世事的"我"的玩闹中，才有可能使灵姨的心灵获得安慰。因此当灵姨在"我"的空间和父亲的世界里进出时，"我"给予她的快乐就更为清晰地烛照出了她现实生存中的尴尬处境和内心伤痛。《呼兰河传》中的小团圆媳妇也是如此，她和小女孩"我"在一起时，就不再是一个媳妇而是一个小姑娘，即使将要被跳神洗澡了，还是黑忽忽、笑呵呵的，玩性不改："我给她一个玻璃球，又给她一片碗碟，她说这碗碟很好看，她拿在眼睛前照一照，她说这玻璃球也很好玩，她用手指甲弹着。她看一看她的婆婆不在旁边，她就起来了，她想要坐起来在炕上弹这玻璃球。"但在老胡家和周围人的眼里，她是一个媳妇，而且"是个狐仙旁边的，狐仙要她去出马（当跳大神的——引者注）"，于是夜夜为她跳神驱鬼，最终将她折磨致死。小团圆媳妇在"我"和成人的不同世界里，呈现出了不同的形象特征，但就在这儿童世界的映照之下，老胡家人的变态心理才得到了更为真实和细致的揭示。正是从这个意义上，儿童视角展现的文本中的儿童世界，往往是作为成人世界的对立和参照物而存在，构成了成人批判现实的基础，同时也在对立中将这种批判引向了深入和深刻。当然儿童视角本身不能也不会对社会现实做出批判，他只是作为生活的旁观者客观地审视发生的故事，这些厚重的内容是成人作者寄寓文本中并由成人读者解读出来的。

质朴无华的童心和感性直觉的思维形式，使儿童更善于忠实地记录生活的原生态内容，而且当他们"用清澈的目光看这个世界时，他必然要省略掉复杂、丑陋、仇恨、恶毒、心术、计谋、倾轧、尔虞我诈……而在目光里剩下的只是一个蓝晶晶的世界,这个世界十分清明,充满温馨"。① 于是,儿童视角里的人生就有了更多的诗意、美和快乐。汪曾祺就曾做出过这样的论断,认为孩子是"最能完美地捕捉住诗"②的。儿童视角里的成人世界是一个诗化了的成人世界,是被儿童的纯净眼光和心灵净化了的成人世界。在成人的视线里,偷盗是一种可耻的行为,但在"我"的眼里,有二伯的偷铜酒壶和"我"的偷墨枣的相遇,造成的是"他偷,我也偷,所以两边害怕"的生活喜剧;有二伯的偷大澡盆更是变成了一次有趣而富诗意的冒险,"那大澡盆太大了,扣在有二伯的头上,一时看不见有二伯,只看见了大澡盆,好像那大澡盆自己走动了起来似的。再一细看,才知道是有二伯顶着它"。有二伯就捐着这样的一个闪着白光的大澡盆,大模大样地从"我"家"菜园的边上横穿了过去",这不由得使"我"担心"母亲抓到了他,是不是会打他呢?"但同时升起的是"一种佩服他的心情:'我将来也敢和他这样偷东西吗?'"(《呼兰河传》、《家族以外的人》)在天真无邪的善良的眼光下,有二伯的偷盗就成了一出喜剧或一场冒险,呈现出一种诗性的气质。同样,小伙计眼中的孔乙己是让人快乐的,只要他一来,店内外就"充满了快活的空气";"我"眼里父亲的纳妾是过年一样的一件喜事;"我"觉得小孩子睡在干草堆里,就像小鸟睡在鸟窝里,非常的有趣。儿童视角

---

① 曹文轩:《面对微笑》,泰山出版社1999年版,第252页。

② 汪曾祺:《万寿宫丁丁响(代序)》,汪曾祺著,范用编:《晚翠文谈新编》,生活・读书・新知三联书店2002年版,第242页。

将生活中的丑陋也作了诗化的传达。而且儿童总是快乐的，充满了勃勃的生机，儿童视角的文本中总是洋溢着轻松稚气而又欢愉的语调，即使是一个沉重的故事，也会呈现出明丽的色彩、优美的诗意。《小城三月》中的"我"就清新轻快地讲述着翠姨的故事。翠姨是在早春三月的亮丽背景中开始进入众人的视线的，她并不十分漂亮，但是沉静而优雅，生性爱美而又清新脱俗，于是也就有了常常到开明的、欢声笑语充斥的"我"家来住的权利，她参加"我"家的游戏玩闹的音乐会、一起打网球看花灯……在这样快乐的氛围中，翠姨也渐渐地变了：她想要读书了，并悄悄地爱上了"我"在哈尔滨上大学的堂哥，爱得含蓄而执著。"我"就这么轻快地讲述着关于翠姨的故事，似乎那不是一个悲剧而是浪漫的喜剧。翠姨的爱情更是一首含蓄内敛的诗：在看花灯的路上，她"直在看哥哥"；回来后，早上梳头擦粉的速度更慢了，请吃早饭时，更是"催了翠姨好几次，翠姨总是不出来"；哥哥讲故事时，翠姨也"总比我们留心听些"。但翠姨把对哥哥执著的爱全深埋在了心底，以致当她爱而不得抑郁而死时，哥哥都"不知翠姨为什么死，大家也都心中纳闷"。于是，在少女"我"天真稚气的洋溢着欢愉的语调中，翠姨故事的悲剧性却逐渐地从欢快的语气中漫溢出来，终于，又一个春天来临了，姑娘们又坐着马车去选择衣料了，但"只是不见载着翠姨的马车来"，一种刻骨铭心的感伤最终消尽了作品中所有的轻松语调和亮丽色彩。《小城三月》是用轻松语调讲述一个伤感的故事，也正因为用的是一种欢快的笔调，翠姨爱情的刻骨铭心和悲凉才更飘荡出浓重的气息，难以言说的痛苦也在巨大的反差中得到了浓墨重彩般的渲染和强化。这有点类似于中国传统小说创作中以乐景写哀情的技法，但这是由叙述者的不谙世事、天真稚气的关注眼光所决定的，而非简单的技巧策略选择。《篱下》的叙述基调也是欢快的，但母亲被丈夫遗弃的苦楚和寄人篱下的悲哀却在这种极不协调的快乐情绪映照下清晰地呈现出来，而环哥越是快乐越是顽劣，母亲的哀愁也就得到了越为鲜明的表达。无论是《小城三月》还是《篱下》，在文字的形式上都采用的是欢快的笔调，作品中弥漫的都是清新欢愉的气氛，沉重的现实是被掩埋在诗意的表象之下的。

儿童视角展现的成人和成人的世界，是有着孩子眼光洞彻下的单纯深刻和诗化明快的，也有着儿童世界与成人世界的相互不理解和对立中构成的对成人世界的反衬。这些都将形成陌生化的审美效果。作家采取儿童视角作为观察世界的方式，必然要以一种曾经拥有但已经陌生了的感受去重新审视熟悉的世界，并以儿童感受的方式呈现出来，在这种新视角的观照之下，已然熟悉的世界呈现出了陌生的一面。而且作家虽然完成了从成人到儿童的角色置换，但成人作家的身份并不能真正从文本中剥离，于是，作家与叙述者之间形成了一种间离，这种间离造成了另一个潜在的审视视角，从而在儿童视角提供的文本中蕴含了理性思考的线索。读者在通过儿童视角阅读文本的时候，也会有一种陌生化的感觉产生。儿童的思维是感性直觉的，知识积累的缺乏和阅历打磨的不足，使他们对世界的认识与成年人存在着明显的距离和差别，当他们把自己体验到的成人世界单纯、诗化地表现出来时，当然与成人经验里的世界构成了极大的反差，读者也就从儿童视角的审视下获得了惯常的成人思维中不容易获取的新鲜体验和领悟。就像对有二伯生存处境与内心世界的忠实记录、灵姨在我的世界里的快乐生活和在父亲世界里的被抛弃的痛苦、有二伯偷大澡盆的冒险等等，孩子稚嫩的思维对裸露在视野里的成人的生活只能做一种表层的把握，而表象背后的深层因素却是无法体悟与掌握的，但就是这些单纯、诗化的表述，却激起了习惯于追寻意义、理念和深层内涵的成年读者进一步解读文本的欲望，也构成了他们对生活的全新感受，这种新鲜感自然是陌生化效果的审美呈现。而且每一个读者在面对接受对象时，基于个人和社会的复杂原因，心理上都会有一个既成的结构图式，即接受理论中所谓的形成一种期待视野：期待从文本中看到某种特定情绪的展示；期待文本中所蕴含的情感世界、人生态度、思想倾向、深层理念等能合乎自己的理想。但儿童视角文本展示的空间显然与成人读者的期待视野产生了一定的偏差，之间的距离形成了一种陌生化，儿童视角特有的单纯、诗化和对成人世界的不理解超越了成人读者期待视野的理性的想象空间，使他们的期待视野受挫，但儿童的独特感受同时也给了成人读者一种对曾经经验的强烈召唤，并使他们在这种召唤中获得心灵的慰藉，从而建构起了儿童视角文本的丰富的含义空间和艺术魅力。

因此，儿童视角虽然是以儿童作为叙述者，有着欢快的叙述基调和单纯的讲述方式，表述的是儿童的感受和直觉，但是，他们关注的焦点依然是成人的沧桑苦难和破败的现实，建构的依然是有着严肃主题的社会小说，只是借用了儿童的思维方式和纯净心灵，为复杂的现实人生提供了一个全新的审视和观察角度，为新文学的创作找到了一个全新的阐释视角和艺术手段。而且,儿童视角策略的选择,也使熟悉的生活在儿童单纯、诗化的展现方式中呈现出了陌生的新鲜面孔,从而也就将生活与主题引向了深层和深入。

第四节　零散的文本空间

儿童是人生的初长成阶段,他们对世界的体悟是稚嫩和感性的,既不能完全融入充满因果逻辑的成人世界之中,无法对成人世界做出客观现实的把握,也不接受成人世界的复杂解释、利益驱动和矛盾纠葛。于是,在儿童叙述者建构的文本中,即使是繁复的、跌宕起伏的故事也变得简单和纯真,对故事情节的刻意预设被淡化了。同时,儿童的思维又是直觉和印象式的,是一种细节性的审视生活的方式,他们眼里看到的只是一个个深富趣味的细节和片段,没有宏观把握事件和潜心梳理人物命运的完整发展史的能力,理性思维能力的缺乏也使他们无法也不需要承担起构造严谨的叙述结构的责任。在这些因素的制约之下,儿童视角建构的文本必然呈现出情节的淡化零散化、结构的单纯化散文化以及人物形象的扁平和印象化等特征,文本空间表现出清晰的碎片化态势。

情节的淡化和零散化其实是五四以后小说的一个现代性表征。中国的古典小说一向是以情节的复杂、曲折为创作宗旨的。话本的起源模式、说书人这全知叙述视角的限定,自然使小说的创作以建构跌宕紧凑的情节为唯一旨归。而五四现代小说的创作则由着重于情节的构造转向对人的塑造和表现，注重于人的自我感觉。为此王富仁提出"'五四'小说革新的核心在于情节与结构的革新"①，这情节"革新"用普实克的话来说就是："减弱故事情节的作用甚至彻底取消故事情节。"② 但值得注意的是，王富仁和普实克都是在阐释分析鲁迅的小说《怀旧》时得出这些结论的，也就是说，以儿童视角建构的《怀旧》文本，应该被认为是以情节的淡化为外在形式特征的现代小说的发轫之作。它讲述的内容非常简单："吾"正不耐烦地听秃先生讲《论语》，金耀宗突然闯入，他带来了"长毛且至"的消息，并与秃先生商量对策；金耀宗得秃先生点解"大感佩"而去，秃先生则亦"止书不讲，状颇愁苦"，终于也急奔回家而去；路上是纷纷的逃难的人群，王翁们则由当前的长毛事件聊起了四十年前的有关长毛的往事；秃先生复归，金耀宗亦从三大人处证实所谓的长毛只是难民而已，于是秃先生又回家"慰其家人"，众人也皆散去，只有"吾"继续听王翁和李媪的闲聊，直至下雨而话题未尽各自回家。整件事情没有跌宕起伏的、紧张的戏剧冲突和戏剧色彩，似乎只是由几个琐碎而平淡的场面构成的一个平常的故事，没有故事情节的发展和高潮的突起，叙述是平淡而没有起伏的，情节的复杂和曲折性被不经意地叙述消解了。其实，这个事件完全可以像果戈理的《钦差大

---

① 王富仁：《论〈怀旧〉》，西北大学鲁迅研究室编：《鲁迅研究年刊》（1980 年号），陕西人民出版社，第 272 页。

② ［捷克］雅罗斯拉夫·普实克著，沈于译：《鲁迅的〈怀旧〉——中国现代文学的先声》，乐黛云编选：《国外鲁迅研究论集》，北京大学出版社 1981 年版，第 468 页。

臣》那样，在一个谣言使城市陷入混乱的紧张气氛中，建构出深富戏剧性的矛盾冲突和跌宕曲折的故事情节，但鲁迅却似乎是有意地压缩或淡化着情节的浓郁复杂色彩，消解着文本可能产生的戏剧效果。这一方面是鲁迅建构"立人"的启蒙理想的直接结果，他关注的不是激动人心的故事情节而是事件发生过程中的人及他们的表现。同时，儿童视角的采纳，也必然使鲁迅放弃了对复杂曲折情节的建构。"吾"作为一个9岁的学童，是不关注长毛事件的，只是深喜长毛来而不用忍受秃先生摇头晃脑地讲《论语》，可以在青桐下自由地玩耍、杀蚂蚁取乐，至于长毛事件所造成的城市的混乱，却不是"吾"所关心的。于是，在"吾"的叙述空间里，长毛事件的戏剧性自然就被剔除掉了。事实上，9岁学童的思维与理解能力也不可能真正把握"长毛且至"给一个城市和人们带来的恐慌和混乱，不可能非常符合因果逻辑地去营造紧张紧凑的故事情节，否则也就偏离了儿童叙述者的视角，超出了他们的感知能力的范畴。因此儿童视角铺写而成的文本，由于儿童感知和思维能力的局限，往往会呈现出情节的淡化和零散化的形式取向。

曹文轩在研究中国20世纪80年代情节淡化的文学现象时，曾经指出情节淡化小说与情节强化小说相比所呈现出来的叙事特征，即：情节的长度缩短，密度增大，情节与细节之间难以区分；情节弧度减小，有如一潭清水中被微风吹皱的细密波纹；情节硬度减弱，缺少物质感和外在的张力。[①]

---

①　曹文轩：《中国八十年代文学现象研究》，北京大学出版社1988年版，第217—218页。

现代儿童视角小说在情节淡化的层面上也拥有这些形式质素。在第二节中，已详细地阐述过儿童对世界的把握是细节的，儿童视角的文本甚至就是由生活中的独立的细节构成的，这些细节在文本中就呈现为一个个细小的情节单元，于是，一个情节在文本中所持续的时间就变得短暂而缜密，自然也就无力营构错综复杂的情节发展和矛盾冲突，即使是在将趋向激烈时也会戛然而止。就像《家族以外的人》中的有二伯的故事，没有充满因果逻辑或时间逻辑的情节发展和高潮，只是一个个关于有二伯的细节：有二伯将"我"偷鸡蛋的事向母亲告密，"我"与有二伯不约而同地去储藏室偷东西，有二伯偷澡盆，有二伯被父亲打了，等等。这些细节或者说情节单元共同构成了情节串，但又各自独立，没有发展和冲突，在平平淡淡的发展中兼容着零散化的情节特征。其至有些可以建构起错综复杂的情节的事件，在儿童视角的参与之下，也变成了娓娓的讲述，失去了物质感和外在的张力，使波澜起伏的狂涛绵软化为一潭清水中的微波。这依然与儿童的稚嫩和单纯有关，两者之间存在着类似甚至同构，作为审美对象给审美主体所造成的审美体验是可以彼此联想、对话和沟通的。儿童的视野里几乎没有充满碰撞的硬度的具体画面。比如凌叔华的《凤凰》，就题材而言本可以建构起一个具有激烈冲突的情节：枝儿被坏人拐走了，是怎样的惶恐和害怕，遭到怎样的虐待，怎样通过自己的智慧逃脱，家人又是怎样的焦急和多方的找寻，终于坏人被绳之以法。这是成人文学中类似主题的惯常情节模式，充满了紧张激烈的冲突和起伏曲折的情节。但在儿童视角的观照之下，被拐骗的经历变成了快乐的出游，枝儿兴高采烈地跟着和蔼可亲的骗子一路欣赏着风景,小小的心里洋溢着欣喜的满足,将对问什么问题都不嫌烦、耐心地回答的骗子视作自己的"好朋友",以至在被家人解救后还挣扎着要回到"好朋友"身边去。《一件喜事》中因为父亲的纳妾,家里弥散着一种不快、小心翼翼的气氛,五娘对父亲不满情绪的宣泄又一次次地强化着潜在的冲突,但六岁的凤儿对冲突与不快的懵懂不解,却又使似乎已经突起的情节退化为平淡的表述,疏远为一种浅淡的背景。所有一切在成人叙事中可能出现的情节硬度和张力,在儿童视角里都被摈弃掉了,在娓娓的诗意的讲述中,情节的弧度渐趋向平缓。而且由于儿童逻辑思维能力的缺乏,这种讲述常常显得唠叨和缠夹不清,注意力的不容易集中与持久也使他们的视线常常不停地转移,于是讲述的故事呈现出零散的特质,而不具备逻辑严密的完整情节。

　　情节的淡化和零散化导致的一种叙述表现就是结构的单纯化和散文化,小说既然无法以深富戏剧性的情节为结构的基础,那么它的结构也就只能是单纯化和散文化的了。实际上,儿童思维的薄弱和单纯,也使他们不可能建构起宏大的复杂完整的结构体系,因此,儿童视角的小说经常采纳的是一种片断式的结构模式。《怀旧》就是有"吾"串起的几个生活场景构成的,为此王瑶曾指出,小说《怀旧》实践了"鲁迅所强调的'借一斑略知全豹,以一目尽传精神'的截取生活片断的写法"。① 茅盾称《呼兰河传》"不像是一部严

---

① 王瑶:《〈怀旧〉略说》,《鲁迅作品论集》,人民文学出版社1984年版,第258页。

格意义的小说"，而是"一篇叙事诗，一幅多彩的风土画，一串凄婉的歌谣"，① 原因也在于小说是由若干片断组成的，没有起伏跃动的情节，没有贯穿始终的中心人物，章节之间也没有必然的因果和时间联系，几乎每一章都可以独立地存在，形式结构显得松散而粗疏。而且，儿童视角小说一般都带有回忆的性质，而记忆总是以片断、碎片的形式存在于人的意识中，对记忆的书写也就是对片断、碎片的一次串联和重组。骆宾基在《幼年》的最后就对文本的这种叙述方式作了明确的交代："我在这里只能把记忆中最清楚的一片断一片断联系起来。"也就是说，文本是以片断的连缀作为叙述的结构的。《孔乙己》中也不存在故事情节发展的环环相扣的链条，记忆中的有关孔乙己的几件事情都是被"片断"地叙述出来的，既没有时间的顺序性，也没有因果的逻辑性。这几件事情分散在小说的三个叙述单元中：孔乙己被酒客们两次取笑；孔乙己不能与酒客们谈天，"便只好向孩子说话"，向"我"考问"茴"字的写法以及生怕茴香豆被孩子抢完而慌忙护住碟子；酒客们谈论孔乙己被打折了腿和孔乙己最后一次到店的情形。这三个叙述单元之间没有事情发生发展的前后顺序与逻辑关系，尤其是前两个单元中，时间的存在是含混而模糊的，叙述过程中出现的表示时间的语词常常是"孔乙己一到店"、"有一回"、"有几回"等笼统而不确切的表述，不能组织成线性的时间序列，两次取笑、考问"茴"字写法以及护住碟子之间，完全可以根据叙述的需要

①　茅盾：《〈呼兰河传〉序》，萧红：《呼兰河传》，黑龙江人民出版社 1979 年版，第 10 页。

重新进行排列组合而不损伤作者意图的阐发。这也正是记忆的显在表征。虽然孔乙己的被打折了腿和最后一次到店从时间序列上来看似乎是遵循了事件发生发展的顺序，但却并不是孔乙己故事的必然结果，因此这个单元与上两个单元之间依然不存在逻辑上的因果关系。所以说，用回忆童年经历的形式叙述《孔乙己》的故事，结构模式呈现出散文化的特征。这种结构技巧在一定程度上就突破了传统小说的叙事模式，摒弃了设置情节高潮和以因果逻辑或时间顺序为线索的故事性结构，使作家摆脱了对故事情节的依附性，获得了诗一般的自由。这也正是儿童视角小说的结构模式对整个中国现代文学带来的影响和价值。

儿童视角建构的文本中所塑造的人物形象，也与一般的文学作品有着较为明显的差别，呈现出扁平、印象化的特征。传统小说总是用一些典型的行动来刻画人物，每个形象都是与精彩的行动描写相关联，如武松的景阳冈打虎、醉打蒋门神、血溅鸳鸯楼等，关云长的温酒斩华雄、过五关斩六将、千里寻兄等，武松的机智勇武、不畏强暴和关云长的英勇善战、磊落重义，就从这些行动描写中鲜明和强化起来。五四以后成人视角小说的主流创作，也是注重从典型环境中刻画性格鲜明丰富复杂的典型人物，这些人物往往能"像一股电气震撼读者心灵"。① 但儿童视角文本中的人物一般是单纯、扁平和印象式的，面目模糊而朦胧，极像是在黄昏雾霭中游走的人影；人物的性格也没有清楚的轨迹脉络可寻。苏雪林曾批评沈从文的小说："展露给我们观览的每一个人物，

---

① 苏雪林:《沈从文论》,《文学》1934 年 9 月，第三卷第三期。

仅有一幅模糊的轮廓，好像雾中之花似的，血气精魂，声音笑貌，全谈不上。"① 似乎略嫌苛刻，但用在儿童视角文本中的人物身上，倒也颇为妥帖。儿童直觉、印象式的思维方式，成人世界旁观者的边缘地位，使他们对生活的把握只能是印象式的，各种生活的表象构成了他们意识的内容，他们也不可能像成年人那样以理性的逻辑去完整地解读和梳理人物的命运和性格发展脉络。而且儿童视角择取的往往是自己或他人的童年经验，文本的回忆性质是不容置疑的，而记忆中的人物由于年代的久远，总是面目模糊地游走在零零碎碎、若断若续的生活事件和场景里。因此小说中的人物形象必然是扁平的印象化的。《孔乙己》，从标题上看，似乎是以孔乙己形象的塑造为小说的艺术宗旨，但在叙述的过程中，却没有人物命运完整的发展史的揭示；咸亨酒店的环境似乎也已经具备了典型的条件，但孔乙己在这个环境中只是一个出现的人物，没有用行动去呼应环境，他只是这典型环境里的一道普通的风景，构不成人物与环境的冲突或互融；孔乙己自身的行动之间，也不存在既定的因果关系，呈现出一种零散、局部的原生状态。于是，凸显在文本表层的是一个穿着长衫、面目不清的迂腐的孔乙己的轮廓。虽然《孔乙己》的这种形象塑造方式与鲁迅批判麻木的庸众和吃人的封建文化的潜在主旨相关联，形象本身只是鲁迅批判封建思想和文化的载体，但对略显世俗却依然天真的小伙计视角的选择，客观上却已经决定了孔乙己形象的印象式特征，儿童视角还没有足够的能力承载起丰富鲜明的人物塑造、曲折复杂的人

---

① 苏雪林：《沈从文论》，《文学》1934 年 9 月，第三卷第三期。

物性格的梳理。小团圆媳妇的形象（《呼兰河传》），似乎比孔乙己更显出单纯性和模糊性。她似乎是整个故事形式上的主角，从初来时的被相看到后来的被打、被跳神洗澡，她都是这些动作的唯一接受者，所有的故事与事件都是以她为中心发生和展开的。但也仅限于此而已。实质上，小团圆媳妇只是一个对象，她只是被动地接受周围人和婆婆一家强加在她身上的各种动作和故事，那些故事都是婆婆们折腾出来的，婆婆们只是操纵这个形象作了一场生动的演出，她们自己才是真正的故事主角。儿童"我"则从旁边忠实地观看和记录着这些生活片断里的故事，这种旁观者的忠实和儿童视角的单纯也就剥离了故事表层上对小团圆媳妇似乎是浓墨重彩的渲染，使小团圆媳妇退入到事件中的真正地位和角色之中，成为一个符号，就像"小团圆媳妇"这个指称，是一种虚化而非具体的存在，也就是说，任何人都可以成为小团圆媳妇，都可能遭受和现在的小团圆媳妇一样的命运。于是小团圆媳妇的面容必然是模糊和朦胧的，而围绕在小团圆媳妇周围的人群也因为群像的性质呈现出个体的轮廓色彩。而且，无论是孔乙己还是小团圆媳妇，都是"我"童年记忆中的人物，随着年代的久远，笼罩在人物身上的鲜活色彩和明晰面孔都已逐渐隐退，只留下恍恍惚惚游荡在过去生活片断场景里的模糊影子。总之，在儿童视角的小说文本中，由于儿童的思维特征和旁观者地位的限制，人物总是扁平的、印象式的，面目模糊，性格没有逻辑没有发展，孔乙己、小团圆媳妇是如此，灵姨、金枝姐（《初吻》、《早春》）也是如此。但这种淡化人物塑造的创作模式却为传统背景中的小说创作提供了现代的质素，也是对强调人物形象刻画的主流现代小说创作的补充和丰富。

最后，有必要再说说儿童视角文本的语言，虽然语言似乎与文本的零散化没有直接的关系，但平淡浅白的流水账式语言显然是属于文本特征的范畴的。毫无疑问，孩子的语言能力还没有达到成人的简练和丰富，他们只能使用以陈述句为主的简单句式叙述，也拙于句式的灵活变换，于是儿童常常会用相同的主语领起一连串的句子，而不懂得其实这些主语是可以适当省略的："呼兰河这小城里边住着我的祖父。我生的时候，祖父已经六十多岁了，我长到四五岁，祖父就快七十了。""祖父戴一个大草帽，我戴一个小草帽，祖父栽花，我就栽花，祖父拔草，我就拔草。"（《呼兰河传》）每个句子都短而完整，结构逻辑完全相同。这些单纯明晰的句子连缀在一起，就构成了似乎表达不清有点儿啰唆但又不厌其烦的儿童语气。同样孩子也无法掌握同一主语下多重逻辑衔接的复杂长句，于是只能将它们拆分为一个个的简单句："冯歪嘴子喝酒了，冯歪嘴子睡觉了，冯歪嘴子打梆子了，冯歪嘴子拉胡琴了，冯歪嘴子唱唱本了，冯歪嘴子摇风车了。"（《呼兰河传》）"我一定要捉它（蚂蚱——引者注）下来，我捉下了蚂蚱之后，我便把它的翅子拉下来，外边那层硬翅不要，我要里边那层新绿色的透明的薄翅儿，我拉下了很多，我把秫秸里边的瓤儿用指甲掏空了……"（端木蕻良《初吻》）"今天早上上了算术。后来上了手工。后来上了自然。后来上了国语。后来就巴的巴的吃饭了。"（张天翼《蜜蜂》）这种流水账式的但又喋喋不休、唠唠叨叨的语言句式显然是属于孩子的。而这种唠叨和啰唆常常形成字与词甚至句子的重复：后花园里"蝴蝶飞，蜻蜓飞，螳螂跳，蚂蚱

跳","茄子青的青、紫的紫，溜明湛亮，又肥又胖"（萧红
《后花园》）;"店内外充满了快活的空气"被一再提及（《孔
乙己》）;"钓虾"被有意无意地一次次写到（《社戏》）。米
兰·昆德拉认为："如果人们重复一个词，那是因为这个词
重要，因为人们想在一段、一页的空间中让它的音响和意
义再三地回荡。"① 儿童的语言能力不强所形成的缠夹不清的重
复，虽然与昆德拉强调词语的重要性的重复用意并不相同，
但孩子不经意间对语词和句子的重复，显然也达到了使读者
感受到"它的音响和意义"的效果，而且还造成了某种韵律
和节奏，使流水账式的平淡语言不至于呈现出涣散的态势。
而这种儿童化的叙述在传统的小说中几乎是很难寻觅到的。
这不由得使我们想起五四时期那场狂飙突进式的文学运动。
中国现代文学对旧文学的革命，一个重要的组成部分或者说
新文学的倡导者率先提出来的就是要废除文言文，以新鲜立
诚的现代白话取代僵化的旧文言。而由儿童视角出发的语言
显然是现代白话文的一块基地。儿童视角确定了它的语言主
要是儿童式的，是自然天成的、生活化的，当然也是白话
的，儿童语言能力的稚嫩使他的语言不可能是夫子气十足
的、文绉绉的文言文。从这个层面上说，儿童视角敷衍出来
的语言应该是构成了新文学对旧文学革命的一项重要武器，
至少是拓宽了现代小说的语言风格和叙述特色。

　　综上所述，由于儿童的思维和感觉特征，成人世界的边
缘观察者身份，使儿童视角建构的文本空间，呈现出情节的

---

　　① ［捷克］米兰·昆德拉著，余中先译：《被背叛的遗嘱》，上海
译文出版社 2003 年版，第 119 页。

零散化、结构的散文化和人物的扁平化特征。而且，儿童视角文本的回忆性质，也使小说放弃了为达到某种意图而对情节的刻意追求和结构的惨淡经营，回到了自然化的本真的叙事体态。这种零散化的文本表现形式，一方面是对传统小说的突破。中国古典小说注重的是复杂、曲折、跌宕起伏的情节的营构，采纳的是设置情节高潮和以因果逻辑或时间顺序为线索的故事性结构，人物在这些情节和结构中凸显出鲜明的性格特征。另一方面，儿童视角的文本特征与五四以后一再被提及的诗化小说有着异质同构甚至同一的关系。鲁迅的儿童视角小说《故乡》、《社戏》是公认的诗化小说的发轫之作，萧红的《呼兰河传》则被誉为是诗化小说的典范代表。其实早在"故意不去发展故事情节"、①截取几个场景构成横断面结构的《怀旧》中，已经具备了诗化小说的诸多品性，可以说儿童视角文本是诗化小说的一个源头或一种存在方式。当然儿童视角小说并非都是诗化小说，但也不得不承认零散化几乎是弥散在儿童视角文本中的一个显著特征。这样的文本显然是五四新文学对形式的现代性的追求的重要组成部分。

在儿童的生命得到普遍的尊重、儿童的精神个性得到完全独立的背景中，儿童视角作为一种崭新的叙述形式开始在中国的现代文学中获得了长足的发展，从鲁迅《怀旧》的初露锋芒到 20 世纪 40 年代以萧红为代表的一批作家对儿童视

---

① 〔捷克〕雅罗斯拉夫·普实克著，沈于译：《鲁迅的〈怀旧〉——中国现代文学的先声》，乐黛云编选：《国外鲁迅研究论集》，北京大学出版社 1981 年版，第 470 页。

角的钟爱和倾心试验,儿童视角小说构成了现代文学史的一
道亮丽风景。它以儿童或从成人转换身份而成的儿童作为叙
述者,以单纯、稚嫩、活泼、清新的叙述口吻,剥离了是非
价值评判的客观叙述态度,呈现儿童的感觉、印象和直觉,
展现儿童视野里的成人社会。而儿童叙述者承担的第一人称
叙事或第三人称非全知叙事的功能,也使儿童视角作为一种
限制性视角直接参与了对传统的全知视角的叙事革命,并以
对自然、生命个体的原初本能的表达,补充了成人视角作为
一种社会、文化、历史的角度的偏颇,丰富了文学的技巧空
间。托多罗夫曾说:"视点问题具有头等重要性确是事实。
在文学方面,我们所要研究的从来不是原始的事实或事件,
而是以某种方式被描写出来的事实或事件。从两个不同的视
点观察同一个事实就会写出两种截然不同的事实。"① 儿童视
角所展现出来的别样世界,确实是成人视角所无法体悟和感
觉到的。

　　当然,儿童视角的出现并不以儿童的发现为唯一因素。
首先,文学的发展是复杂的。在清末民初的时段里,随着西
方小说被大量翻译介绍进中国,包括全知叙事在内的传统的
叙事模式遭到了前所未有的冲击,当时的新进作家也积极地
借鉴西方小说中的新鲜创作观念以建构自己的小说文本,限
制性叙事就是在这样的背景中开始进入中国作家的视野和笔
端,作为一种限制性叙事策略的儿童视角的出现,自然不能
完全排除叙事学发展的整体氛围。其次,文学在经过数千年

———————

　　① 〔法〕托多罗夫著,黄晓敏译:《文学作品分析》,张寅德编
选:《叙述学研究》,中国社会科学出版社1989年版,第65页。

的发展之后，也需要不时的艺术上的突破，以儿童视角来塑造成人形象和展现成人生活，无疑提供了一种体验生活的全新方式，呈现出一种新奇的陌生化效果。孩子的浑然不觉与成人读者的理性思考和对生活的深层把握之间的距离，也使作品显现出别样的韵致。这种效果是成人视角铺演的成人世界无法比拟的。最后是作家的心理原因。儿童视角构成的文本中不可避免地包含有作家的童年经验，而作家对童年的反顾常常蕴含着对现实的失望或不满。写作《怀旧》时的鲁迅已经拥有了启蒙的意识，但似乎是翻天覆地的辛亥革命却没有带来真正的生活与社会的变革，《故乡》与《社戏》也是写在五四运动退潮后的环境中，这些现实中的"强烈经验，唤起了创作家对早先经验的回忆（通常是孩提时代的经验），这种回忆在现在产生了一种愿望，这愿望在作品中得到了实现"。① 萧红、端木蕻良等作家对儿童视角的选择也是以儿童世界来映照和批判成人世界，童年的记忆成了他们生活中最完美的部分。儿童视角是在这些因素的合力作用下才出现在现代文学的叙事空间中的。但是对诸种因素合力的强调，并非是要削弱儿童的发现对儿童视角出现的意义。至少有一点是可以肯定的，在儿童没有取得独立的地位和精神个性、没有话语权的时代背景中，在创作主体对儿童的生命特征缺乏必要的认识和体验的前提下，作家不可能主动自觉地选择儿童视角作为文本的叙事策略。儿童的发现直接推动了儿童视

---

① ［奥］弗洛伊德著，林骧华译：《创作家与白日梦》，包华富等编译：《弗洛伊德心理学与西方文学》，湖南文艺出版社1986年版，第142页。

角的出现，并在今后的文学创作中得到了长足的发展。即使是在当代的小说创作中，儿童视角也依然得到了余华、莫言等一批新生代作家的青睐，试图以儿童的鲜活感受建构人们对世界的崭新体验，甚至重新塑造全新的艺术感觉和艺术空间。王富仁更是认为:"所有杰出的小说作品中的'叙述者'都是一个儿童或有类于儿童心灵状态的成年人。"① 儿童视角的独特艺术魅力得到了中国现当代作家和理论家的普遍认同。

①　王富仁:《鲁迅小说的叙事艺术》,《中国现代文学研究丛刊》2000年第3期。

第三章

儿童形象:现代文学形象的多元化

在中国古典文学发展的历史脉络中，人物形象构成了一个繁复而多元的体系。从崔莺莺、张生、李香君、林冲、武松、潘金莲、李瓶儿到贾宝玉、林黛玉、薛宝钗，一个个鲜活灵动地存在于艺术的文本空间和读者的接受视野里，并以时间积淀形成的经典感在一代代读者的心头承传，丰富和滋养着文学的想象和人们的心灵。但是，对这个形象谱系稍加检视就可发现，他们基本上是由成人构成的，儿童作为一个现实的人的群体在文学的形象体系里却几乎没有任何地位。虽然在文学的广阔空间里，也有"溪头卧剥莲蓬"的"小儿"、"遥指杏花村"的"牧童"、"身化促织"的成名之子（《聊斋志异·促织》）、能与成人斗智的善辩的孔融、因"贫乏不能供母，子又分母之食"而打算被埋掉的郭巨之子等等，但是这些形象几乎都没有鲜明的性格特征，也忽视了儿童作为独特的个体而迥异于成人的生命特性，甚至连名字也是缺省的，只是以"儿童"的共名出现，以面目朦胧的群体性形象的形式，时隐时现地游荡在几乎被成人形象填满了的文本空间里，起着一点点微弱的点缀作用或纯粹的叙事功能，很少有被作者精心雕琢和塑造的。实际上，即使是那样模糊的影子，在古代文学作品中也只是零零星星的存在，没能形成一种纷繁复杂的热闹景观。

这种儿童形象普遍缺失的状况在五四以后的新文学中得到了极大的改观，双喜、阿发、禄儿、国枢和坚生、阿菊、毛儿、枝儿，以及鲁迅、萧红、端木蕻良、萧乾等作家笔下一个个活泼天真、稚气四溢的儿童叙述者"我"等等，带着儿童特有的生命表征和精神气质，个性鲜明地跃动在整个中国现代文学的形象序列里，构成了成人形象体系之外的又一生动群落。他们不仅从"儿童"的共名的群体性形象中脱离出来，具有儿童天赋的稚气活泼的本性和独特的个性特征，而且被作家赋予了灵气，蕴含了形象塑造者的精致用心，也承载着作者的观念和理想。

儿童形象如此富有个性特征的、大量的、集体性的出现，其触发性因素，是五四时期儿童的发现和现代儿童观的形成。在"救救孩子"的激情呐喊声中，在认识到了"儿童也是'完全的个人'"、"自有独立的意义和价值"① 之后，作家们不约而同地开始抒发他们对儿童的认识和崇拜："光明的孩子——爱之神";② "小孩子! 他细小的身躯里，含着

---

① 周作人:《儿童的文学》,《新青年》第 8 卷第 4 号，1920 年 12 月。

② 朱自清:《睡吧，小小的人》,《朱自清全集》第 5 卷，江苏教育出版社 1990 年版，第 3 页。

伟大的灵魂"；①　"成人大都已失本性，只有儿童天真烂漫，人格完整，这才是真正的'人'。"② 在这种带有纵容意味的儿童崇拜氛围的笼罩之下，作家们自然就不可能忽视刚刚才被从尘封的历史中挖掘出来的儿童，关注他们的命运，尊重他们的生命特征和社会地位，崇敬他们天真稚气的主体个性，也在他们身上寄寓着自己的社会理想和人格理想。可以说，带着孩子特有的精神个性的儿童形象，是随着儿童对成人附庸地位的摆脱，个体的生命特质和社会地位日渐彰显并得到了普遍的认同，才自然地从曾经被成人所垄断的形象谱系中浮现出来的，并成为其中的一个重要组成部分。在这里需要说明的是，五四先觉者们所界定的"儿童"是"指从出生到青春期结束这一年龄阶段的特殊群体"，③ 涵盖有婴儿期、幼儿期、少年期和青年期这"二十岁年的生活"，④ 是一个广义的概念。但我们认为，青年期的儿童由于与成人在生理和心理上的靠近，儿童性已经逐渐流失，基本上可以归入到成人的范畴之中。因此，这里所说的儿童形象是包括婴儿、幼儿和少年在内的群体，更确切的称呼应该是"少年儿童形象"，这样的儿童定位也是与当代的儿童概念相吻合的。

---

①　冰心：《繁星·三五》，《冰心选集》第 3 卷，四川人民出版社 1984 年版，第 15 页。

②　丰子恺：《漫画创作二十年》，《丰子恺文集》第 4 卷，浙江文艺出版社 1992 年版，第 389 页。

③　《简明不列颠百科全书》，中国图书出版社 1985 年版，第 791 页。

④　周作人：《儿童的文学》，《新青年》第 8 卷第 4 号，1920 年 12 月。

既然儿童从成人的高大背影中解脱出来,直接推动了具有个性特征的儿童形象的大量出现,那么儿童与代表着成人的"父亲"之间必然存在着一种复杂的关系。在精神分析学理论中,"父亲"是一个不同寻常的概念,他既指向某个特定个体现实或想象中的父亲,也指向个体符号意义上的父亲,即"父亲"是一种文化符码,代表着权威、力量、强者、传统以及历史等的合一载体,甚至意指了一种主流意识形态的话语权力,也就是拉康所说的"父亲的名字"。"父亲"不仅仅表现了一个男人在家庭里的血缘位置,更表征其在社会文化中所拥有的一切特权:威严、理性、荣耀,以及社会的中坚和对女性的占有,也就是说,他是一种权力和地位的象征。"在儿童的心目中,父亲是威严的象征,他和理性、责任、能力、纪律、遵从、功利、刻苦、奋斗、冒险、秩序、权威等字眼连在一起。"① 以这种理论去审视新文学中出现的儿童形象与已有的成人形象,他们之间就构成了父与子的关系,甚至新文学与旧文学也是父与子的关系,这个"父亲"是传统、文化、成人、儿童的生长背景等多重内涵的合一载体,他既是儿童的依托,又构成一种"父权"的压制。如果这种说法成立,那么我们就可以根据新文学中出现的儿童形象与"父"的关系,将他们梳理为无父型、失父型、恋父型、弑父型和寻父型等几种类型,并可从中体悟到这些形象对整个现代文学的意义和价值。当然任何分类都是相对的,儿童形象与"父亲"之间的关联也是复杂而多元

---

① 童庆炳:《作家的童年经验及其对创作的影响》,《文学评论》1993年第4期。

的，在上述的五种细分之外，我们也应该看到弑父与寻父是紧密相连的，甚至无父、失父、弑父也与恋父、寻父相互交织。就像张爱玲小说《茉莉香片》中的聂传庆，他"深恶痛嫉那存在于自身内"的实体的父亲聂介臣，同时又对精神的父亲言子夜有着畸形的倾慕和渴望，弑父与恋父、寻父的交织构成了聂传庆极为复杂的心理状态和形象特征。因此分类只能侧重于某一方面，以便从形象显现出来的主要气质上找出最恰当的类型归属。而我们在这里所说的无父等等，更明确的表达应该是无父的天性流露、失父的身份、恋父的精神特征、弑父的倾向或行为和寻父的成长追求，每个类型亦各有自己的重心和表述的侧重点，目的是为建构起一个相对完善，能基本涵盖现代文学中的儿童形象的类型体系。

第一节　无父型儿童形象

儿童与成人最大的区别，在于他们的天真无邪、纯净稚气以及浑朴粗率的生命活力，五四时期儿童的发现实质上就是对儿童固有的这些生命特征和社会人格的体认和领悟。童心崇拜的时代风潮和审美理想的形成，也源自于成人对儿童生命的尊重和精神个性的认识，于是天真稚气、纯洁透明的儿童率先进入了作家的取材空间，并在整个现代文学中都留下了足迹和印痕。鲁迅笔下的闰土、双喜、阿发，冰心眼里的禄儿、小岚，凌叔华塑造的枝儿、小英，沈从文笔下的翠翠、三三等湘西少女，萧红、端木蕻良等小说中活泼天真的儿童叙述者"我"，无不是透着成人业已失去而儿童正充分拥有的那份纯洁天真和无限生机。在他们的身上,几乎没有任何传统文化和成人理念压制的痕迹,只是自自然然地在风雨里长养着,真真切切地表露着他们质朴率真的稚气天性。而在传统里或文化意义上,父亲往往是作为一个权力的、压制性的符号而存在,是捆扎儿童身心的各种束缚力的统一,儿童也将在这些规范教条和权力压制下丧失活力、泯灭童心。但在上述形象的生长背景中,却几乎不存在压制性的实体的父亲,他们的父亲是隐遁的,是虚化的自然、爱等,洋溢在儿童的世界里,温馨呵护着儿童而不是压制和束缚他们,"父"在某种程度上蜕变或者说充当了"母"的角色。在这样无父的环境里,儿童得到了充分自由和自然的生长及天性淋漓尽致的伸展和挥洒。鉴于此,我们将这些形象指称为无父型儿童形象。

无父型儿童由于没有父亲权威的压制和束缚,常常呈现出天性的纯洁,具体地说,又可以分为纯净透明的天使类儿童、保持着自然天性带着山野气息的儿童和活泼率真拥有无限生命活力的儿童这三种形象类型。

天使类儿童的着力塑造者是冰心、凌叔华等一批女性作家。她们笔下的儿童由于年龄的幼小,圣洁的心灵还没有尘世浸染的痕迹,也没有受到知识、教育的约束,因此他们任性任情,真实自由,晶莹澄澈,"抬起头来说笑,低下头去弄水",在无知无识中透着真实,在无忧无虑中透着自然。《小哥儿俩》中的大乖和二乖,简直就是纯洁天真的代名词。他们对叔叔送给他们的一只八哥鸟喜欢得入了迷,"目不转睛的呆向着笼子看",吃点心也没有了滋味,大乖打算着送八哥去学堂以学成一个音乐家,二乖则算计着晚上与八哥一起睡，"把它放在床上，把自己的新棉被给它盖上，明早上它若不醒，他就学妈妈来叫自己一样，把它整个抱起来，不管它醒了没有"。可是这些梦想都还没有实现，小鸟就被野猫吃了。气愤伤心的大乖、二乖决定第二天一早拿着藤杆和鸡毛掸子去打死那只吃了他们心爱的八哥的黑野猫，可是"二乖一会儿就忘掉为什么事来后院的了"，摘花学鸟叫，并欣喜地发现了一窝小猫，"用手摸小猫的头，一只手又摸它的小尾巴，嘴里学它们'咪噢，咪噢'叫着逗它们玩"。大乖更进一步发现小猫们"连褥子也没有，躺在破纸的上面，一定很冷"，并决定给它们做一个暖和的窝，完全忽略了眼前的大黑猫正是他们要复仇的对象，忘记了对大黑猫的仇恨。这样的儿童是还没有进入成人社会，没有被充满着功利仇恨的成人社会所同化的儿童，虽然他们也生活在成人提供的有着丰厚的传统积累的背景中，但这些环境只是给他们提供了一种生存的依托，并没有构成对他们的压制和束缚，他们是完全按照自己的方式生长着的，自然也就纯洁得透明了。冰心笔下的儿童更是带上了诗化和神化的色彩。小姊姊告诉弟弟"你的小猫不见了，我想是黄家那几个弟弟抱走了。你记得从前他们的小鸡丢了的时候，不是赖我们的小猫吃了么？"（《离家的一年》）小小和妹妹做冰激凌，摇着母亲替他们调好的材料，小小却"一会儿一会儿的便揭开盖子看看，说：'好了！'"还生怕母亲调的料不好，一会儿加糖、一会儿加香蕉油，"末了又怕太甜，便又兑上些开水"，这样做出来的冰激凌自然也就可想而知；妹妹不小心被青苔滑倒跌坐在溪水里了，弄湿了衣服又不敢回家换，小小就建议到太阳底下晒（《寂寞》）。《超人》中的禄儿则以自己的童真和善良唤醒了冷漠的何彬。如果说这些孩子还带有人间的气息的话,那么《爱的实现》、《世上有的是快乐……光明》中的孩子、《最后的安息》中的惠姑,则已脱却了人间儿童的外衣,成了天使的化身。"头发和腮颊,一般的浓黑绯红,笑窝儿也一般的深浅"的两个孩子,构成了诗人文思的源泉(《爱的实现》);有着"温柔圣善的笑脸"的两个在海边玩耍的孩子,则拯救了欲跳海自杀的青年,阳光照耀着他们,"如同天使顶上的圆光",在外在的形象上,也逼近了天使(《世上有的是快乐……光明》);惠姑温柔的言语、怜悯的心肠,冲开了生活在鞭笞冻饿、悲苦恐怖中的翠儿心中的黑暗,惠姑同情的目光"笼盖在翠儿的身上",形成了"一片慈祥的光气"(《最后的安息》)。在这些天使般的儿童身上,洋溢着爱和纯洁的气质,释放着生命初始阶段的活泼本性和诗性光辉,在他们无邪的心灵里,几乎没有社会污浊和复杂的文化意识形态的投影,有的只是与生俱来的一派天真、同情和爱。

天使类儿童的身上笼罩着一层爱的光晕,这一方面得之于年龄的幼小,懵懂的心灵里还没有世智尘劳的影子,另一方面也是代表着一切束缚和压制的父亲权威的缺失,如果说有"父亲"的话,那也是以爱的形式显现的虚化的"父亲"。无论是大乖、二乖还是小姊姊和惠姑,都是在爱的氛围里自由安静地生长着的,也正因为此,他们才能拥有纯净晶莹的天使般的心灵。而在自然里生长,裸露在山野里的孩子,由于挣脱了"名教"尘俗的压制,孕育在民间文化形态的背景中,生活在宁静和谐的大自然空间里,因此他们能保持自然的人性,并在大自然的怀抱里纵容完善这自然的人性,显示出恬淡超然的气质，这构成了无父型儿童形象中的又一种类型。沈从文建构的人物长廊中那一群浸润着自然美的湘西少女，废名牧歌般乡村里悠然成长的三姑娘、毛儿等等，都是原生态的生命形式。他们与天使类儿童同样拥有纯洁的品性，但天使类儿童以爱为依托，而他们则以自然为依托，优美的大自然以虚化的"父"的形式呵护着他们稚嫩的心灵，纯净的心灵里更带上了山野雨露的清新，透示出朴素单纯而又静美脱俗的气息。翠翠便是"在风日里长养着"的，"触目为青山绿水，一对眸子清明如水，自然既长养她且教育她"（《边城》）；三三也是"在哭里笑里慢慢的长大"，"热天坐到风凉处吹风"、"捉蝈蝈、纺织娘玩"，"冬天则伴同猫儿蹲在火桶里，拨灰煨栗子吃"（《三三》）。无拘无束、自由而舒展的自然人性在她们身上得到了极为完美的呈现：三三葱绿的衣裳常在绕屋的树林子里飘忽，看到"什么鸡逞强欺侮了另一只鸡，三三就得赶逐那横蛮无理的鸡，直等到妈妈在屋后听到声音，代为讨情为止"，有了心事却"差不多都在溪边说去"，所以"三三的事情，鱼知道的比母亲应当还多一点"；翠翠有了心事"爱坐在岩石上看去，向天空一片云一颗星凝眸"，但却"从不发愁，从不动气"，依然"屋前屋后跑着唱着"；卖菜的三姑娘会从"篮子里抓起一把掷在原来称就了的堆里"（废名《竹林的故事》）；毛儿从家里捧出三个红桃给在路旁草地上休息的尼姑吃，还"只可惜自己上不了树到树上去摘"（废名《桃园》）。这些儿童都拥有自然赋予的灵气和呵护，他们的生存环境是带有田园牧歌式的山野乡村，原始而静美的乡野风情滋养了儿童纯净的内心；而且在这世外桃源里，一切被奉为圭臬的纲常名教、封建礼法等父亲权威都归于虚无,一切压抑或限制人性的道德规范被无情放逐,古朴宁静的大自然赋予了人们自由的心灵,愿劳动就劳动,愿相爱就相爱,形成了"优美健康而又不悖乎人性"的人生形式,而人性的自由发展也形成了宽松醇美的生存境遇,儿童生活于其间自然也就获得了天性自由伸展的空间,并在大自然的熏陶中使活泼的天性更带上了山野的气息和静美厚道的气质。这样的人生形式和儿童也是鲁迅所褒扬的:"只要心思纯白,未经过'圣人之徒'作践的人,也都自然而自然的能发现这一种天性。""没有读过'圣贤书'的人,还能将这天性在名教的斧钺底下,时时流露,时时萌蘗;这便是中国人虽然凋落萎缩,却未灭绝的原因。"① 顾颉刚在概括叶圣陶小说的创作宗旨时也曾说:"人心本是充满着爱的,但给附生物遮住了,以致成了隔膜的社会。人心本是充满着生趣和愉快的,但给附生物纠缠住了,以致成了枯燥的社会。然而隔膜和枯燥,只能在人事的外表糊得密不透风,却不能截断内心之流;只能逼迫成年人和服务于社会的人就它的范围,却不能损害到小孩子和乡僻的人。这一点仅存的'爱,生趣,愉快',是世界的精魂,是世界所以能够维系着的缘故。"② 正是这样的孩子的存在,中国和世界才繁衍不息。

如果说天使类儿童和保持着自然人性的儿童,在脱离

---

① 鲁迅:《我们现在怎样做父亲》,《鲁迅全集》第 1 卷,人民文学出版社 1981 年版,第 135 页。

② 顾颉刚:《火灾·序》,《叶圣陶集》第一卷,江苏教育出版社 1987 年版,第 351 页。

权威的无父背景中，在爱和自然这母爱化的"父"的呵护下，呈现出纯美的静态特征的话，那么鲁迅、萧红等作家笔下的孩子则散发着粗率的生命活力，体现出跃动的生命形态。虽然他们依然活泼天真，心里不杂些儿尘滓，但是活力四溢是他们更为显在的表征。《故乡》里的闰土，不仅是碧绿的西瓜地里刺猹的小英雄，还"能装弶捉小鸟雀"、"心里有无穷无尽的稀奇的事，都是我往常的朋友所不知道的"。《社戏》中的双喜、阿发也是嬉戏在农村，有着热烈欢快的生命活力的儿童形象，他们放牛钓虾、撑船去赵庄看戏、偷罗汉豆，无拘无束而又勃发着无限的生机，表现出动态的生命特征。他们生命力的勃发显然要归因于无父的生存状态。就像《社戏》中的那一群孩子，虽然"年纪都相仿，但论起行辈来，却至少是叔子，有几个还是太公，因为他们合村都同姓，是本家。然而我们是朋友，即使偶尔吵闹起来，打了太公，一村的老老小小，也绝没有一个会想出'犯上'这两个字来"。连太公都可以打，自然君臣父子的孝道伦理规范是不那么严格地被遵守的，或者说父权的封建礼法、专制权威的统治在这样的环境中几乎是缺席的，没有构成对孩子精神的压制，于是才会有了那么一群纯厚、诚挚、善良而又机敏能干的江南水乡少年形象。而且在这样的作品中，实体的父亲的形象也往往是缺省的，《社戏》中根本就没有提及父亲；即使存在，也只与他人发生关系，而与儿童无关。《呼兰河传》中的父亲只在祖母死亡和痛打有二伯时才表现出了一定的权威，但也只是一闪而过，并没有影响"我"在后花园里自由无拘的生活，陪伴在"我"周围的是祖父绵绵的爱。《初吻》中"我"的父亲更只是在结尾处留下了骑马而去的背影,而且这个背影的权威是施加给灵姨的,"我"的生活里只有母亲和灵姨,她们并没有给"我"任何的压制和束缚。在这样的氛围中,儿童粗率的生命力得到了尽情的展演和淋漓尽致的发挥。这种无父的背景,也使一些顽童形象开始在文本中凸显出来。他们偷东西、爬树、打架,远离了温顺驯良的天使性情,表现出一切"坏孩子"的品行。《幼年》中的中国学生和高丽学生,常常为了争走行人板而厮打,"我"也热衷于此道,远远看见高丽孩子走来,就会"立刻机警地跳上行人板,准备着走到近前用肩膀相抵了",如果高丽学生人多年长,那就只"在经过他们身边时用肩相撞一下就算了",否则就会"两手插着腰走近他们的面前,用眼睛向他们挑战",直至开打。除了在放学路上与高丽学生打架之外,"我"还与同院的密嘉打架;到红旗河借滑冰之机找茬儿与高丽孩子打架。打架似乎构成了"我"日常生活的重要组成部分,实际上"我"确实不重视"每年两期大考的列榜",而是"羡慕着魏学文(一个打架勇敢的小伙伴——引者注)的勇敢"。《家族以外的人》中的小女孩"我"虽然不打架,但"善于"偷东西,偷墨枣、偷馒头、偷鸡蛋、偷方盘等等,总之,家里一切好吃好玩的东西,都是"我"偷的目标和内容。这些孩子大概是不能用"好孩子"去指称的,但他们的"坏"并不是品性的败坏,而是儿童顽劣天性的自然呈现,是活泼生命力的尽情展演,也许他们不符合成人眼里的传统的好孩子的标准,就像瑞典女作家林格伦笔下的长袜子皮皮和住在屋顶上的小飞人卡尔松,顽劣而充满游戏精神,但确实是摆脱了各种束缚的天性和活力的自由表达。

可以说，无父型的儿童，由于生存背景中父权束缚与压制的缺失，天性得以淋漓尽致的表达和充分的保存，显现出纯洁和原始生命力的特征。然而，随着孩子的渐渐长大，天使般的纯洁会逐渐地褪色、消解，原有的活跃的生命也会僵化、变异，终于"一个个退缩，顺从，妥协，屈服起来，到像绵羊的地步"，[①]涉世越深，所受的教育与约束也就越多，或纯净或顽劣的天性也就泯灭得更多。已经失去了童年时代的成人作家回过头来重新观察、审视并塑造有着活泼的个性生命特征的儿童形象时，也就带上了复杂的情感因素和明显的个人意图。一方面，自然是儿童的发现给他们带来的欣喜。在五四时期反对一切封建权力所产生的旧事物的时代氛围中，对父权的反叛和颠覆构成了主要的反抗方式和策略，先觉者摒弃了施加在他们身上的封建父性威权，擦净了眼里的遮蔽，以清亮的目光审视社会，受压迫最深而又最能保持着人性的纯洁的儿童自然就浮出了水面，他们对纯净透明、天真活泼的儿童的倾慕是真诚和发自内心的。另一方面，儿童的发现所带来的对儿童生命的真正认识，也使作家体认到了儿童的价值和意义，在五四及以后中国风雨飘摇的背景中，这种儿童形象的塑造显然又承载了作者的观念和理想。首先，作家试图通过这样的形象塑造以召唤心灵的回忆、栖居心灵。他们清醒地认识到"世上太多的大人虽然都亲自做过小孩子，却早

---

① 丰子恺：《给我的孩子们》，《丰子恺文集》第 5 卷，浙江文艺出版社 1992 年 6 月版，第 256 页。

失去了'赤子之心'……这是非常不幸的"。[①] 这不幸在作家的笔下就呈现为儿童与成人之间的巨大差异，他们坦率地承认"我不是个'人'，我是坏了的人"，[②] "我那种生活，或枯坐，默想，或钻研，搜求，或敷衍，应酬，比较起他们的天真、健全、活跃的生活来，明明是变态的，病的，残废的"。[③] 但是人注定要告别童年走向成熟，淳朴美丽的童心也将在这过程中被"恶之华的人间，来玷污了"！[④] 童年时期的纯真和自由的失落是人的个体的成长所必然要付出的代价，然而清醒地意识到了这一点的现代中国作家，依然渴望着童心的复归，在冰冷与灰色的天地间执著地寻找着那"已遗落的'童心'"，[⑤] 体现在文学创作中，就是那一群纯洁天真的儿童形象的塑造。作家直接通过描写稚气单纯的儿童形象充分地展现着他们对童心的真实感受，并在这些孩子的身上，寄寓作家自身的精神追求和心灵憧憬。尤其是活跃在作家童年记忆里的那一群孩子，时间的间隔和空间的距离剥尽了他们身上世俗尘埃的影子，演化为作家心目中永恒的童年形象，闰土、双喜、阿发，萧红、端木蕻

---

① 周作人：《阿丽思漫游奇境记》，《自己的园地》，河北教育出版社 2002 年版，第 54 页。

② 田寿昌、宗白华、郭沫若：《三叶集》，亚东图书馆 1920 年版，第 11 页。

③ 丰子恺：《儿女》，《丰子恺文集》第 5 卷，浙江文艺出版社 1992 年 6 月版，第 113 页。

④ 王统照：《童心》，《诗》第 1 卷第 4 号。

⑤ 王统照：《童心》，《王统照文集》第 4 卷，山东人民出版社 1982 年版，第 3 页。

良、骆宾基小说中的儿童叙述者"我"无不如是。当然，正如童年回忆"并不真是记忆的痕迹，却是后来润饰过了的产品"① 一样，这些记忆中的形象也是作家心造的形象，但可以肯定的是，童年回忆给作家提供了暂时栖息的精神家园，回忆里的故乡的儿童和童年时的自己构成了净化心灵的精神归宿。其次，作家通过纯洁天真的儿童形象表达着对现实和成人的审视和批判，并寄寓着自己的理想和憧憬。儿童初历人世，还没有受到知识的熏陶和现实利害关系的制约，爱和自然的呵护以及对父亲权威的远离，使他们还能保持着单纯自由的心灵，而成年人，则在封建专制礼法等父性权威的笼罩下逐渐地异化。在纯洁的儿童形象的对面，还赫然地存在着一些异化了的丧失了人的本质的成人形象。何彬是一个父权体制所造成的患时代病的厌世者，是父权制社会压迫下的一个畸形者，他信奉尼采哲学，冷漠而颓丧，认为"爱和怜悯都是恶"（《超人》）；凌瑜则是被"纷乱的国家""黑暗的社会""萎靡的人心"逼得欲跳海自杀的青年（《世界上有的是快乐……光明》）；《篱下》中表面上和善客气，将"都是一家人"挂在口上的姨父，却不能容忍环哥的顽劣天性，将他们母子赶出了家门；母亲一知道老黄被疯狗咬了以后，就关起门，将工钱从门缝里塞出去，不能容留他多待一个晚上（《花子与老黄》）。与这些冷漠的成人形象相对的是作品中那些单纯而充满同情心的孩子：环哥虽然顽劣，却有着天真的本性和勃发的生命力；"我"虽然也曾对老黄不满，却恳求

---

① ［奥］弗洛伊德著，林克明译：《日常生活的心理分析》，浙江文艺出版社1986年版，第40页。

母亲能收留老黄一个晚上；至于禄儿和海边的那两个孩子，则直接拯救了冷漠的何彬和对社会绝望的凌瑜。这些儿童形象和成人形象的并置显然表达了作者的意图，他要以儿童的纯洁来审视和批判成人及成人世界的冷漠与污浊，同时也在这些孩子的身上寄寓着希望和理想。因为他们相信："一个民族缺少童心时，即无宗教信仰，无文学艺术，无科学思想，无燃烧情感实证真理的勇气和诚心。童心在人类生命中消失时，一切意义即全部失去其意义。"① 童心是一个民族和人类生命的希望，儿童是作者理想人格的虔心寄寓，也为成人生活提供了规范："小儿的行径正是天才生活的缩型，正是全我生活的规范！"②

从这些无父型儿童形象的塑造可以看出，在整个现代文学阶段，尤其是五四时期，儿童是纯洁的代名词，而且在发现儿童的独立人格和纯洁天性的同时，把儿童看作是与被现实生活压抑得失去了个性的成年人相对的积极存在，甚至是异化的绝望的成年人的拯救者。这种儿童观念的阐发虽然与特定时段的历史背景、社会思潮等多重复杂因素有关，但不可剥离的元素显然是五四时期甚至整个现代文学阶段对进化论的推崇。鲁迅"以幼者为本位"的现代儿童观的提出就带有明显的进化论色彩，他认为："后起的生命，总比以前的更有意义，更近完全，因此也更有价值，更可宝贵；前者的

---

① 沈从文：《青色魇·青》《沈从文文集》第 7 卷，花城出版社，三联书店香港分店 1983 年版，第 248 页。

② 郭沫若：《〈少年维特之烦恼〉序引》，严家炎编：《二十世纪中国小说理论资料》第 2 卷，北京大学出版社 1997 年版，第 208 页。

生命，应该牺牲于他。"① 因此"将来必胜于过去，青年必胜于老人"。② 周作人也指出"只有记载生物的生活现象的Biologie（生物学）才可供我们参考，定人类行为的标准"，并在此基础上进一步阐发："在自然律方面，的确是祖先为子孙而生存，并非子孙为祖先而生存的。"③ 以幼者为本位的子孙崇拜，正是顺应了生物进化自然律的要求。而且20世纪初的中国是半殖民地半封建社会，工业文明还没有得到充分的发展，对文明的追求构成了时代的主体气氛，改造社会的激情笼罩着已觉醒的人群，按照进化论的规律，儿童又代表着明天和希望，在这样的儿童观和时代气氛的指引下，作家笔下的儿童常常以天真活泼、拥有粗率而充溢的生命活力的形式出现，以对应在现实生活的压迫中妥协退缩、失去了自然个性的成年人，并由此观照出成年人社会里的种种丑恶和伪善。儿童则因其自然个性的保持成为作家心灵的归宿和理想的寄寓。

第二节　失父型儿童形象

儿童，是最应该受到庇护的弱势群体，他们稚嫩的身心

---

① 鲁迅：《我们现在怎样做父亲》，《鲁迅全集》第1卷，人民文学出版社1981年版，第132页。

② 鲁迅：《三闲集·序言》，《鲁迅全集》第4卷，人民文学出版社1981年版，第5页。

③ 周作人：《祖先崇拜》，《谈虎集》，河北教育出版社2002年版，第5页。

无力承载起现实的苦难,然而 20 世纪前半叶的中国,是灾难深重的,军阀混战、外族入侵、国共战争,各种各样的战争和运动此起彼伏,铺满了现代中国的历史空间,由此带来的动荡和不安定损害着普通老百姓生活的平静和自给自足,"不幸"构成了底层人民最典范的生活状态。在这样不安定的背景中,成人连自己都不足以养活,自然就无力去呵护弱势的、缺乏生活能力的儿童,许多儿童失去了成人和家庭的依托,不得不流落进入社会,处于风雨飘摇中的社会又无力为他们提供足够的庇护,导致这些孩子成了被抛弃的群体,在苦难的人间寄存和穿梭。虽然这样的孩子在中国漫长的历史上也许并不少见,但对他们的集体关注却是直到现代文学阶段才出现的崭新气象。发现了儿童的社会地位和人格价值的五四觉醒者们,身处在这样的现实环境中,在把对儿童的关注融入对社会的热切注视中时,映入他们眼帘的当然不仅有他们希望看到的纯净透明、活力四溢的儿童,也有苦难社会所逼迫出来的不幸的儿童,并对他们充满发自内心的同情,真切批判对造成他们不幸的社会。我们将作家笔下的这一类被家庭社会所抛弃的儿童称为失父型儿童形象。在这里有必要对失父型和无父型儿童作简单的区分阐述。他们有一个共同的表征,那就是父亲的缺失。父亲对于儿童而言,既是一种依托,又构成了一种父权的压制。无父指的是对一切封建威权、封建礼教束缚和压制的放逐,儿童徜徉在爱和自然的环境中,无拘无束而又天性自然自由,他们身上没有父性权威的约束,也不需要实体的父亲的依托,但又有爱和自然这母性化的父作为依托并得到全心的呵护。失父则是被父亲的抛弃,被家庭和社会的抛弃,即使有实体的父亲和家庭的存在，也往往不能提供精神上和经济上的依托。因此，失父型儿童实质上就是被"父亲"所放逐的孩子，在人间艰难游走以求生存甚至流离失所的孩子。

儿童被父亲和家庭所抛弃的最直接的表现形式就是在社会上游荡，成为失去生存之根、孤独漂泊的流浪儿，这是一种最彻底的失父。其实流浪形象一直是文学艺术所青睐的，16世纪中叶甚至成为西班牙文学的重要一脉，之后迅速蔓延至欧美国家，《小癞子》、《痴儿西木传》、《汤姆·索亚历险记》等都是我们耳熟能详的经典名篇，一个个流浪汉的形象活跃在文本的空间和读者的视野里。中国文学中也早就有了流浪者形象，尤其是进入现代文学阶段之后，阿Q、三毛、少年漂泊者汪中、虾球等流浪者几乎是层出不穷地叠现在文坛。作家对漂泊和流浪的钟情，一方面是源自于一种集体无意识，自从亚当和夏娃被上帝逐出伊甸园，深沉而厚重的漂泊意识就持久地诱惑和渗透着一代代的骚人墨客，并成为文人心中神秘的心理积淀，时时产生着一种诱惑之力；另一方面，中国进入现代历史阶段之后，社会的转型以及外族入侵等灾难所带来的生活的动荡，也使许多作家走上了漂泊流浪之途，鲁迅不得不"走异路，逃异地"[①]，沈从文流浪于北京"竟想不出法去做一次一年以上的固定生活"，[②] 萧红、郁达夫、蒋光慈等作家也在破败的现实生活中颠沛流离。神秘的

---

① 鲁迅：《呐喊·自序》，《鲁迅全集》第1卷，人民文学出版社1981年版，第415页。

② 沈从文：《一封未曾付邮的信》，《晨报副刊》1924年12月22日。

集体无意识和作家的个体漂泊经验融会在一起,自然就促成了作家对流浪汉形象的塑造。当然流浪汉形象是复杂的,知识分子的流浪中也更多地蕴含着对生命的认知和精神家园的追寻,但是宿人篱下、无家可归、生活无着的赤贫流浪者,作为“苦儿流浪记”这一文学古老模式的延续和发展,依然在苦难的生存图景中占据了重要的地位,尤其是那些被家庭所抛弃的孩子,他们的流浪和苦难构成了文学的重要内容。(需要说明的是,本节所阐述的流浪儿形象着重于他们生活的不幸实况,至于他们在流浪中的成长,将在寻父型儿童中具体阐发。)

三毛是这一形象类型中最富代表性的经典。水根(端木蕻良《吞蛇儿》)在以乞讨为业的父亲死后,只能被迫表演吞蛇。阿遂、阿林和小毛(沙汀《码头上》)也是三个在码头上流浪的孩子,他们“年岁都在十三岁以下。他们瘦得怕人,皮肤黧黑而松散”。白天在垃圾堆里捡吃食,晚上则在难民伤兵和扒手退去后的冷清的码头上作最后的巡猎,即使是找到了一块臭咸肉也能得到一种盛宴般的满足,然后带着这种满足蜷缩在码头上等待第二天黎明的到来。还不满十三岁的孩子就已经失去了家庭的庇护,混杂在难民堆里讨生活,但他们毕竟还是未长成的孩子,在贫穷的流浪中依然体现着孩子的稚气和对世界的有意味的体认方式。他们会捡一个燃着的纸烟屁股,放到一个睡眠者的腮巴上,并且还在那人的手上弄满了口痰,然后避到一边去等待成绩,准备笑得打滚;他们也会大气地将抢来的臭咸肉一个晚上就吃完,豪爽地宣称“一下干掉啊”,然后满足地呷着嘴,感到一种飞翔般的快乐。孩子的稚气和贫穷流离的生活现状交织在一起，使形象本身透出了一种明快而又厚重的复杂色彩。小顺（王统照《湖畔儿语》）的命运似乎要好一些，至少他还有家有父亲，可是"在烟馆里给人家伺候"的父亲却"每天只是不在家"，而后母则以出卖肉体维持着生活，小顺每天晚上被从家里赶出来，只能在苇塘边游荡。实质上，他和水根、阿遂等人一样，也是无家可归的流浪儿，他的父亲最终也被巡警给抓走了。这也许是一个隐喻，暗示着中国的儿童在现代历史的背景中，常常连形式上的父亲和家庭也难以保全。当然这些流浪儿形象的存在，在中国现代流浪汉形象系列中也许并不显眼，他们的经典性和艺术价值也许无法与鲁迅笔下的阿Q、郁达夫塑造的零余者和艾芜倾力打造的漂泊者形象相提并论，但是儿童的特征显然又使小顺等人与阿Q等人有着迥异的生命特征和人生遭际。而且苦儿的流浪基本上是被父亲、家庭和社会抛弃后的结果，他们在苦难的社会空间里寻找生存的机会，因此他们的流浪可以说是物理时空意义上的流浪或者说是生活流浪，作家在这些被抛弃的流浪儿形象身上贯注的是对他们的深切的同情以及社会家庭失去庇护能力的失望、不满和谴责。成人的流浪者群体中虽然也有赤贫者如阿Q，但作家更多呈现的是文人的流浪，表达他们在物理时空里漂泊的同时夹杂着的内心的焦虑和烦闷，以及在这种交织中透示出来的对外部世界和生命本体的观照和体悟，这种流浪更属于精神的流浪。其实在阿Q的身上，也寄寓着浓厚的文化内蕴，作家要表现的并不是流浪本身和他的苦难以及对他的同情。正是从这些层面上说，流浪儿和流浪汉虽然同属于流浪者群体，但又有着较大的差别，流浪儿以其失父的、以儿童身份出现的"苦儿"为形象特征，构成了流浪汉群体中的一个特殊的类别。

当然,即使在风雨飘摇的现代社会背景中,儿童也不可能完全失去父亲和家庭,更多的孩子依然有着家庭的生存环境。但是,在整个社会都被不幸和苦难这张大网笼罩着的时候,家庭的富足、幸福和温馨常常就带上了童话般的幻想色彩,实体的父亲和家庭并不能承担起经济上和精神上庇护儿童的责任。在家庭作为一个整体不能维持之时,儿童的唯一出路就是迅速地进入社会:男孩子被送去做工、做学徒,女孩子被卖给人家做童养媳。这些孩子依然是失父的群体,是"苦儿"。瘦弱的杨大官(许志行《师弟》)十三岁就被送去做学徒,名为学徒,其实也就是做扫地、抹桌、洗碗、上门板等各种杂务。但身体瘦小的他常常要闯出一些诸如打碎碗、擦破灯罩之类的祸来,以致屡屡遭到经理的严厉斥责又被其他的师兄弟们看不起,最后因上门板时不小心从上阶沿摔到了下阶沿,伤了腰吐血而死。十二岁的阿凤(叶圣陶《阿凤》)则是童养媳,跟着婆婆做女佣,可是连笑的权利都没有,否则"就会有沉重的手掌打到头上来",而且她的"受骂受打同吃喝睡觉一样地平常"。翠儿(冰心《最后的安息》)更是不被当人看待,不仅是家里的苦力,还要遭到恶婆婆的殴打凌虐,后来因为表达了不堪受虐的出走意图而被婆婆殴打致死。这样的学徒和童养媳形象在现代文学中并不罕见,我们可以轻而易举列出一串名单,利民《三天劳工的自述》中的"我"和定儿、叶紫《丰收》里的英英、萧红《呼兰河传》中的小团圆媳妇等等,他们的名字常常是以苦难和生命为代价写成的。

即使"有幸"留在家里的孩子,他们的生存境遇与流浪儿、学徒和童养媳也没有本质上的区别："他"天天遭受着饥饿的煎熬（刘半农《饿》）；阿全看到的是爸爸每天喝了酒回家打妈妈（张天翼《一件寻常事》）；小玲妹的身上也常常留着父亲殴打的伤痕（草明《小玲妹》）。在这样的家庭里，实体的父亲往往是不存在的，即使有，也与无没有太大的区别，父亲们不是被劳苦折磨得没有时间去关注孩子（叶圣陶《阿菊》），就是"只在赌场里看着骨牌和银钱"（叶圣陶《小铜匠》），甚至经常喝醉了酒拿妻子孩子出气（《一件寻常事》、《小玲妹》等）。这样的父亲，不但没能成为孩子精神和经济上的依托，反而成了一种迫害，许多孩子对父亲充满着恐惧：小玲妹在家里"竭力避开她爸爸的视线"；阿全眼看着爸爸殴打病重的妈妈，"躲在角落里缩成一团，腿子直哆嗦着"；《饿》中的孩子害怕父亲那一双睁圆着的眼睛。在灾难深重的现实环境中，父权明显扭曲了，作为权威的父亲因为生存困境的压迫而陷入焦虑和痛苦，他们以酒精来麻木自己，并将这种痛苦有意无意地转嫁到了妻子和孩子的身上。鲁迅早就说过，对遭受着多重困境的男人们是"无须担心的"，因为"有比他更卑的妻，更弱的子在"。① 处在社会最底层的妇女和少年儿童常常承担了丈夫或父亲遭受的苦难的转嫁，实体的父亲成了一种异化的存在物，他不仅不能庇护孩子，还成了孩子的迫害者。从这个层面上说，儿童不仅被父亲被社会所抛弃，而且还与父亲一起承担了被生存压力所挤兑的苦难。按照

---

① 鲁迅：《坟·灯下漫笔》，《鲁迅全集》第1卷，人民文学出版社1981年版，第216页。

惯常的生存和逻辑规则,社会、家庭和父亲本应该为孩子提供自由幸福地生长的客观环境,他们的保护能力的缺失使孩子裸露在了社会的风霜雪雨之中。

失父型儿童的存在是家庭和社会放弃了呵护责任的结果。作为儿童庇护者的家庭和社会,在自身的风雨飘摇背景中,失去了保护孩子的能力,只能将他们推出自己的视野,让他们稚嫩的生命在苦难中挣扎,在流离的生存环境中漂泊。而现实的人要转化为文学形象,又显然有其自身的原因:儿童的发现对五四先觉者目光的吸引自然是不可忽视的因素;许多作家如鲁迅、郁达夫、老舍等都幼年丧父,萧红则被父亲赶出家门,失父的境遇与漂泊的经历,使作家也能对苦儿的遭际感同身受,并在苦儿的身上投射着自己的童年经验;但也不能无视"为人生"的写实主义风潮的盛行。五四文坛是文学研究会和创造社一统天下的,尤其是在五四新文化运动的影响下成立的文学研究会,大部分成员经受过新文化运动的洗礼,他们的理论与创作直接秉承了文学革命的传统,也得到了当时还处于文学革命余波情绪中的文坛的普遍承认与肯定,他们代表的是当时中国文学的主流。他们高举的"为人生"大旗也就几乎覆盖了整个文坛。鲁迅明确提出创作"必须是'为人生',而且要改良这人生"①,茅盾则进一步阐释"文学的目的是综合地表现人生",②"人们怎样

---

① 鲁迅:《我怎么做起小说来》,《鲁迅全集》第 4 卷,人民文学出版社 1981 年版,第 512 页。

② 茅盾:《文学和人的关系及中国古来对于文学者身份的误认》,《茅盾文艺杂论集》,上海文艺出版社 1981 年版,第 24 页。

生活，社会怎样情形，文学就把那种种反映出来"。① 如实地反映人生，真切地表现生活的疾苦，成为五四以后许多作家的共同价值取向。这"人生"和"疾苦"，在儿童已被看作独立的人的时代氛围里，自然也包括儿童的人生和疾苦。实际上，儿童的灾难就是国家和社会的灾难，当最应该受到保护的孩子也被家庭和社会所抛弃，或者得不到成人的呵护的时候，作家对社会的同情、批判和痛心也进入到了更深的层面。处于社会底层的、弱势的、几乎没有生存能力的、需要成人提供经济和精神上的依托的孩子，一旦离开了外在的"父亲"的倾力呵护，他们的结局往往就是死亡，被没有保护能力的社会所吞噬。无论是单四嫂子和祥林嫂的命根子宝儿和阿毛，还是杨大官、翠儿、小玲妹、小团圆媳妇，他们都没能逃脱这样的命运。稚嫩纯洁的他们本该在家庭和社会的呵护下自由无拘地幸福地生活着。在这些小小的被抛弃的孩子身上所折射出来的对苦难社会的批判，无论是力度和深度，都显然超出了成年人形象身上所承载的内容。

第三节　恋父型儿童形象

古希腊神话中有一出著名的悲剧。神将阿伽门农在攻克特洛伊后凯旋回到故里，却被他的妻子克吕泰涅斯特及其情夫谋害，爱列屈拉（Electra）痛恨母亲的杀夫行为，并因此

---

① 茅盾：《文学与人生》，《茅盾文艺杂论集》，上海文艺出版社1981年版，第110页。

而记恨在心,最终怂恿自己的弟弟杀死母亲,完成了替父报仇的使命。这个古老的悲剧在弗洛伊德看来是一个情结,是以本能冲动为核心的一种欲望,他将此命名为"爱列屈拉情结",即恋父情结(Electra Complex)。根据弗洛伊德的解释,恋父情结源自小女孩无意识地敌视母亲,并和她竞争父亲的爱,而这种无意识的敌视是被压抑了的性本能冲动驱使的结果:"小孩最原始的'性愿望'(sex-wish)是发生在很早的年岁,女儿的最早感情对象是父亲,而儿子的对象是母亲,因此对儿子而言,父亲变成可悲的对手,同样地,女儿对母亲也是如此。"① 也就是说被压抑的性力在无意识领域构成了女儿对父亲的依恋和对母亲的仇视,她们热爱甚至崇拜自己的父亲,沉迷、倾倒在父亲所散发的巨大魅力之中,却将母亲视作第一情敌。在精神分析学说领域,恋父情结常用来指称女儿对父亲过度依恋、渴望独占父亲的现象。

但是我们所说的恋父型儿童与弗洛伊德的分析有一定的区别。弗洛伊德将一切都归结于性本能的驱使,女儿对父亲或儿子对母亲的依恋所构成的恋父情结与恋母情结也是一种性本能欲望的表达。这种理论的提出自有其学术价值,给人们思维观念带来冲击,但当将人类复杂的心理现象的原因探寻指向单一的性本能的时候,明显的"泛性化"倾向招致了广泛的质疑和批判:单一的原因是否足以解释纷繁的人类心理?本能冲动是否是所有人类心理的动因,就如这恋父和恋母?然而从弗洛伊德的分析中,我们也不得不承认恋亲是人

① [奥]弗洛伊德著,丹宁译:《梦的解析》,国际文化出版公司1998年版,第152页。

类普遍的心理现象，于是我们截取"恋父"一词去指称儿童对父亲的精神依恋，并将现代文学中所出现的这一类儿童形象界定为恋父型儿童。根据精神分析学说的阐释，"父亲"这一简单的称谓内部蕴含着复杂的内容，他既指向某个现实的父亲，也指向个体符号、文化符码意义上的父亲，根据"父亲"的内涵的不同，我们可以将恋父型儿童形象分为两类：一是以鲁迅小说《长明灯》中的"赤膊"孩子和《孤独者》里的大良、二良为代表的恋父型儿童，他们的身上传达的是对旧的历史、文化、传统以及主流意识形态等虚化的"父亲"的深沉依恋。二是以张爱玲小说中的聂传庆、许小寒为代表的恋父型儿童，他们依恋生活中的父亲，渴望对父亲的占有，尤其是许小寒几乎就是弗洛伊德所分析的"恋父情结"的小说版本。

鲁迅笔下的恋父型儿童常常是以群体而非个体存在的方式出现的。首先进入我们视野的，是借狂人之口发出"救救孩子"的呐喊的《狂人日记》中的那一群孩子，是被封建礼教吃掉又进一步成为吃人者的孩子。他们与代表着封建吃人礼教的赵贵翁们有着一样的眼色，"脸色也都铁青"，"在那里议论我"，谋划着吃"我"。这使狂人感到了困惑和不解："但是小孩子呢？那时候，他们还没有出世，何以今天也睁着怪眼睛，似乎怕我，似乎想害我。这真教我怕，教我纳罕而且伤心。"但紧接着就恍然大悟"这是他们娘老子教的！"在封建文化笼罩着的环境里濡沫浸染，心灵纯真的儿童迅速地成为吃人礼教的牺牲品。这样的孩子作为一种象征，时时地出现在鲁迅的小说文本里。《孔乙己》里的小伙计，虽然依然存在着不谙世事的孩子气，但也毫不犹豫地加入了嘲笑侮辱孔乙己的看客的行列,并在酒客们对孔乙己的嘲弄声中获得了一种心情释放的快感。尤其是当孔乙己叫他认字时那鄙夷的神情,"讨饭一样的人,也配考我么?"的心理独白,充分展现了封建社会状态下儿童天性的过早泯灭,以及向麻木冷酷的成人看客的心理靠近。《示众》中卖包子的胖孩子和戴雪白小布帽的小学生,一看到示众者就"像用力掷在墙上而反拨过来的皮球一般"飞奔上前,他们冷漠麻木的神情迅速融入了示众的场面中,已与周围拥有国民劣根性的成年看客形象毫无二致。

"小看客"与成年看客一起构成了狂人、孔乙己等人的生存背景,他们不仅没有成为成人的拯救者和心灵的精神家园,反而伙同成年人向狂人们施加了生存的压力,强化了诗意存在的异己力量。这也正是鲁迅所痛心的。他曾经说过:"看十来岁的孩子,便可以逆料二十年后中国的情形;看二十多岁的青年,便可以推测他儿子孙子,晓得五十年七十年后的中国情形。"[1] 对幼弱者的同情和对民族未来的忧虑使鲁迅一生都没有放弃对孩子的关注,儿童本位观念的提出,"救救孩子"的激情呐喊,都表达着鲁迅对儿童和民族的希望。王富仁甚至认为整个"《呐喊》和《彷徨》的意向中心和最终指归在于'救救孩子'"。[2] 这需要拯救的孩子,就是被传统文化吃掉又成为吃人者的孩子。从某种层面上说,这

---

① 鲁迅:《随感录二十五》,《鲁迅全集》第 1 卷,人民文学出版社 1981 年版,第 295 页。

② 王富仁:《中国反封建思想革命的一面镜子》,北京大学出版社 2000 年版,第 135 页。

些帮凶的出现比成年看客们更为可怕。《长明灯》中的疯子，以决绝的反抗姿态引起了整个吉光屯的紧张不安和恐惧，但是在一群孩子的无所顾忌的围攻之下，在他们的嘲弄和儿歌声中，疯子的反抗显得虚弱和毫无价值。尤其是一个赤膊的孩子，"将苇子向后一指，从喘吁吁的樱桃似的小嘴唇里吐出清脆的一声道：'吧！'"这一声枪毙的声音完全消解了疯子反抗的意义，也完全击垮了疯子的战斗力，"从此完全静寂了"，而"绿莹莹的长明灯更其分明地照出神殿，神龛，而且照到院子，照到木栅里的昏暗"，势力更为扩大。这不由得引起了反抗者深切的悲哀和绝望，而且这种悲哀和绝望是穿透了具体的人事，指向无形的时间的。小孩子与成人没有两样，被吃又同时吃人，老的赵贵翁们去了，小的赵贵翁们又一茬一茬地出现了，于是吃人之人代代相传，永无绝期。

这样的一群孩子的出现，显然是病态的封建文化思想统治下的产物，他们与传统有着太多的勾连，或者说已经被"父亲"的那个传统同化了，不是被泯灭了天性，就是已成为帮凶，"儿子正如老子一般"，"都不像人！"（《孤独者》）而这同化本身又承担了审视的功能。鲁迅借助于这些形象来审视旧的文化、传统和历史的吃人本质，审视"父亲"在儿童身心上投射的负面阴影，对传统的封建思想、礼教和世俗习惯提出了严正的抗议，因此恋父的儿童形象客观上又承担了审父的功能，甚至形象本身可能只是一种符号。实际上，五四本就是一个审父的时代，个性解放的时代精神蕴含的是对父亲权威的蔑视和批判，五四新文学也是从旧文学中脱胎生长而来的，审父自然也就成了新文学的一个主题，只是在这些文本中,鲁迅是借助于儿童形象来审视传统社会的。本该是纯洁天真充满对不幸人类的同情的孩子,被弥漫在世间的种种旧思想、旧文化、旧观念所侵蚀和浸染,迅速地与老赵贵翁们融为一体,显示出张牙舞爪的凶恶本性。《孤独者》中的大良、二良们,在魏连殳被校长辞退失业后,也完全抛弃了魏连殳,连他的东西也不要吃。娘老子们过早地教会了孩子的冷漠和凶残,即使想逃离,也会被老妈子们扭转身子过去正对,并一再告诫和引诱他们:"阿,阿,看呀!多么好看哪!……"(《示众》)无辜的孩子在未懂事之前就已经成为了封建礼教的牺牲品。无怪乎鲁迅要将中国形容为"一只黑色的染缸","无论加进什么新的东西去,都变成漆黑"。① 更为可悲的是,过于沉重的封建统治和封建文化,使礼教传统和麻木冷酷作为一种集体无意识的沉淀,潜藏在一个民族的心理中。这些"精神沉淀已经成为一种遗传物,每一代新人诞生,都只须重新唤醒它,而不是诞生之后才获得的"。② 于是连还不能走路的小孩子,也会拿了一片芦叶,指着魏连殳说:"杀。"这一声"杀"应该是能够引起人们心头的震撼的。因此,封建文化的毒害对纯真的儿童造成了心灵的畸变,这其中所包蕴的对传统、对文化的批判和审视也就显而易见了,而且与通过成人形象如狂人、阿Q等人来达到审父效果的文本不同,揭示封建文化连小孩子都不放过,幼

---

① 鲁迅:《两地书(四)》,《鲁迅全集》第11卷,人民文学出版社1981年版,第20页。

② [奥]弗洛伊德著,李展开译:《摩西与一神教》,三联书店1988年版,第121页。

弱的儿童都已经被封建文化同化，这种审视与批判的深刻性和忧愤深广，又是别一种境界。其实，鲁迅小说的审父主题早在《怀旧》中就已经建构完成，9 岁学童"吾"时时对传统封建文化的腐朽没落和违背天性冷嘲热讽甚至批判否定，《狂人日记》、《孤独者》等只不过是改变策略，通过对所塑造的儿童形象的失望和否定来达到审父的目的而已，恋父型儿童形象承载了审父的符号功能，而这种策略改变所带来的审父的深度也是《怀旧》所难以企及的。

当然，儿童是复杂的，他们的冷漠和凶残，一方面是病态社会对人性的压抑和扭曲的结果，是"他们娘老子教的"；另一方面也是人性恶的本能的呈现，或者说是人性恶的本能在儿童生长背景的纵容下，毫无节制的宣泄。发出那一声令人战栗的"杀"的声音的，只不过是一个还不太会走路的孩子，他的攻击性似乎不能完全归结于后天的教育和熏染，而是先天和后天因素共同导致的"集体无意识"。这些呈现着恶的本性的恋父型儿童形象，出现在将天真纯洁作为儿童的代名词，将儿童视作纯净自己的心灵家园的背景中，显然表达了鲁迅对人性的全面而深刻的揭示和把握，在齐声赞颂儿童的音乐声中分裂出了一个不同的音符，丰富了对儿童的认知和理解。

张爱玲塑造的许小寒和聂传庆形象，与鲁迅笔下以群体形式出现的恋父型儿童形象不同，他们与传统文化和封建思想没有太多的勾连，审父也不是张爱玲创作的美学追求，身处 20 世纪 40 年代的她也不再以觉醒者的姿态，借助于儿童形象的塑造表达内心的巨大悲哀和对将来的忧虑。她只是将以弗洛伊德观点为代表的精神分析学说引进了小说创作之中，挖掘人物潜意识中的"恋父情结"。无论是许小寒还是聂传庆，从年龄上看都已经超出了"儿童"的指称范围，更确切地说，他们是处于周作人儿童概念中的"青年期（十五至二十岁）""儿童"，而非本书界定分析的儿童形象范畴。但是他们身上蕴含的恋父情结，代表了一部分心理已经成熟的少男少女隐秘而微妙的情感诉求，对实体的父亲有着深沉的依恋，这是我们在分析恋父型儿童形象时所无法绕过的。

《茉莉香片》中的聂传庆，嫉恨血缘上的父亲聂介臣，却将曾经爱过他母亲也是他母亲冯碧落唯一爱过并至死爱着的男人言子夜，视作精神上的父亲，对其怀有畸形的倾慕和爱恋。他不在乎"父亲骂他为'猪，狗'，再骂得厉害些也不打紧"，因为他根本看不起自己的父亲，"可是言子夜轻轻的一句话就使他痛心疾首，死也不能忘记"；他欣赏言子夜苍白秀拔的成熟男子之美，希望在自己的血管里"流着这个人的血"，也渴慕着言子夜对他的关注与认同，并且相信"如果他是子夜与碧落的孩子，他比现在的丹朱，一定较为深沉，有思想"，"富于自信心与同情"，"丹朱的优点他想必都有，丹朱没有的他也有"。在潜意识中他认为是言子夜的女儿言丹朱取代了自己的位置，夺走了他的"父亲"，对丹朱怀着一种极端的憎恨和报复的欲望，"我要你死！有了你，就没有我。有了我，就没有你"。并试图支配丹朱以对她"施行种种绝密的精神上的虐待"，而一旦幻想遭到现实的残酷打击，就将对丹朱的仇恨宣泄为一阵没有人性的毒打。聂传庆的所有心理行为和生活行为都源自于对言子夜的精神依恋。《心经》中的许小寒，则被认为是"恋父情结"的小说式图解，演绎了"爱列屈拉情结"的经典叙事。貌似天真的她对父亲怀着一份超越亲情的畸形之爱，并以自己的所有努力体会和保持着这份爱情的质感。为了长久地持有一个女儿亲昵地在父亲怀里撒娇的权利，她"愿意永远不长大"；为了让父亲坚守对她的爱情，她向父亲炫耀男同学对自己的追求，有意无意地提醒父亲：她是为了他才拒绝其他异性，为了他才不嫁人的；当父亲为解脱罪孽另求爱情对象时，小寒又醋意大发，极力阻挠父亲。但是父女之间与生俱来的血缘关系已经注定了这份爱情的脆弱和危险。而且小寒与父亲之间存在着的这种畸形恋爱，潜意识中也就将母亲认作了第一情敌，即使母亲偶然穿一件美丽的衣服或对父亲稍微流露出一点感情，也会遭到小寒的嘲弄和取笑，她慢吞吞地杀死了父母之间的爱情，也就从感情上杀死了母亲。小寒在貌似健康的外表下面潜伏着的正是恋父仇母情结。

张爱玲对聂传庆、许小寒形象的塑造，对他们的恋父心理的刻画和表达，或许有其个人的创伤性原因。张爱玲自幼父母离异，在无爱的冷漠环境中孤独地长大，父爱的缺席，使她未曾顺利地完成一个女性的成长历程，而将这种创伤情景转化为一种"恋父情结"的文学表现，显然是受到了以弗洛伊德观点为代表的精神分析学说的影响。夏志清也曾说："张爱玲受弗洛伊德的影响，也受西洋小说的影响，这是从她的心理描写的细腻和运用暗喻以充实故事内涵的意义两点上看得出来的。"① 尤其是《心经》，几乎是直接套用了弗洛伊德的观点。但是张爱玲以传神的笔墨触摸到的少男少女的潜意识和无意识，以及对他们的变态心理的深刻入微的描写

---

① 夏志清：《论张爱玲》，金宏达主编：《回望张爱玲·华丽影沉》，文化艺术出版社2003年版，第59页。

和表达,又体现了张爱玲对少男少女心理的精细解读和把握,在某种意义上可以说是以小说实践的方式完成了对儿童发现的进一步开掘,而形象本身,也构成了变态少年的范型。这无论是在社会学、心理学还是文学史的意义上,价值都是不容置疑的。变态少年本就是现代文学中所忽略和缺乏的形象类型,在儿童发现的喜悦狂潮中,作家更多看到的是纯洁得透明的、苦难的、在外族入侵的现实中成长的孩子,无论是无父型儿童、失父型儿童、鲁迅笔下的恋父型儿童还是后文将论及的弑父、寻父型儿童,常常是被作为一个抽象的符号来表达作者的某种观念和理想,倒是许小寒等表现出了真实的感觉和心灵个性。而且他们的变态也与鲁迅小说中的心灵畸变的孩子不同,大良、二良等是在传统文化与社会环境的压抑下人性扭曲的,作家对他们的塑造是要达到疗救国民性的目的,而许小寒等则是在中西文化混杂的现代城市背景中,基于人的本能的心理变态,张爱玲也只是为表达"苍凉"的情感而已。这也是我们为什么抱着论述艰难和遭受多重质疑的危险,固执地将张爱玲笔下的许小寒等纳入到恋父型儿童形象中的原因。

第四节 弑父型、寻父型儿童形象

五四时期是一个癫狂骚乱的时代,反帝反封建、思想解放的主旋律高扬在当时的文化语境中,反叛与颠覆一切旧有的权威、秩序和统治构成了其显在的时代标识。以儒家文化为表征的父权文化和日益腐朽的封建制度的统治,已使一个民族失去了生存之力；自近代以来一直蔓延着的帝国列强的踩躏侵占，也日渐剥夺着民族的生存权利，这破败而残酷的现实构成了富有良知的先进知识分子心灵上的重压，他们迫切地希望推翻封建制度和封建文化的统治，清除帝国主义势力的侵略掠夺。于是，五四运动和五四新文化运动以一种决绝而倔强的彻底姿态，以狂飙突进的精神气质，出现在20世纪初的历史时空里，它们裹挟着的激进思潮扫荡了晦暗沉重的现实，演绎出了救亡和启蒙"双重变奏"的主题模式。在这样的时代气氛下，参加反帝示威游行成了觉醒爱国青年的理智选择，走出家族，寻求个性解放和婚姻自由，成为一代青年的行为时尚，这样的觉醒青年也就是所谓的反抗者和叛逆者，而对这类青年的描写与塑造也构成了新文学的一个重要审美追求。只要稍加回忆，我们就可以开列出一份长长的叛逆者名单：以极端的方式反抗封建礼教和传统的狂人，以及作为其补充者的《长明灯》中的疯子；以与旧家庭决裂的方式获得了与涓生的自由爱情的《伤逝》中的子君；以高老太爷为代表的封建文化的反叛者，也是学生运动的积极参与者的觉慧（巴金《家》）等等。他们以各自不同的决绝姿态对抗、颠覆和解构着包括封建文化和帝国主义强权在内的一切外在威权。在这份名单的梳理过程中，我们也惊喜地发现了一群正处于成长阶段的孩子，如《疯儿》中的方达、《游戏》里的阿根和小三、《两个小学生》里的国枢和坚生等等，他们和成人形象一起表达着反帝反封建的热情。虽然因为年龄、认识水平、生活内容和觉醒程度的限制，他们不可能进入所有的反抗领域，采取所有的颠覆策略，但表现的叛逆精神是一样的。这一类颠覆传统、反抗压迫的儿童，我们

称之为弑父型儿童形象。在这里需要说明的是，帝国主义的
强权压迫与儿童的反叛没有精神上的渊源关系，称之为"弑
父"显然存在着理论诠释上的困难和牵强，但是，一个不容
忽视的事实是，本国的政府和统治阶级与帝国主义常常是勾
结在一起的，他们联手建构起了一种压迫体制与专制权威，
于是反帝反封建成了一个不可拆分的结构。而且促发儿童爱
国激情的，除了外族入侵之外，更为直接的原因是本国政府
在帝国主义面前的软弱无能和奴颜婢膝，在反帝的思潮中蕴
含的是更为强烈的对统治阶级的不满和批判，"反对卖国"、
"反对残暴统治"是显为重要的运动中心，存亡绝续的民族
危机和国家危亡的窘迫境遇也使斗争的矛头最终落实在了本
国统治者的身上。我们的论述重点也主要是偏向对勾结帝国
主义或臣服于帝国主义强权的本国政府和统治阶级的抵抗和
拒绝的。从这个角度考虑，我们有理由将儿童对一切社会权
力的反叛和颠覆命名为"弑父"，这个"父"指向的是本国
政府和统治者以及一切传统威权。

　　"弑父"的命名依然来自于精神分析学说的概念，但又
与弗洛伊德的原初表达有着理论内涵上的差异。弗洛伊德借
助《俄狄浦斯》的文学文本，勾画出了每个男孩子的无意识
欲望，即与母亲的性的联系以及伴随着的对父亲的排斥，消
灭父亲以便取代他对母亲所占的位置，而且这种"弑亲是人
类，也是个人的一种基本的原始的罪行"。① 我们这里所说的

---

　　① ［奥］弗洛伊德著，顾闻等译:《陀思妥耶夫斯基与弑亲》，冯黎
明等主编:《当代西方文艺批评主潮》，湖南人民出版社 1987 年 6 月版，
第 290 页。

弑父的冲动，显然并非指向弗洛伊德在俄狄浦斯情结中所归结的"性"，而是父亲所带来的压抑和苦难，接近于个体心理学家阿德勒对俄狄浦斯情结的阐释，是"由于母亲的溺爱和父亲的凶恶残暴"，① 弑父的目的也不是取而代之，而是寻找建构一个理想的父亲。这里的父亲所反映的也不是现实中的父亲，而是拉康所谓的象征界——一种文化符码，弑父正是对父亲背后的整个权威的抵抗和解构，也就是对拉康所谓的"父亲的名字"的反抗。这种对父亲的抗拒，在中国现代历史的背景中，就具体化为反帝反封建的直接而狂热的形式。这里的弑父并不等同于弗洛伊德理论中的弑父概念，只是借用了"弑父"这一语词来指称对"父亲"权威的反抗和颠覆。

考察弑父型儿童形象的整体序列，我们可以发现，这一类形象是和五四运动伴随而生的。早在1919年5月的《每周评论》上，就刊载了署名为程生的小说《白旗子》，小说通过人物的叙述忠实地记录了五四运动的伟大过程，而叙述者主要是由两个孩子来承担的。十一二岁的小儿子，看到了天安门前的革命青年拿着小白旗举行示威游行，反对帝国主义、封建主义和卖国政府的卑劣行径，心里产生了极大的感动和震撼；十六七岁的大儿子则直接参加了示威游行，在"杀卖国贼"、"同胞快醒"的口号声中，冲进了卖国贼曹汝霖的家，爱国激情得到了充分的张扬和宣泄。他们虽然依旧单纯幼稚，但在五四狂潮的激励之下，小小的心灵已经被叛

---

① ［奥］阿德勒著，黄光国译：《自卑与超越》，作家出版社1986年9月版，第56页。

逆的弑父激情所占据,"弑父者"形象基本建构完成。在当时的时代气氛的鼓舞声中,这一类形象以集体亮相的形式出现在激荡着狂飙之气的文坛之上,并一直蔓延到30年代。蒋光慈塑造的"疯儿"方达、庐隐笔下的小学生国枢和坚生、茅盾打造的觉醒儿童阿向等等,都是其中的典范代表。他们与觉醒的成人一起参加示威游行,一起以自己的反抗激情点燃时代的革命生气,以羸弱的幼嫩之躯对抗统治阶级与政府的卖国行径和残暴统治。中学生方达(《疯儿》),就是带着一份"一定要拼命,谁个要惧怕,谁个就不是人娘养的"决心,积极地参加了反帝示威游行,并且自愿地印发传单。如果说此时的方达反抗的还是帝国主义的侵略,那么被捕后审讯中的表现则将斗争的矛头直接指向了本国的统治者。他不能容忍那"一位狗娘养的中国法官,忘却了自己是中国人",脸上摆着卑贱诏媚而又骄傲的神情,伙同外国人一起对自己的审判,认为这是"世界上最大的羞辱",于是狂怒的咒骂声随同鲜血冲口而出:"你这亡国奴!你本来是中国人,为什么帮助外国人压迫自己的同胞呢?好没良心的卖国贼呀!"直到生命的最后一刻,他还在痛骂:"好万恶的军阀呀!好无良心的资本家呀!真可杀的新闻记者呀!贱种,亡国奴,冷血动物……"这么激进、决绝的反抗和革命姿态是可以和鲁迅笔下的狂人相媲美的,而方达在反叛过程中的癫狂以及父母、周围人的不理解,也可以被认为是对狂人精神和境遇的继承,他以生命为代价完成了对代表着父亲权威的统治阶级的彻底厌恶和抗拒。国枢和坚生(庐隐《两个小学生》)是比方达更为年幼的孩子,但他们的反抗是一样的坚决。在层层叠叠地站满了黄衣卫兵和警察的总统府前，在助威的霆雨的刺激下，国枢和坚生没有一丝的畏怯，"脸上都露出勇敢庄严的样子"，"绝不退后一步"。他们的反抗直接指向了"父亲"背后的整个专制权威。

从上面罗列的儿童形象之中，我们可以看到，他们都有着直接而激越昂扬的行为方式，在示威游行中表达着自己的爱国激情和叛逆态度。作为觉醒的一群人的代表，他们奋起反抗帝国主义的压迫，颠覆本国政府和统治者的懦弱无能和凶狠残暴。虽然因为年龄的幼小，力量的积弱，他们的反抗显得有点儿不自量力，示威的结果除了鲜血的流淌似乎也没有改变什么，但是，他们颠覆和解构父亲权威的激越姿态，显然最贴近五四狂飙精神，也与中国新文学的精神血脉相通。他们与成人觉醒者一起，实现着"把那逞强的势力，都摧除了，把那不正当的制度，都改正了"① 的时代理想，成为最为年轻的一代弑父者。这种弑父精神也暗合了五四时期重估一切价值的思潮特质。根据胡适先生的说法，五四"新思潮的根本意义只是一种新态度，这种新态度可叫做'评判的态度'"，"评判的态度，简单说来，只是凡事要重新分别一个好与不好"，也就是尼采所说的"重新估定一切价值"。② 这价值重建的目标就是消灭旧的文化、传统和权威体制，建立一种新的价值体系，而弑父的过程实际上就是对社会历史重新解读的过程。

---

① 李大钊：《〈国体与青年〉跋》，《李大钊文集》第 2 卷，人民出版社 1999 年版，第 248 页。

② 胡适：《新思潮的意义》，《新青年》第 7 卷第 1 号，1919 年 12 月。

然而，杀死父亲，同时也就杀死了自己的过去和未来，失去了最为温柔和强大的呵护与遮蔽，无父的孩子将成为裸露于荒原上的弃儿，终身游荡没有归宿。而且孩子对父亲的感情也是复杂的，爱恨交织是其典型的情感模式，"视父亲为对手而除之的企图将会受到父亲对他进行阉割的惩罚"，①也将使孩子陷入恐惧、焦虑和内疚。在颠覆传统、解构专制统治的同时，弑父者仍在渴望、寻找一个真正的、理想的父亲，能给国家和民族带来独立、自主和强盛的"父亲"。这样的弑父概念显然与弗洛伊德的本意相违背。弗洛伊德理论中的弑父者虽然有着种种的恐惧和焦虑，但仇父同时又欲与父认同、以父为榜样是其心理行为的动因，取代父亲的地位是弑父的最终目的。本书中的弑父型儿童，显然并没有取代父亲的欲望，从某种程度上说，他们只是因为感觉到现有的"父亲"不再温情、不再有权威可以依赖，才要去杀死"父亲"，以寻求一个更具父亲权威的精神之父。弑父与寻父奇妙地纠结在了一起。尤其在以革命年代为故事背景的小说中塑造的红色小英雄、小战士的身上，虽然狂热的激情依旧存在，但弑父的冲动更多地转化为了寻父的成长。他们在革命的年代里，在受压迫受迫害的境遇中，慢慢地觉悟和成长，最终走上反抗的道路，在战火的洗礼中成长为战士和英雄。在这历经险阻的成长过程中，父亲的形象也逐渐地明朗起来，甚至就直接定格为共产党的领导。这是革命文学中的一

---

① ［奥］弗洛伊德著，顾闻等译:《陀思妥耶夫斯基与弑亲》，冯黎明等主编:《当代西方文艺批评主潮》，湖南人民出版社1987年6月版，第290页。

个惯常主题模式，这些形象我们可以称之为寻父型儿童形象。

　　寻父型儿童形象的最显在表征是成长，寻父的过程也就是成长的过程。按照习惯性的界定，成长是一个多元的概念，它既包括个体的人的生理的变化和心理的成熟，也指向旧我蜕变为新我的精神转型。作为一个原型与母题，只要是主人公通过磨难获得再生的，都可称之为成长，比如小资产阶级知识分子林道静经历多重挫折成长为职业革命家（杨沫《青春之歌》）；革命流亡者沈之菲在遭受政治迫害、婚姻爱情的磨难和国内外的艰难亡命生涯之后，成长为意志更为坚定的革命者（洪灵菲《流亡》）；懵懂无知、充满缺点的东北农民铁岭在一次次残酷的战斗中成长为民族战争的英雄（端木蕻良《大江》）等等。他们在故事建构过程中完成的精神蜕变都可以被称为成长。寻父型儿童的成长是指引导儿童生命合理性地进入社会人生，由一个"自然人"生命成长为"社会人"生命的过程，是稚嫩的孩子成长为革命小英雄的过程。描述这种成长的小说往往有着特定的题材领域和叙事模式：年轻的主人公经历某种磨难或目睹某种罪恶，心灵受到极大的震撼，并从中获得顿悟，开始人生新的起点。这其中的磨难是不可或缺的因素，它是从原始文明的成人仪式中转化而来的。在原始社会里，年轻人被社会接纳要经过一些象征性的仪式，如鞭打、挨饿等等，以使他们获得某种洞见和成熟，进入文明社会之后，这种成人仪式往往演变为年轻人经历的某种磨难。寻父型儿童正是经历了生活的波折和革命的洗礼之后，结束了对社会人生的诗性守望，艰难而坚定地走向了革命和反抗，走进了社会的大门，成长进化为找到了自我价值和人生意义的革命的"成人"。

小丰和大鼻子是在示威游行的革命行为中完成精神的蜕变的。大鼻子（茅盾《大鼻子的故事》）是街头的流浪儿，乞讨是他的生存职业，有机会的话，也"捡"一些铜子或从管公共茅厕的老太婆那里"揩点儿油"。一天，"轧热闹"的心理使他加入了爱国示威运动的行列，然而，失去家园与双亲的惨痛记忆、巡捕对示威学生的殴打激起了大鼻子心中素朴的反抗和同情，在学生们"打倒一切汉奸"的呼喊声中，大鼻子喊出了自己的口号："打倒，——他妈的!"获得了一定的觉醒和成熟。小丰（戴平万《小丰》）虽然一开始就自愿地参加了反帝示威游行，但是他的觉醒只是朦胧和初步的。在小丰眼里，帝国主义就是挂在学校墙上的黑巨人，像母夜叉，要吃人的血肉；面对好朋友阿明"上海怎样被惨杀呢"的追问，也只能搬出父亲告诉他的话："惨杀工人和学生!……哼!可恶的洋鬼子!"在游行的过程中，小丰只是"很有趣地注视着"演说的年轻女学生，"跟着人家鼓掌"，也为没有冰淇淋吃而心怀一股怨气。但是接下来的惨杀和阿明的惨死彻底地唤醒了小丰，使他迅速地跨进了觉醒者反抗者的行列，那锐利的枪声、群众的拥挤、鲜红的热血、阿明可怖的流血的尸身就像是成人仪式和考验，最终促成了小丰的成长。在这场磨难和洗礼之后，小丰具备了宣传、组织对帝国主义的反抗的自觉意识，也找到了"上海怎样惨杀呢"的答案，完成了从反帝运动的跟随者和好奇的参与者到自觉的组织宣传者的精神跨越和生命成长，也应和了反帝爱国的时代洪流对年幼一代的精神召唤。

无论是大鼻子还是小丰，他们的觉醒和反抗都是为实现救亡的理想，寻求民族的独立与自主，建构起新的政治权威和体制是他们行动背后的显在目标。随着历史的推演和发展，这个以父亲面目出现的政治权威逐渐明朗定格为共产党这精神、政治上的"父亲"形象。寻父型儿童的头上笼罩着"革命小英雄"、"红色小战士"等诗性光辉，呈现出通体透亮的革命英雄色彩，小英雄雨来、送鸡毛信的海娃、小侦察员信子、流浪者虾球等等，都是我们耳熟能详的名字，他们与成人英雄一起在中国现代文学的文本空间里辉煌。这些形象当中，虾球的成长和对"父亲"的找寻是最为典型的。虾球是处于社会底层、被蔑称为"烂仔"的孩子，因为年幼无知被骗做了王狗仔的"马仔"，但很快发现王狗仔霸占地盘专捞私利还不讲义气，又转投到黑社会头目鳄鱼头的门下，参加了爆破仓库盗窃财物等犯罪活动，终因事发，被作为替罪羊投进监狱。出狱后虾球生活无着流落街头，又误窃了自己父亲在国外赚的血汗钱。老人家因此精神失常，虾球的心灵也受到了强烈的震撼，他决心去找丁大哥参加游击队，途中却被国民党抓了壮丁。后来又被鳄鱼头发现，再次当了他的勤务兵，并跟随他乘运军火的军舰到海南岛去打游击队。军舰因为超载走私军火和商品沉没，鳄鱼头不但见死不救，反而开枪击杀同船的难友。虾球终于认清了鳄鱼头的本质，跋涉千里找到了游击队，参加了人民武装。在经历了一系列的磨难之后，虾球一步步长大成人，并最终成为"革命少年"。在成长觉悟的过程中，共产党、游击队这"父亲"的形象逐渐浮出了水面，虾球的成长指向的正是对"父亲"的找寻。这让我们想起20世纪20年代蒋光慈的长篇小说《少年漂泊者》，主人公汪中，在父母被地主双双逼死后开始在人间流浪，历经斯文先生的欺辱，爱情的被扼杀，资本家的凶残欺害，工人运动和监狱生活的洗礼，这一系列的事件激起了汪中的痛苦哀伤和愤恨不平，于是远赴广东参加革命，并在战斗中英勇献身。一个漂泊者在黑暗和磨难中完成了向革命者的转化和成长。汪中在漂泊中成长的历程与虾球是如出一辙的，只是汪中追寻的是革命这一空泛而抽象的内容，而没有具体明晰的指正，虾球则把对游击队、共产党的追寻作为成长的直接表征。不管是怎样的成长、觉悟和对政治上的父亲的找寻，都显示出了沉重的质感。

其实，成长一直是文学的母题，即使到了当代的文学背景中，描述成长的小说无论在成人文学领域还是在儿童文学范畴，都获得了一定的理论界定和学术探讨。只是随着历史的演进，成长的内涵在不断地修正，尤其是到了20世纪八九十年代以后，对儿童的认识获得了进一步的发展，儿童的"成长"不再是按照一种意识形态来塑造成长中的孩子，而是使成长恢复到最本真的原义，是"往成人跨越的时候突飞猛进的非常清楚的一个概念，是从儿童往成人跨的时候出现的一些故事和心理变化"。① 突写儿童在生理上突飞猛进的裂变、质变时期性的意识和自我意识的觉醒，注重刻画年幼一代在生命成长过程中所必然经历的心路历程和关心与感兴趣的话题。也正因为此，成长与寻父似乎失去了联系。对儿童成长的这种把握和透视，应该是对回复到儿童本身的成长观念的体认，是儿童观发展的必然结

---

① 梅子涵等：《中国儿童文学五人谈》，新蕾出版社2001年版，第146页。

果。而弑父型的儿童在新时期的文学中几乎鲜有踪迹。虽然审父一直是当代小说中一个隐蔽的主题，余华的《现实一种》、《呼喊与细雨》，苏童的《城北地带》、《一九三四年的逃亡》，王安忆《叔叔的故事》，王朔《我是你爸爸》等等，都是站在儿子的立场审视父亲，但是，即便儿童揭示出了父辈们的虚伪自私、贪婪懦弱、卑劣猥琐，他们依然渴望一个真正的理想的"父亲"。

当然，这里将弑父与寻父作为两种儿童形象分开叙述，并不意味着两者的截然对立，纯粹是出于论述的便利。实际上，如前所述，弑父与寻父常常是奇妙地纠结在一起的，弑父的反抗伴随着寻父的成长，寻父的成长中也蕴含着弑父的反抗，儿童形象中弑父与寻父的划分和命名，只是取其侧重而已。这一些形象的产生，显然与中国特定的历史进程和现实处境有关。在30年的中国现代文学发展历史上，战争几乎占满了整个时间序列和空间范畴，列强的入侵、封建统治阶级的怯懦和凶残吞噬了生活的安宁，也唤起了人们的觉醒和反抗、对新的政治权威的追寻。在这样的背景中，加上儿童发现后对儿童的普遍重视和关注，弑父型、寻父型儿童形象也就应运而生。这些形象的塑造，对创作者来说意义是非同一般的。儿童是国家的未来和民族的希望，只有预示着将来的儿童的觉醒才能真正改变现实的境遇，并使革命之火永远不灭；同时，儿童也是最没有理性的，他们历经千辛万苦、千难万阻去追寻共产党游击队，也显示了大势所向，尤其是当这样的形象占据了主流文坛的时候，人心的向背清晰可见。

儿童形象以群体的方式在中国现代文学中登场，并以无父型、失父型、恋父型、弑父型和寻父型等丰富而多元的形式呈现,最主要原因,我们将之归纳为五四时期儿童的发现和对儿童精神个性的体认。这应该是不容置疑的事实。中国有着几千年的文化和文学传统,也曾遭受到外族的入侵、国家的动荡和连年的征战,但是辉煌的古典文学却很少将儿童纳入自己的表现领域。直到五四儿童发现的背景中,儿童才被文坛普遍地接纳。当然,任何新生事物的出现几乎都不是单个原因支配的结果,其中蕴含着复杂的社会、历史、文化动因。儿童形象出现并在大量的现代文学作品中获得着力的塑造也不例外。文学自身的发展、铺写现实的需要等都是不可或缺的构素,然而,淹没在成人中的儿童的浮现应该是主导性因素。

需要说明的是,这些儿童形象的塑造也许并没有完全表达出五四时期对儿童的认识水平和褒扬态度。这一方面是受历史语境的限制。虽然五四时期提出的"以儿童为本位"的现代儿童观念,具有理论上的先进性,即使站在当下的文化语境中去审视儿童本位观念,我们也依然不得不臣服于它的智性光辉、理论深度和开拓意义,但是,这种儿童观是对西方儿童观借鉴、融合和改造的结果,而不是从创作中自然地总结出来的,以这种崭新的理论去催生、指导现代儿童文学的创作,完成从理论倡导到创造实践的转换显然并不容易。持有先进观念的作家并不能自觉地、轻易地将其贯彻到创作的实践中去,儿童文学创作中所表现出来的儿童的发现与理论上现代儿童观的内涵存在着一定的偏离,甚至在儿童本位论烛照下所产生的《稻草人》、《寄小读者》这些经典儿童文学创作,也与以周作人为代表的儿童观和儿童文学理论之间存在着明显的错位。① 另一方面，成人文学和儿童文学的艺术目标是不同的。儿童文学以儿童形象的塑造建构文本空间，满足儿童读者的审美需求；而成人文学对儿童形象的塑造，往往是借儿童形象反映成人世界，以儿童表现成人的感受。儿童形象本身不是承载个人的主体人格和社会理想，就是将其作为一种诠释意识形态的工具和符号，抽象的符号的意义远远超过了生命个体儿童的价值。新文学从儿童的发现中找到的也正是这样一个颠覆成人、传统、历史等的形象工具，一个承载"爱心"、"自然"、"未来"（也包括新文学自身的未来）等哲学、理念、人生观等的形象载体。儿童形象所指向的未来，形象的新质，形象的勃勃生气，也与新文学的气质相通。以这样的艺术标准去衡量成人文学中的儿童形象，将儿童塑造得像儿童就未必是成功的。因此，现代文学中集体出现的儿童形象是儿童发现的结果之一，也是现代文学的重要成果之一，虽然没有完全体现出五四儿童观的理论高度，存在一定的不足，但这些不足是有客观原因可循的。这些带有儿童生命表征的形象活跃在现代文学的空间里，无疑是对文学本身和形象体系的一种丰富和充实。

---

① 朱自强：《中国儿童文学与现代化进程》，浙江少年儿童出版社 2000 年版，第 196 页。

第四章

儿童文学文体与精神：现代文学
形式与内蕴的充实

　　儿童的发现直接催生了中国现代儿童文学。茅盾曾说：
"'儿童文学'这名称，始于'五四'时代。"[1] 在强调尊重
儿童的社会地位和独立人格的背景中，周作人率先提出了
"儿童的文学"的理论命题。他认为作为独立生命的"儿童
同成人一样的需要文艺"，[2] 我们有"迎合儿童心理供给他们
文艺作品的义务"。[3] 而且，周作人还根据儿童的年龄特征分
析了不同年龄阶段的儿童对文学的需要，指出"儿童的文学

---

　　① 江（茅盾）：《关于"儿童文学"》，1935 年 2 月《文学》第 4
卷第 2 号。

　　② 周作人：《儿童的书》，《自己的园地》，河北教育出版社 2002
年版，第 111 页。

　　③ 周作人：《儿童剧》，《自己的园地》，河北教育出版社 2002 年
版，第 104 页。

只是儿童本位的，此外更没有什么标准"，① 应当"顺应满足儿童之本能的兴趣与趣味"。② 这"儿童本位"一词，一语道破了儿童文学的本质。实际上，在现代儿童文学的初始阶段，"儿童本位"是被用来阐释儿童文学理论的关键词，甚至是立论的依据。郭沫若的《儿童文学之管见》（1922年）提出儿童文学是"儿童本位的文字"，郑振铎的《儿童文学的教授法》（1922年）则直接将儿童文学定义为"以儿童为本位，儿童所喜看所能看的文学"，我国第一部探讨儿童文学原理的专著、魏寿镛和周侯予于1923年出版的《儿童文学概论》，给儿童文学所下的定义也是"用儿童本位组成的文学"。当时提出的各种儿童文学的见解和理论基本上都是围绕着"儿童本位"来阐述的。而"儿童本位"的儿童文学理论体现的正是儿童本位的崭新儿童观，对儿童的尊重和肯定。在这种儿童观、儿童文学理论的倡导之下，中国的现代儿童文学开始作为一种独立的文学形态，蓬蓬勃勃地发展起来，叶圣陶、冰心、张天翼等儿童文学作家和他们的儿童文学作品率先照亮了儿童文学的荒凉空间。

中国现代儿童文学在五四新文化运动中的产生和成熟，不是凭空而来的，几千年成人文学发展的深厚积累构成了儿童文学的基础和母体，无论是直接脱胎于神话、民间传说的儿歌、童话和寓言，还是从成人文学中借鉴而生成的儿童小

---

① 周作人：《儿童的书》，《自己的园地》，河北教育出版社2002年版，第110页。

② 周作人：《儿童的文学》，《儿童文学小论》，河北教育出版社2002年版，第40页。

说、诗歌、散文等文体,都是以成人文学为母本创造出来的。但是,儿童文学一旦获得了独立的地位和成熟的样式,又会对成人文学产生多方面的影响。在文体方面主要表现为:儿童文体渗透到各种成人文体之中,尤其是专属于儿童文学的儿歌、寓言和童话对成人小说诗歌散文的侵入;同时,儿童的精神与儿童文学的精神也影响着成人文学的审美追求,形成游戏性、荒诞性等美学品格。儿童文学与成人文学在现代的历史阶段上呈现出了互动的姿态。这自然与现代儿童文学作家的双重身份有关。他们几乎都是在成人文学与儿童文学空间穿梭往来、自由出入的,叶圣陶、冰心、张天翼既是现代儿童文学的典范代表,也是载入成人文学史册的重要作家;茅盾、巴金、老舍、丁玲等是成人文学的领军人物,也为儿童创作了小说和童话。对两个领域的自觉涉足应该会影响到作家对创作的把握和实践。但是更为重要的,显然是儿童文学的成熟,作为一种独立的文学形式,在与成人文学的并置中,它会散发出自身的艺术魅力,介入到成人文学的创作空间,完成对成人文学的渗透和互融。

第一节　文体形式的借鉴

中国现代儿童文学的产生和成熟,是以各种文体形式的作品的问世为标志的。在五四文学先驱的直接倡导和努力之下,儿童文学的荒凉领地里开始呈现出热闹的景观,童话、寓言以及儿童诗歌、散文、小说、戏剧等各种体裁的创作层出不穷。儿童文学的创作者基本上都是五四文坛的先驱和领军人物，深厚的文学素养和对儿童的倾心关注，使他们一出手就把握住了儿童的心理和儿童文学的本质。于是，迟至20世纪初才登上文学舞台的中国现代儿童文学，在一代作家的努力之下，开始向成熟迈进。这迈进的过程也就是与成人文学互动发展的过程，伴随着对成人文学的文体渗透。尤其是儿歌、童话与寓言这些儿童文学特有的文体，以其独具的文体魅力对成人文学产生了不小的冲击。虽然就源头而言，这些儿童文学文体脱胎于成人文学，是成人文学的最初的、民间的形态，但随着文学的发展，却逐渐被成人文学所遗忘。然而当它们一被纳入儿童文学的领域，就成了其中的主角，反过来以儿童文学文体的姿态影响着成人文学的文体追求。

一 儿歌

儿歌是儿童文学特具的体裁样式，它是以年龄较小的低幼儿童为对象，内容单纯、语言浅显的简短歌谣。这是现代意义上的、属于儿童文学领域的儿歌概念。其实早在远古时代，儿歌就已经伴随着神话传说而产生，并通过儿童之口辗转流传，只不过在古代典籍中用的是"童谣"、"孺子歌"、"小儿语"等语词而非儿歌的称谓。较早提出儿歌概念的周作人就直接指出："儿歌者，儿童歌讴之词，古言童谣。"①明确表示古代所谓的童谣就是现代的儿歌。在漫长的历史岁月里，由于受到传统儿童观和文学观的制约，儿歌一直被放逐于主流文学之外，难登文学的高雅殿堂，被收集、记录整

---

① 周作人：《儿歌之研究》，《儿童文学小论》，河北教育出版社2002年版，第30页。

理下来的自然也就极少。而且中国古代一向"视童谣,不以为孺子之歌,而以为鬼神冯托,如觇卜之言","以为鉴戒,以为将来之验,有益于世教"。① 并从童谣与阴阳五行之间的关系去解释童谣的起源,认为是"凡五星盈缩失位,其精降于地为人,荧惑降为童儿,歌谣游戏,吉凶之应,随其众告"。(《晋书·天文志》)古代的童谣常常被列入历代史书的"五行志"中,视童谣为类同于符箓谶纬之术,而与儿童无关。直到明代,才开始出现反映儿童生活的、真正意义上的童谣,收集整理和研究也走向了自觉。

随着对儿童纬度的张扬,低幼儿所乐于吟唱的儿歌,才真正被从儿童文学的角度得以研究开发和倡导创作。1913年12月,鲁迅率先在教育部《编纂处月刊》上发表《拟播布美术意见书》一文,提出"当立国民文术研究会,以理各地歌谣、俚谚、传说、童话等,详其意谊,辨其特性,又发挥而光大之,并以辅翼教育"。1914年1月,周作人在《绍兴县教育会月刊》第4号上刊登了一则征集儿歌的个人启事:"作人今欲采集儿歌童话,录为一编,以存越国土风之特色,为民俗研究,儿童教育之资料。"明确提出了采集儿歌的设想并详细阐释了采集的原则和方法。但是民国初的时代背景和个人行为的微弱之力,周氏兄弟的倡导略显寂寞,历时一年才征集到一首儿歌。五四时期,伴随着新文化运动和文学革命而兴起的歌谣运动,才改变了这种状况。刘半农、沈尹默、周作人等五四先驱们,以北京大学这一名牌机

---

① 周作人:《儿歌之研究》,《儿童文学小论》,河北教育出版社2002年版,第30页。

构为依托，设立歌谣征集处、成立歌谣研究会、出版《歌谣》周刊，掀起了收集和研究歌谣的时代热情。这一运动的结果，是在全国范围内收集到了 13000 多首歌谣，其中包括大量的儿歌。《歌谣》周刊还专门出版过一册《月亮光光》的儿歌专辑。周作人、褚东郊、冯国华等撰写的研究儿歌的论文，则将儿歌正式纳入了儿童文学的文体领域。他们认为传统的儿歌"音韵流利，趣味丰富，都含有一种自然的美妙。有些竟可与大诗家精心构撰之作相媲美"，① 而且"儿歌是有叶韵的，听起来容易入耳，唱起来容易上口"，"和儿童心理相吻合"，在儿童文学中"占很重要的位置"。② 在此基础上，他们对儿歌的创作和采集提出了严格而详尽的要求和原则，主张儿歌必须"应儿童身心发达之度，以满足其喜音多语之性"，③"顺应儿童心理"、"音节要自然"④ 等等。可以说，歌谣热和五四激情是相伴而生的，在这过程中，时人明了了儿歌在儿童文学中的地位和价值。

歌谣运动的兴起，对儿歌民谣的收集整理和研究，其实已经表达了五四学人对歌谣的态度，也与五四反传统、毁王道的时代精神相吻合。如果说文学革命促成了中国新文学的

---

① 褚东郊：《中国儿歌的研究》，《1913—1949 儿童文学论文选集》，少年儿童出版社 1962 年版，第 1 页。

② 冯国华：《儿歌底研究》，《1913—1949 儿童文学论文选集》，少年儿童出版社 1962 年版，第 88、89 页。

③ 周作人：《儿歌之研究》，《儿童文学小论》，河北教育出版社 2002 年版，第 30、36 页。

④ 冯国华：《儿歌底研究》，《1913—1949 儿童文学论文选集》，少年儿童出版社 1962 年版，第 91、93 页。

产生,那么歌谣运动则造成了现代新诗的歌谣化追求,有论者甚至认为"几乎所有的现代诗人"都对歌谣"这一种古老而常新的民间艺术形式歆羡不已,歌谣化是中国现代新诗最值得重视的创作趋向之一"。① 确实如此,从五四到40年代,从初期白话诗、30年代中国诗歌会的创作到40年代抗战前后的"大众化"诗歌,可以说整个现代新诗一直都没有放弃对歌谣的借鉴和追求。作为歌谣的重要组成部分的儿歌,自然也被裹挟在其中。中国诗歌会的机关刊物《新诗歌》的《发刊诗》就直接宣称:"我们要用俗言俚语,/把这种矛盾写成民谣小调鼓词儿歌。"他们对儿歌的推崇是显而易见的。意大利人威大利(Vitale)也在他所编的《北京儿歌》的序言里说:"这些东西虽然都是不懂文言的不学的人所作,却有一种诗的规律,与欧洲诸国类似,与意大利诗法几乎完全相同。根于这些歌谣和人民的真的感情,新的一种国民的诗或者可以发生出来。"② 根据这种观念,儿歌为新的国民的诗歌的产生提供了孕育的基地并产生着持久的影响。

儿歌对现代新诗的这种孕育和影响是与其自身的质素有关的。儿歌是流传于儿童尤其是低幼儿童之口、可歌可吟的简短诗歌,低幼儿童由于生理、心理和思维的稚嫩,他们对儿歌的审美接受是一种感官性的感性接受,文本的语音层面就显得尤为重要;同时他们也不可能对深刻复杂的文本做出

---

① 李怡:《论中国现代新诗的歌谣化运动》,《西南师范大学学报》1994年第3期。

② 周作人:《歌谣》,《儿童文学小论》,河北教育出版社2002年版,第52、53页。

理性的解读和把握。这些儿童的审美心理特征使适合吟唱的音乐性、重复的形式、单纯的内容、质朴拙直的风格和用词的单一俚俗，构成了儿歌显在的审美品格。儿童也在这种吟唱中获得一种审美的愉悦和体验。现代新诗是刚从古典诗歌中突围出来的崭新形式，一方面，五四时期的文化启蒙主义要求诗歌承载起与大众交流沟通的责任，以完成对普通民众的启蒙目的，而大众的知识结构与审美能力使他们不可能对注重平仄格律、晦涩朦胧的古典诗歌做出回应；另一方面，五四是一个充满激情的时代，国人对新生活有着单纯的理想和热切的向往，他们以孩子般的天真歌咏新的生活。过分成熟发展的古典诗歌显然已经脱离了民众的思维、语言和审美理想，而儿歌的审美品格吻合了时代和民众对诗歌的要求，新诗对儿歌的借鉴正是为使审美主体获得儿童对儿歌般的审美体验，它们对口语化、平民化和诗歌内在的自然节奏的追求，蕴含的正是对儿歌审美品格的吸纳。

现代新诗对儿歌最为明显的借鉴是以自然的音节取代平仄格律。儿歌都是能唱的。低幼儿童对音乐几乎有着本能的敏感和反应，这使儿歌对音乐性的重视甚至超过了对语义的追求。黎锦熙先生早在 1923 年的《歌谣调查根本谈》中就已经指出："歌谣唱起来没有一首不好的……可是看起来就没有几首好的。"①"唱起来没有一首不好"自然就是儿歌与音乐的节奏律动相结合，儿歌具有浓厚的音乐性。儿歌的音乐性主要表现在它语言的音韵美和节奏感上。作为传唱于儿

---

① 雷群明：《中国古代童谣·前言》，《中国古代童谣》，上海文艺出版社 2003 年 3 月版，第 9 页。

童口头的文学形式，儿歌不像古典诗歌那样有严格的韵律要求，不讲平仄，用韵宽松而自由，几乎可以说是出于天籁、成于自然。但即使是句式自由多变、用韵宽松的儿歌，其间的音韵节奏仍然是毫不含糊的。"小耗子，上灯台，偷油吃，下不来；'吱儿吱儿'叫奶奶，奶奶不肯来，叽哩咕噜滚下来。"这首传统儿歌《小耗子》几乎就是无韵的散文，但是内在的音乐性和节奏感依然清晰可感，只不过它不是用的平仄押韵的形式，而是汉语言本身自然的韵律——轻松、活泼、不断起伏地跳跃。这也是儿歌的音乐性不同于一般文学的音乐性之处，它不追求精致典雅的韵律平仄，而在不经意的语言组合中体现出自然的韵律。中国现代新诗的歌谣化，或者说受到的儿歌的影响，就是对这种自然化韵律的采纳，不仅出现了无韵诗，而且有韵诗也抛弃了固定韵律模式的捆缚，押韵方式趋于灵活自由和多变，甚至一首之中，有韵与无韵也夹杂兼容在一起。第一首新诗，胡适的《蝴蝶》就带有明显的歌谣化成分："两个黄蝴蝶，双双飞上天。/不知为什么，一个忽飞还。/剩下那一个，孤单怪可怜；/也无心上天，天上太孤单。"虽然依旧句式整齐一韵到底，但已经放弃了诗歌精致的韵律和刻意的节奏，在通俗的语词中表达出一种内在的音乐性。刘半农的《相隔一层纸》："屋子里拢着炉火，/老爷分付开窗买水果，/说'天气不冷火太热，/别任它烤坏了我。'/屋子外躺着一个叫花子，/咬紧了牙齿对着北风喊'要死'！"就诗体上而言，显然比《蝴蝶》要解放得多，用韵也更为灵活自由，但在宽松的音乐形式中，依然呈现着作者对节奏感的强烈追求，而且这种节奏是接近于歌谣的节奏而不是古典诗歌的精致韵律。其他如"富翁——富翁——不要哭——/我喂猪羊你吃肉；你吃米饭我吃粥。"
（沈玄庐《哭富翁》）"怎样田主凶得很，/明吞面抢真强盗！"
（刘大白《田主来》）等诗句，都蕴含着自然合节的音乐性，
与儿歌有着难以剥离的联系。

当然为加强儿歌的音乐性的表现，也可以采用重复、对
比等修辞手法，借助于文学表达上的技巧使儿歌唱起来悦耳
动听。我们知道，中国古典诗歌强调意境的空灵、意象的深
邃，尤其是表现成人思维的诗歌，考虑到成人的审美习性，
追求陌生化的审美效果，重复、对比是用语的大忌。宋以
来，白简体禁体物诗歌就是这一努力的结果，人们在诗歌创
作中往往不停地变换意象而不是重复意象。然而在儿歌中，
考虑到审美对象审美心灵的单纯质朴，重复对比俨然成为儿
歌惯常普遍的表现手法。例如："乖乖哟，觉觉喽，狗不咬
喽，猫不叫喽，乖乖睡觉觉喽。""乖乖"、"觉觉"都是以重
叠的形式出现；"丫头丫，打蚂蚱，蚂蚱跳，丫头笑，蚂蚱
飞，丫头追。"短短的六个三字句，"丫头"、"蚂蚱"却一次
次以反复的面目出现，与打、跳、飞、追四个动词构成一种
流转、跳荡的音韵节奏。儿歌的这些特征在现代新诗中也是
清晰可见的。汪静之的一首拟儿歌《我们想》就充满着重复
的用词："我们想，/生两翼，/飞飞飞上天，/做个好游
戏；/白白云/当做船儿飘；/圆圆月/当做球儿抛；/平坦的
天空，/大家来赛跑。""飞飞飞"、"白白"、"圆圆"的迭字
运用，这在古典诗歌中显然是不允许存在的。刘大白的《卖
布谣（一）》前面三章都是以"嫂嫂织布，哥哥卖布"发端，
反复歌吟，达到一唱三叹的效果。《五一运动歌》每章以
"五一运动，五一运动，/劳动者第一成功"起始，在诗句的

行进过程中不断吟诵"五一运动",这不仅加强了音乐的节奏感,而且在重叠中显示出了一种力度。这种重叠的手法几乎贯穿了整个新诗创作,田间、蒲风等诗人就经常采用回环复沓的诗句来表达强烈的鼓动性和战斗性,我们至今依然无法忘却"七月／我们／起来了"(田间《给战斗者》)这一不断反复的诗句曾经给予我们的震撼。如果说重复加强了儿歌与新诗的音乐感,那么对比的效果也是如此。夏明翰的《童谣》:"民家黑森森,／官家一片灯。／民家锅朝天,／官家吃汤丸。"以及前面提到过的《相隔一层纸》、《哭富翁》等等,都是在贫与富的对比中显示出了诗歌的节奏。可以说,传唱于儿童之口的儿歌对现代新诗的最显在影响,是对音乐性尤其是单纯质朴的重复对比性吟唱之追求,儿歌自然合拍的音乐性构成了现代新诗歌谣化倾向的重要资源。

　　儿歌既然是在儿童的口中流转,而且主要是低幼的儿童,那么儿歌所蕴含的内容,就应该是浅显单纯的,表达方式也应该是朴素平实的,形成一种质朴拙直的风格,在简洁有趣的韵语中传递出一种稚拙的美感。但浅显、单纯、朴素、平实并不意味着浅薄、单调,自有一种清纯、悠远的韵律在浅显、直白中蕴含,从而使稚拙的美感也呈现出内在的生动和质感,单纯和深刻奇妙地纠结在一起。"风来咯,雨来咯,老和尚背着鼓来咯。"这似乎就是孩子在突如其来的狂风暴雨中兴奋的呼喊。孩子在风雨中奔跑欢呼,隆隆的雷声就像那击鼓声追逐着孩子飞奔的脚步,"老和尚背着鼓来咯"一句,不仅蕴含着孩子稚拙奇特的想象,也使整首儿歌呈现出灵动的气质。现代新诗也将儿歌的这一特色纳入囊中,以素朴的语言表达单纯的内容,追求"识字的人看得懂，不识字的人也听得懂"① 的诗歌效果，而内在的深邃和悠远又在这单纯和朴素中不自觉地透显出来。就像胡适的《鸽子》："云淡天高，好一片晚秋天气！/有一群鸽子，在空中游戏。/看他们，三三两两，/回环来往，/夷犹如意，/忽地里，翻身映日，白羽衬青天，鲜明无比！"一群鸽子在晚秋的晴空下游戏，雪白的羽毛与旭日、青天形成一种色泽上的鲜亮对比。这样的内容和表现手法不能不说是单纯和朴素的，但是，鸽子在空中的游戏，它们的自由和愉快又将诗歌引向一种对人类自由精神追寻的深层内涵。郭沫若的《天上的街市》也是如此："远远的街灯明了，/好像闪着无数的明星。/天上的明星现了，/好像点着无数的街灯。"虽然这一类诗歌常常因为"缺少了一种余香与回味"② 而遭后人诟病，但这种"浅"和"露"实质上正是歌谣的艺术本质的显现，儿童口头承传的特性决定了儿歌只可能是"浅"和"露"的，是浅显单纯中蕴藏深刻，现代新诗自然要将儿歌的这种艺术本质表达出来。

儿歌是以朴素的语词去表达单纯的内容的，在这过程中，它们并不回避俚词俗语，相反，为适合儿童的传唱和理解把握，用词的单一俚俗构成了儿歌的一种审美品格，即使是儿歌质朴拙直风格的形成也与用词有着不可剥离的关系。这在上述引用的儿歌中都能清晰地看到，"小耗子"、"丫

---

① 蒲风：《关于前线上的诗歌写作》，《蒲风选集》，海峡文艺出版社 1985 年版，第 922 页。

② 周作人：《扬鞭集序》，《谈龙集》，河北教育出版社 2002 年版，第 41 页。

头"、"睡觉觉"就是比较典型的例子。现代新诗也是不避俗语俗字的。刘半农的《拟儿歌》，标题已经明确表示，它不是儿歌，又是模仿儿歌而作的现代新诗："羊肉店，羊肉香，/阿大阿二来买羊肚肠，/三个铜钱买仔半斤零八两，/回家去，你也夺，我也抢——/气坏仔阿大娘，打断仔阿大老子鸦片枪！/隔壁大娘来劝劝，贴上一根拐老杖！"完全以儿童的口气说出，自然的节奏在诗歌中流转，采用的是"仔"、"老子"、"拐老杖"等江阴的方言土语。周作人在20世纪40年代所作的《儿童杂事诗》也是以诗的形式、单纯明了的文字，记录琐屑的日常生活，虽然沿用旧体，但是又"文字杂，用韵亦只照语音，上去亦不区分，用语也很随便，只要在篇中相称，什么俚语都不妨事"。[①] 这些诗往往与白话童谣相差无几，或者说有浓重的儿歌的影子，尤其是对俚语不避讳。回想他毕生对儿歌的整理收集和研究提倡，这种影响应该是顺理成章的。"书房小鬼忒顽皮，扫帚拖来当马骑。额角撞墙梅子大，挥鞭依旧笑嘻嘻。"（《书房一》）"带得茶壶上学堂，生书未熟水精光。后园往复无停趾，底事今朝小便长。"（《书房二》）书房小鬼的稚情憨态以"忒顽皮"、"笑嘻嘻"、"精光"等这样的俗语俚词勾勒出来，顽劣的童心和跳荡的生命力触目可见。其他还有"新装扛秤好秤人，却喜今年重几斤。吃过一株健脚笋，更加蹦跳有精神"（《立夏》），"关心蛐蛐阶前叫，明日携笼灌破墙"（《蟋蟀》），"蹑足低头忙奔走，捉来几许活苍蝇"（《苍蝇》）等等，莫不如

---

① 周作人：《老虎桥杂诗·题记》，《老虎桥杂诗》，河北教育出版社2002年版，第4页。

是。俚俗的语词、朴素平实的诗句中表达着浅显单纯的内容，真率浑成，内存神韵，几乎就是儿歌的翻版。周作人对这些诗有过解释，他说他写这些诗是"因为事情太简单，或者情意太显露，写在文章里便一览无余，直截少味"，① 而用诗的形式，却"别有一种味道"，② 能够在"拙直"的形式中表达出内在的"隐曲"。这也是周作人一生为文的追求：冲淡拙直中隐含着自然的韵味和隽永的意境、难言的隐曲。就这些诗歌而言，呈现出浅显单纯的稚拙美，而稚拙中又透示出深厚的底蕴和不俗的张力，儿歌的影子依稀可见。

儿歌作为一种儿童文学的文体，在发现儿童的时代背景中得以体认和强调，无论是创作还是研究，都进入了一个崭新的阶段。在这种风潮的影响之下，作为一种文学形式的儿歌，自然也要漫溢开来，对别的文体产生渗透之力，这就是我们所分析的儿歌音乐性、重复的形式、单纯的内容、质朴拙直的风格和用词的单一俚俗对现代新诗的吸引和侵入。我们说现代新诗具有歌谣化倾向，并不是说新诗只受儿歌一家之力的影响，歌谣不仅仅只是童谣，民歌也是重要的成分，音乐性和质朴的美感同样是民歌具备的特性。实际上，真正要对儿歌与民谣作一分为二的切割，存在着理论上的困境，包括民歌童谣的歌谣常常是作为一个整体被研究的。五四时期兴起的歌谣运动直接指向的也是

---

① 周作人：《老虎桥杂诗·题记》，《老虎桥杂诗》，河北教育出版社 2002 年版，第 4 页。

② 周作人：《儿童杂事诗·序》，《老虎桥杂诗》，河北教育出版社 2002 年版，第 52 页。

歌谣这个整体:为歌谣运动立下草创之功的周作人发出的是收集儿歌童话的启事,歌谣运动的结果是收集到含儿歌在内的歌谣13000多首。这种种表明,同作为流传于民间的口头文学,儿歌与民谣有着太多的相似性,并常常被作为一个完整概念提出。但是一个显在的事实是,适合于儿童传唱的儿歌,其明快自然的节奏、朴实中映现着的稚拙活泼的特质,以及夹杂着的儿童口语,显然和属于成人的、立意在于民情民心的民歌有所区别。儿歌和民谣对新诗的改造角度和影响层面及内容也各有侧重,这在上述的分析中已经现出端倪,我们抓住儿歌的音乐性以及由内容的单纯和形式的质朴所营构的稚拙美,是为了避开民歌,以解决理论阐述上的纠缠不清。

二　童话

童话和儿歌一样,是儿童文学中最具传统和地位的体裁样式。提起儿童文学,最先进入人们视野的是鸟言兽语的童话。在儿童文学这一命名出现以前,童话甚至被作为是整个儿童文学的指称。孙毓修从1909年开始编辑出版的中国近代出版史上最早的一套专门性的儿童文学丛书,就被命名为《童话》,而"书中所述,以寓言述事科学三类为多"。① 包括神话、传说、寓言、童话等在内的多种庞杂的文体都被纳入"童话"的名目之下。在清末民初的语境之中,童话是作为"童子之话"的语义流传的,它指向一切为儿童创作的故事性作品。这种概念的模糊性,直到周作人的《童话研究》、

---

① 孙毓修:《童话序》,1909年《东方杂志》第5卷第12期。

《古童话释义》以及五四时期对童话进行的理论上的清理和界定，才得到改观，童话的文体性特征逐渐得以彰显和体认。"神话者原人之宗教，世说者其历史，而童话则其文学也"，① "童话的最简单的界说是'原始社会的文学'"，② "童话是原始民族信以为真而现代人视为娱乐的故事"，"童话是神话的最后形式和小说的最初形式"③ 等等，这些对童话的理论界定，显示了五四学者对童话这种文体的最初的文学性把握和理解，客观上划定了作为一种独立的文学创作体式的童话与其他文体的区别。

童话一旦获得独立文体的文学性体认，就以儿童文学的主干体裁的面目在五四的文坛风光无限。实际上，翻译、创作和研究童话是五四时期倡导儿童文学的主要策略和成果。时至今日，我们依然可以清晰地记得叶圣陶的童话《稻草人》、《小白船》、《芳儿的梦》所留下的童年印记；格林童话、"照着对小儿说话一样，写下来"④ 的安徒生童话、《阿丽思漫游奇境记》、《水孩子》等"无意思之意思"⑤ 的西方童话几乎都被直译过来；赵景深在 1924 收集了五四时期 30

---

① 周作人：《童话略论》，《儿童文学小论》，河北教育出版社2002 年版，第 5 页。

② 周作人：《童话的讨论》（周作人与赵景深的通信），王泉根：《周作人与儿童文学》，浙江少年儿童出版社 1985 年版，第 87 页。

③ 赵景深：《童话学》，上海书店出版社 1990 年版，第 4 页。

④ 周作人：《读安徒生的〈十之九〉》，王泉根编：《周作人与儿童文学》，浙江少年儿童出版社 1985 年版，第 102 页。

⑤ 周作人：《儿童的书》，《儿童文学小论》，河北教育出版社2002 年版，第 57 页。

篇较有影响的儿童文学文论，冠之以《童话评论》的书名整理出版，是中国第一部儿童文学文论集，反映了五四时期的儿童文学研究成果，其中 23 篇都是探讨童话的。这说明和指证了五四文坛和儿童文学界对童话的关注程度。对童话翻译、创作和理论探讨的齐头并进则直接或间接地促进了中国现代童话的繁荣和发展，童话的艺术形式渐趋完美，文体魅力渐趋张扬。与此同时，与其他文体的碰撞和相互渗透自然也就在所难免，尤其是具有虚构特质的小说，更是容易将童话元素融入其中。因为童话本就是"具有浓厚幻想色彩的虚构故事"，① 是"小说的最初形式"。

这种现象在五四文坛和整个现代文学的创作中，应该是较为明显的。甚至有些曾被界定为童话的创作，更吻合的也是小说的文体规范。赵景深曾经将童话分为三类：民间的童话、教育的童话和文学的童话，其中文学的童话的写作目的"是在社会，并不是想把这些东西给儿童看，或者更恰当地说，他们的目的只是表现他们自己"，② 有论者将这类童话称为"童话体的小说"，认为它们实质上"是一种用童话的手法写成的小说"。③ 确实，包括被文坛极为推崇的王尔德、爱罗先珂和叶圣陶的某些童话，作品中贯穿着敏感而美丽的社会哀怜，飘荡着痛苦而忧郁的心理情绪，远离了"幻想"这

---

① 黄云生主编:《儿童文学教程》，杭州大学出版社 1996 年版，第 73 页。

② 赵景深:《"五四"时期研究童话的途径》，王泉根评选:《中国现代儿童文学文论选》，广西人民出版社 1989 年版，第 384 页。

③ 王泉根:《"五四"与中国儿童文学的现代转型》，《中国现代文学研究丛刊》，1997 年第 1 期。

一童话的最基本特征而趋向对现实的强烈的影射比照和反映，把它们称为童话体的小说是更为合宜的。如此说，并不是要消解叶圣陶等中国现代童话作家的创作意义，否定他们童话创作的文学价值和文学史价值，也不是想对中国现代的童话作一次清晰和理性的爬梳，只是试图指出一个明显的事实：在现代小说创作中存在着童话体的小说文本，它们的母体是小说，但又吸收了童话的遗传基因，借鉴了童话的手法、蕴含着童话的元素，也就是作为童话的灵魂的神奇的幻想，以及为建构瑰丽的幻想世界而采用的象征、拟人等表现手法。这些文本的独特话语模式，正是童话对小说文体渗透的成果。

中国现代童话虽然是在西方童话的浸润影响之下蓬勃兴起并呈现出繁荣的态势，叶圣陶就曾坦言："我写童话，当然是受到了西方的影响。"[1] 但是在传统文化和灾难深重现实的双重制约之下，中国现代童话的发展依然表现出了其自身的逻辑和轨迹。代表着五四童话创作的方向和最高成就的叶圣陶，在完成了《小白船》、《芳儿的梦》等对爱与美的吟唱之后，就迅速地从"梦想一个美丽的童话的人生，一个儿童的天真的国土"质变为抒写"成人的悲哀"，[2] 成人的灰色烟雾笼盖了纯真、透明、空灵的儿童和童话世界，现实的苦难替代了童话的想象和幻想。于是，充溢于安徒生童话中的

---

① 叶圣陶：《我和儿童文学》，少年儿童出版社 1980 年版，第 3 页。

② 郑振铎：《〈稻草人〉序》，《1913—1949 儿童文学论文选集》，少年儿童出版社 1962 年版，第 103 页。

"野蛮一般的思想"① 和游戏精神, 在中国化的过程中被无情地过滤掉了。中国文坛对西方童话的接受走过了从安徒生到王尔德到爱罗先珂的过程, 这种变迁隐含着中国儿童文学界对童话特质的不同理解和把握: 从对"野蛮一般的思想"的称颂, 儿童精神的张扬, 到对社会人生的关注和表现。在这个过程中, 虽然"就文学的眼光看来, 艺术是渐渐的进步。思想也渐渐进步了! 但就儿童的眼光去看, 总要觉得一个不如一个"。② 童话离儿童精神越来越遥远, 现实干预性却渐趋增强。然而时代语境和"为人生"的艺术原则却共同选择和决定了创作和翻译的这一取向。因此, 在现代儿童文学阶段, 童话常常是作为一种技巧和手法而存在, 作者借此表达其对当下的思考和现实的揭露。这自然为现实主义小说创作吸纳童话的话语模式提供了可能性, 开始了寻找童话这种形式与中国文学更贴近的联系与转换的尝试。这种尝试呈现为现代文学对童话元素、童话笔调的借鉴, 以及童话这一话语模式中所蕴含的作者态度对成人文学创作的影响这两个层面。

现代小说创作对童话元素的融会和童话笔调的采用, 通过象征、拟人等艺术手法构造神奇的幻想境界, 作为一种崭新的艺术尝试在现代文学阶段并不罕见。沈从文在他的《阿丽思中国游记》的序言中明确指出, 他"是很随便

① 周作人:《读安徒生的〈十之九〉》, 王泉根编:《周作人与儿童文学》, 浙江少年儿童出版社 1985 年版, 第 101 页。

② 赵景深:《童话的讨论》(周作人与赵景深的通信), 王泉根《周作人与儿童文学》, 浙江少年儿童出版社 1985 年版, 第 97 页。

的把这题目捉来。因为我想写一点类乎《阿丽思漫游奇境记》的东西"；①王鲁彦在1928年品评库卜林的小说《月桂》时也曾指出："《月桂》……取童话题，沉着而悲哀，非专为儿童所作——这原是现今小说的新的彩衣，故不专以童话视之。"②并将之收入到《世界短篇小说集》予以出版。这评论虽然是针对库卜林的小说，但"现今小说的新的彩衣"显然是指向当时的创作现实的。王鲁彦自己构造的文本空间里就存在这披着童话的彩衣的小说，《小雀儿》、《兴化大炮》是其中最富典范的代表作品。作为动物的小雀儿被赋予了人的情感、思维和言行举止，它怀着对世界的爱的梦想在人间飞行，可是，遇见的是"一只只"要捉住它、活剥它、吃掉它的"人"，连剪了头发的"文明的女子"也不例外。爱好和平的小雀儿在屡次遭受了人的欺侮之后，又差点儿丧生于内战的炮火之中。这些不堪的经历使小雀儿"不愿爱中国"，然而"卖国贼"的"臭名"随之而来，围攻、抄家接踵而至，小雀儿别无选择地成了狂热的爱国者，和手无寸铁的"人"一起参加了示威游行，结局和所有的示威一样：枪击和鲜血。于是，小雀儿在发出"爱国，爱国，就是说吃本国人，本国雀吗"的愤怒呼喊之后，发誓再不爱国了。显然，王鲁彦是在以丰富多彩的幻想境界折射现实时把象征意义隐于作品之中，借小麻雀的人间飞行故事评点世

---

① 沈从文：《阿丽思中国游记·后序》，《沈从文文集》第一卷，花城出版社1982年版，第202页。

② 鲁彦：《月桂·后记》，《世界短篇小说集》，亚东图书馆1928年版，第13页。

事,抨击黑暗的社会和现实,连带嘲弄了所谓的进步的社会思想,追求自由的小雀儿最终也成为打着自由、博爱幌子的黑猫的晚餐。在文本的表述中,以小雀儿的经历视角写社会现实,童话的色彩是浓郁的,但具体操作时,小雀儿等动物在一起的时候是童话般的幻想,而人在一起的时候又是标准的小说;动物能听说人话,人却不能和小雀儿交流,这种手法也更接近现实的小说而不是童话。在童话的幻想世界里,人和动物是可以对话的。《小雀儿》是王鲁彦对童话体小说的一次成功的艺术尝试,这种尝试的热情可以追踪到他对童话的关注和爱罗先珂的影响。被友人誉为是"一个赤心的大孩子"的王鲁彦,曾经担任爱罗先珂的世界语助教,"半年以来,他替爱罗先珂君作书记,受了爱罗君不少的影响",[①]散文《狗》清晰地记述了他与爱罗先珂之间的关系和亲近,并从爱罗先珂责怪"我"对乞妇的冷漠中感到良心不安,表达了他对爱罗先珂博大而清浅的人道主义的全盘接受。承载着爱罗先珂的精神气质的童话自然也将被王鲁彦接纳和吸收。再联系王鲁彦曾翻译出版俄国的童话集《给海兰的童话》,以及将类似于童话的四篇作品编入《世界短篇小说集》,我们可以毫不费力地发现王鲁彦对童话这种文体的关注和理性把握,以及对披着童话彩衣的小说的激赏。于是将童话笔调和童话元素融入小说创作,自然也就顺理成章了。

陈衡哲的《小雨点》、《西风》、《运河与扬子江》,是童话体小说的又一成功尝试,以拟人化手法来构置小说是这些

---

① 张洪熙:《鲁彦走了》,《晨报副刊》1923年8月10日。

作品最显在的表征。小雨点有着令人欣羡的游历和冒险：从天上落到地面，转入江河大海，再由太阳公公送回老家。但是他的上天入地，流转飘荡，并不是无意识的。为了拯救一株即将枯萎的青莲花，小雨点心甘情愿地被吸进青莲花的液管里作了一次冒险的循环。当青莲花最终将干枯而死时，小雨点依然着急地要求："青莲花，青莲花！快快的不要死，我愿意再让你把我吸到液管里去。"无生命的小雨点，在作家丰富想象力的塑造之下，不可遏止地透示出了深挚的同情心、博爱的精神和自我牺牲的高贵品质。西风和月亮儿与小雨点一样有着悲天悯人的人道主义情怀。月亮儿为着这人间的"世界太恶浊了，住在那里的人们，只有下降的机会，没有上升的希望"，宁愿牺牲红枫谷里的快乐，以自己的光辉和爱力去洗涤尘世的黑暗，抚慰人们孤寂的心灵。在月亮儿的感召之下，西风也从一个厌世者转变为一个悯世者，"年年到下界去一次，给他们带一点自由和美感去"，给黑暗的人世间送去一个绚丽而自由幸福的秋天。在陈衡哲的笔下，对自然界的事物，在不失其真的前提下，给予了生动的描写和塑造，小雨点、月亮儿、西风以及运河和扬子江等等，都有了生命和个体的性格。拟人化手法的运用，赋予了这些小说作品童话般的文体特征。需要强调的是，童话笔调和童话元素的借鉴，并不影响作品本身的小说文体的界定，它们虽然融合了两种文体的基本特征，但是母体是小说，只是吸收了童话的某些笔调和元素。这大概也是为什么陈衡哲在儿童文学界已经对童话作了较为到位的研究和理论阐释，叶圣陶的童话集《稻草人》被广为传布的1928年，依然将《小雨点》等三个作品纳入短篇小说集中出版，并将文集命名为

《小雨点》的原因。

如果说童话元素的侵入造成了小说文本上的鲜亮的童话色泽的话,那么小说中所呈现出来的童话般的看待世界的方式,在文本上的表征就要隐蔽得多。童话拥有一种基本固定的话语模式:主人公遭受种种磨难,历经重重曲折,最终总会战胜女巫、娶上公主,"从此过着幸福的生活",结局乐观而光明、世界永远一片灿烂,一切故事都简单而富于理想化,就像王子的一个吻就可以唤醒沉睡的白雪公主一样。其中所包蕴的正是作者对事物简单化、理想化的处理态度。对这种童话话语模式最为热衷的是普罗小说、革命加恋爱的革命小说,那些小说几乎就可以说是革命者的"革命童话"。它们与童话的相通之处在于:愿望的比较容易的、比较简单化理想化的达成,对事物有着比较单纯、比较幼稚的看法。也具有一些同样的情节元素:探宝(革命真理),冒险,受阻,解除阻碍,愿望达成。无论小说在人物、情节、内容上有怎样的转换和变异,对事情的简单化、理想化的处理方式却不会改变。在普罗文学中,革命显得特别的容易和轻而易举,在被誉为是标准的"革命的浪漫谛克"小说的阳翰笙的《地泉》中,革命者汪森振臂一呼,就获得了群众的支持和响应,暴动的农民迅速地攻克了地主的庄园,革命完成得极为容易和简单,以至暴动的农民连连欢呼:"不难,不难!啊啊,不难!"革命的成功似乎就是这么唾手可得。至于革命与恋爱婚姻,在革命者的视野里,往往被简单地并置到水火不相容的对立的两端,两者之间存在着尖锐的冲突和纠葛。而处理矛盾的方式就是简单地视爱情为革命的阻碍,从而放弃爱情和婚姻。《韦护》(丁玲)中的男主人公在与丽嘉陷入缠绵的爱情时，内心却一直处于焦躁、苦恼、厌烦和怅惘之中，既担心恋爱会影响革命工作，也因恋爱时牵挂着革命不够专注而心存愧疚，终于经过激烈的思想斗争，革命战胜了爱情，韦护奔向了革命中心广州，为革命抛弃了爱情；甚至最初认为革命和爱情"都有不死的真价"的霍之远（洪灵菲《前线》），也在革命的成长中认识到爱情是"革命的累赘"。可以说"恋爱一定要妨碍工作"、"有了女人，只会妨碍自己的工作"是革命加恋爱小说的共识。对革命和社会充满激情和憧憬的热血青年，在经历了爱情和革命如此冲突的煎熬之后，"自然"就明确了一个共同的革命信念：革命第一，爱情第二，要革命就必须放弃爱情。这显然是将革命和爱情的关系问题作了简单化和理想化的处理，显示了作家对革命的单纯看法。在这样的背景中，人伦亲情也被革命的巨大身影淹没，《咆哮了的土地》（蒋光慈）中的革命者李杰为了革命事业，将母亲、不知世事的妹妹和老楼一起烧死。显然，普罗文学对革命的盲目乐观、对革命与爱情关系的简单化认识和处理，是源自于知识革命者实际生活经验的缺乏以及自身对革命理解上的幼稚、偏颇和浪漫谛克的精神气质。但恰恰是这种对事物的单纯看法和简单化处理，以及由此带来的快乐光明的文本色泽，使普罗小说呈现出童话般的结构和气质。令人遗憾的是，童话中所蕴含的理想化和简单化的处事态度给儿童带来的是欢欣和快乐，而一旦将这种态度移植到普罗文学之中，就遭遇到公式化、概念化的尴尬。

当然，我们不能随意地断定这些小说家在创作过程中在多大程度上受到了童话的影响，但他们有意无意地采纳童话笔调叙述故事，借鉴童话模式来建构小说的情节结构，是有其原因的。在急剧的变革年代里，一代知识青年以儿童般的热情、革命浪漫主义的情怀，对革命满怀着憧憬，他们兴奋地追索着光明和充满希望的未来，这种昂扬的激情再糅合当初的时代背景以及革命必胜的完美理想，使他们真诚地预设：虽然所处的是光明与黑暗交织的时代，飘荡的现实几乎令他们不能直面，但是光明终将取代黑暗，灿烂的明天将引领他们走向更遥远而美丽的未来。他们就是用这种几近于儿童的天真、单纯和乐观去看待周围的世界的，表达着他们光明必然到来的童话式梦想。因此，小说创作呈现出童话的结构模式，同时这种激情和乐观，也使小说呈现出了透明、单纯的童话气质。而童话笔调的采纳则往往蕴含着面对现实的焦虑和苦闷，甚至不能正面言说的无奈。这些因素和童话文体的发展与成熟一起，共同构成了童话与小说的文体相互渗透、手法交相融合的可能性。客观地说，是童话文体的完善促成了它向其他文体的渗透。

三　寓言

寓言，无论是古代还是当代，都是一个模糊而普泛化的概念，可以从文体学、主题学和风格学等多重角度做出不同的解释。这里所指称的显然是文体学范畴的寓言，是一种寄托着教训和哲理的简短故事。故事性和寄托性是寓言必备的两个基本要素，"以故事为喻体，以寓意为本体"[①] 是其惯常的表现手法。对寓意的倚重，使寓言一开始就成为深厚哲理

---

① 陈蒲清：《中国古代寓言史》，湖南教育出版社1983年版，第5页。

和世俗智慧的文学载体，甚至赢得了"理性的诗歌"的美誉。

作为人类童年期的文学表达，寓言与神话有着一样悠远的历史。早在先秦时代，我国的寓言创作就在文学中占有了一席之地，并获得了初步的成熟和繁荣。庄子认为自己的著述是"寓言十九"，司马迁在《史记·老庄申韩列传》也称庄子"其著书十余万言，大抵率寓言也"，孟子、韩非子等也都有大量思想深邃的寓言传世。虽然他们都是为了达到论辩的效果才采纳寓言作为说理的手段的，但寓言确实是构成了先秦文学的重要成分。"守株待兔"、"五十步笑百步"、"齐人有一妻一妾"等经典寓言可以说是千古流传。然而，这种繁华并没能随着历史的发展而得以延续，"中国的寓言，自周、秦诸子之后，作者绝少"，[①]即使有勉力为之的柳宗元等的努力，寓言还是不能复燃起美丽的光辉，寓言的文学地位也再没有达到过先秦时的风光，从来没有被认作是可以与散文、诗歌、小说等文学文体并列的文学体裁，而一直处于亚文体的地位。尤其是在进入明清阶段之后，虽然也出现了刘基、冯梦龙等寓言大家，但是随着小说的勃兴和对正宗诗文的推崇，寓言不可挽回地走向了萎缩的境地。当年郑振铎在考察了寓言文学的变迁后就不无感慨地做出过如下的表述："到了明时，寓言的作者，突然的有几个出现，一时寓言颇有复兴的气象。可惜只是一时，不久，他们却又销声匿迹了。"[②]文学自身的逻辑演进逐渐剥离了寓

---

① 郑振铎：《寓言的复兴》，《郑振铎文集》（第6卷），人民文学出版社1988年版，第338页。

② 同上。

言的鲜亮光泽。

五四新文化运动的诞生,儿童的发现,儿童文学的产生,改变了寓言的这种生存境遇。在当时的背景之下,对中国古代寓言的收集整理和对西方寓言的翻译介绍成了一时之风潮,不仅出版了各种寓言的书籍,《新青年》、《新潮》、《小说月报》等激进的刊物也刊载了伊索、克雷洛夫、莱辛等的寓言。值得注意的是,此时期对寓言的挖掘和研究常常是从儿童文学的角度出发的,或者说,是从儿童文学的层面上重新肯定和发展了寓言。周作人在《儿童的文学》一文中就将寓言列为适合儿童的主要文学形式之一;郑振铎的《〈儿童世界〉宣言》则把寓言明确地列为儿童文学的主要文体,并通过创作《小鱼》、《兔子的故事》等适合儿童阅读的寓言,将寓言向儿童文学的方向推进;茅盾的寓言作品也是与一般的童话、故事共同编类的。30年代出版的周玉群的《小朋友寓言》、白丹宁的《孩子们的寓言》、程间如的《小小寓言》等寓言集,则将寓言的阅读对象直接定位为儿童。可以说,在发展儿童文学的时代渴望之下,中国新文学中的寓言文学一开始就被作为儿童文学的类别来对待,而恰恰正是这种处理方式,改变了寓言的亚文体地位,寓言与童话、儿歌等共同构成了儿童文学的主要品类。自此以后,古老的寓言,思想向度的深邃与艺术形式的拙朴完美结合的寓言,正式纳入了儿童文学的文体领域,并成为其中的主打,寓言创作也凸显出浓重的儿童文学性质,儿童情趣构成了寓言文本显在的审美特征。在这种认识的观照之下,凡是寓言作品基本上都自动地归入儿童文学的范畴。实际上,在近现代的历史阶段,也只有儿童文学作家才对寓言情有独钟,成人文学早已经将原始粗糙的古老寓言遗忘。但是，随着作为儿童文学品类的寓言的被重新发掘和再度兴起，又对成人文学产生了不小的冲击。

这种冲击波及诗歌、散文、小说等几乎所有的文学体裁领域。尤其是在早期的白话新诗创作中，寓言化倾向是显在的艺术表征，而且这种寓言化的倾向与儿童文学的生成基本上是在同一时期内完成的。考察整个现代文学的创作，我们可以发现，寓言对各种文体的渗透主要表现在两个方面：一是在艺术样式、结构方式上模仿寓言创作，借助于富有寓言式的故事和意象表达训诫的目的。一些诗歌、小说和散文明显地蕴含着作者的寄托，如胡适《尝试集》中的《老鸦》、《乐观》，老舍的小说《狗之晨》，张天翼的小说《仙岛》等等，都不是纯粹地讲述一个故事或抒发某种情绪，而更多地夹杂着训诫的传达和观点的阐发，是言在此而意在彼。鲁迅在发表《狂人日记》的同一期《新青年》上，刊载了以"唐俟"为笔名的三首白话新诗，其中的《桃花》就带有明显的寓言化特征："春雨过了，太阳又很好，随便走到园中。/桃花开在园西，李花开在园东。/我说，'好极了！桃花红，李花白。'/（没说，桃花不及李花白。）/桃花可是生了气，满面涨作'杨妃红'。/好小子！真了得！竟能气红了面孔！/我的话可并没得罪你，你怎的便涨红了面孔！/唉！花有花道理，我不懂。"诗歌表面上是一个游园的故事、一首咏物的诗，植物的桃李都被当成有性格特征的人，将桃花红色的物性拟人化为人生气时的脸红，诗歌内蕴的训诫目的挥泄而出：对只许别人夸赞自己而容不得夸赞别人的狭隘心理的揭示。其实，鲁迅对寓言是十分推崇的，他曾说："寓言和演说，好像是卑微的东西，但伊索和契开罗，不是坐在希腊罗马文学史上吗?"[1] 在杂文中也经常引用寓言作为说理的工具，甚至模仿寓言的形式创作了不少散文和杂文，如《立论》、《聪明人和傻子和奴才》、《古城》、《螃蟹》、《狗的驳诘》、《战士和苍蝇》等等。《战士和苍蝇》在结束故事时直接用训诲式的话语点明了寓意:"有缺点的战士终竟是战士，完美的苍蝇也终竟不过是苍蝇。"《聪明人和傻子和奴才》则借鉴了传统寓言以人物为主角的艺术策略，将寓意融化在故事的讲述过程之中。奴才过着非人的生活，不断地向人诉苦，聪明人给了他一点廉价的同情和虚幻的安慰，奴才就觉得舒坦了不少;而傻子听了，却大叫起来，他要动手帮奴才在阴暗潮湿、秽气冲天的破小屋的墙上开一个窗，然而这个举动引起了奴才的恐慌，他在地上团团打滚，哭嚷着:"人来呀! 强盗在毁咱们的屋子了!"傻子被赶走以后，奴才又向主人表功:"有强盗要来毁咱们的屋子，我首先叫喊起来，大家一同把他赶走了。"恭敬而又有点儿按捺不住的洋洋自得。这篇散文的寓言痕迹是非常明显的，傻子、奴才、破小屋是鲁迅文章中一再出现的象征意象，傻子和《狂人日记》、《长明灯》中的狂人都是时代的先觉者，他们充满着反抗精神，要破毁代表着中国黑暗现实的"破小屋"和"铁屋子"，但是却被做稳了奴隶而心满意足的奴才们视作强盗，群起而攻之。在一定意义上说，此散文可以被看作是鲁迅创作和改造国民性理想的一个

---

① 鲁迅:《徐懋庸作〈打杂集〉序》，《鲁迅全集》第5卷，人民文学出版社1981年版，第292页。

"寓言"。

寓言对其他文体渗透的第二个层面，是比喻、影射、象征的艺术技巧被诗歌、小说等文体采纳。寓言要讲述一段故事，但是，是言此而意彼，带有比喻、影射、象征性的寓意，也正因为此，古代曾将所有带有讽刺比喻意味的作品都纳入寓言的范畴之中，这显然有对寓言把握的泛化之嫌。前文已经对寓言的概念和范畴作了明确的界定，它是一种有着自身严格的文体特色的独立的文学样式，有着自身的发展流程和演进逻辑，有过辉煌的历史和进入明清以后被文学遗忘走向亡失的凄凉，直到新文化运动的兴起，寓言才被作为儿童文学的文体重新唤醒，作为重视儿童文学的结果得到发展。古老的寓言作为崭新的儿童文学文体得到了作家的重新体认，它的比喻、影射等技巧有意无意地渗入到其他文体的创作之中。白话新诗依然是我们首先要提出的典型范例。茅盾曾称："初期白话诗中有好多'历史文件'性质的作品。"① 确实，当时的文学创作很多都是对历史人物和事件的忠实记录和书写，其中有部分采用了比喻、影射、象征的寓言化手法。胡适的《尝试集》中就有不少这样的寓言体诗歌，最为典范的是《威权》："威权坐在山顶上，／指挥一班铁索锁着的奴隶替他开矿。／他说：'你们谁敢倔强？／我要把你们怎么样就怎么样！'／／奴隶们做了一万年的工，／头颈上的铁索渐渐的磨断了。／他们说：'等到铁索断时，／我们要造反了！'／／奴隶们同心合力，／一锄一锄的掘到山脚

---

① 茅盾：《论初期白话诗》，《茅盾文艺杂论集》，上海文艺出版社1981年版，第617页。

底。/山脚底空了，/威权倒撞下来，活活的跌死。"在诗中，抽象的"威权"被拟人化了，"他"高高地坐在山顶上，指挥奴隶为他开矿，统治着奴隶，而奴隶却在酝酿着反抗，最后，山脚底被挖空了，高高在上的"威权"活活跌死，象征意义也随之浮出水面。在诗歌中，威权和奴隶并不是抽象的概念，他们都是实有所指的。诗歌末尾有一段说明性的文字解释了写作的背景和动机："八年六月十一夜。是夜陈独秀在北京被捕；半夜后，某报馆电话来，说日本东京有大罢工举动。"陈独秀的被捕和东京的大罢工促使胡适在1919年写成了这首诗，他以"威权"来影射中国的军阀和日本军国主义等反动势力，"奴隶"则是指代在压迫中觉醒走向反抗的人民大众。《一颗遭劫的星》也是为《国民公报》被封和主笔被捕事件而写的，诗歌以一颗清亮的大星隐喻新文化运动的倡导和传播，"一大块黑云"指代守旧势力和反动统治，最终大雨冲走了乌云星星重放光芒，象征着新文化运动的光明前景。这些诗歌以比喻影射等手法，以寓言体的形式，写出了中国的现实。

这种比喻和影射的寓言化手法，在小说中的运用同样也是明显的。老舍的《猫城记》、张天翼的《鬼土日记》、张恨水《八十一梦》等等，都是一直被广为称道的寓言体讽刺小说。猫城里的猫人们有着两万多年的悠久历史，但是现在的猫国，却一切都要仰仗外国人，内政昏乱不堪，外交的唯一策略是写一块"抗议"的石板，教育成了胡闹，古物院靠卖古物为生等等。在这样的社会里，猫人的国民性也就以愚昧、自私和自相残杀为最本质特征。终于矮人的入侵直接导致了猫国的灭亡，最后的两个猫人被敌人俘虏后关在一个大木笼子里，还相互咬死，猫人自己完成了他们的灭种。从这样的一个亡国灭种的故事中，我们可以清晰地发现作者的意图，就像日本学者藤井荣三郎所指出的："《猫城记》描写猫人国的灭亡，这是老舍向中国人预报中国有灭亡的危险。""这里写的猫人国的事情，完全与鸦片战争以来的中国的历史事实相符合。"① 猫国可以看作是当时中国的象征，猫人的种种劣根性指向的正是中国人的国民性中的种种缺陷。从这一层面上说，《猫城记》具有"历史文件"的性质，是对 20 世纪 30 年代初中国现实的文献记载，只不过它是以一个幻化的猫国和猫人的故事，来讽喻和影射中国的现实。张天翼的《鬼土日记》与《猫城记》的创作手法基本相同，只是将故事的发生地点从猫国搬到了鬼土，而且，小说一开始就借主人公韩士谦的口直接说出了鬼土和阳世的等同性："鬼土社会和阳世社会虽然看去似乎不同，但不同的只是表面，只是形式，而其实这两个社会的一切一切，无论人，无论事，都是建立在同一原则之上的。这两个社会是一样的，没什么差别。"作者笔下的鬼土也就是他眼里的阳世社会，无论是上流人和下流人的阶级划分，蹲社和坐社两大政治集团的斗争，还是一帮无赖文人对权势的依附等等，这一切鬼土世界里的故事，展示的依然还是活的人间世相。鲁迅曾经在评论《何典》时说过："既然从世相的种子出，死的也一定是世相的花。于是作者便在死的鬼画符和鬼打墙中，展示了活的人间相，或者也可以说是将活的人间相，都看作了死的鬼画符

---

① 钟桂松：《寓言·幻想·现实——浅论〈猫城记〉》，《山东师大学报》1998 年第 6 期。

和鬼打墙。"① 这一论说同样可以加在《鬼土日记》上。张恨水的《八十一梦》讲述了一些发生在梦境里的故事。无论是猫城的、鬼土的，还是梦境里狗头国、孙悟空、钟馗的故事等等，其实都是人世间现实的翻版，以似乎是发生在他种背景中的故事来影射和比喻中国的现实。这显然是寓言的表现手法。

　　当然，在现代文学的发展过程中，寓言能渗透融入小说散文等文体领域，并非完全出自儿童的发现和儿童文学的产生这一单纯的原因。早在明清时期，就已经出现了"取诸色人，比之群鬼，——抉剔，发其隐情"② 的《斩鬼传》、《何典》以及游历诸种奇境的《镜花缘》等寓言式讽刺小说，为五四时期寓言对小说文体的侵入提供了一定的借鉴意义。而且，众所周知，启蒙是五四时期最主要的话语形态，觉醒的知识分子有着强烈的说理欲望和启蒙激情，但是面对民众的愚昧与麻木，启蒙者过于艰深的呐喊显得可笑而落寞，他们不是被视作"狂人"，就是像《药》中的夏瑜一样成为被启蒙者的治病良药。作为启蒙工具的纯粹的诗歌、小说和散文又一直高居庙堂之上，优雅的属性使它们与普通的民众格格不入。起源于民间的寓言则是粗浅中蕴含哲思智慧，对沉睡的民众有着质朴的亲和力。在启蒙中遭受了打击的先觉者迅速地体认到了寓言的这一价值，他们采纳、借鉴寓言的创作技巧，借助具体而浅显的故事阐述抽象深奥的道理，达到向

---

　　① 鲁迅：《〈何典〉题记》，《鲁迅全集》第 7 卷，人民文学出版社 1981 年版，第 296 页。

　　② 鲁迅：《中国小说史略》，《鲁迅全集》第 9 卷，人民文学出版社 1981 年版，第 220 页。

大众进行启蒙和宣传的效果。同时，中国的作家又都是自觉地将国家民族的命运与自己的文学创作紧密地联系起来的。从文学研究会和创造社开始，从最初的问题小说到抗战文艺，文学的主流都与政治斗争、民族危亡纠结在一起，现实主义贯穿了整个现代文学，即使是主张为艺术而艺术的浪漫主义，如郁达夫的《沉沦》等，也依然是表达对祖国富强的渴望和时代的苦闷。为此，鲁迅在论述初期小说作者时指出："他们每作一篇，都是'有所为'而发，是在用改革社会的器械……"① 可以说"有所为"是现代文学创作的整体追求。启蒙的理想、国家的危亡、深重的灾难，这一切使作家不可能脱离现实的苦难全身而退，知识分子的良知也促使他们对现实作出痛心的关注。但是风雨飘摇的沉重现实几乎让置身于其中的作家无法直面，述说的愿望也不断地遭到外在强权的干涉而不能达成，言说的自由被粗暴地剥夺。于是，寓言言此而喻彼的艺术特征成为他们最好的选择，借一段遥不可及或者故意含糊其辞的时间里发生的鬼土猫国的邈远故事影射中国的现实，将中国的现实历史附会到子虚乌有的猫国鬼土身上，现实性与寓言性的互溶促发了创作的极大批判功能。这些外在的原因共同构成了寓言向其他文体渗透的深广背景，其中，儿童的发现，儿童文学的产生，显然是不可或缺的因素，它将寓言从渐趋疏淡的背影中拯救挖掘出来，重新焕发出独特文体的艺术魅力，从根源上保证了这种渗透和借鉴的可能性。

---

① 鲁迅：《中国新文学大系·小说二集导言》，良友图书公司1935年版，第2页。

第二节　精神内核的承传

　　儿童文学是面向儿童的创作,"以儿童为本位"是其最基本的艺术原则。而这儿童本位,蕴含的是对儿童纯朴稚嫩的生命状态和独立的精神品格的体悟和肯定。虽然在创作过程中,以叶圣陶《稻草人》为代表的文本构置无论在思想内容、艺术表现还是观念形态上,都与五四先进的儿童观有所偏差,但儿童本位的提出,已经体现了中国儿童文学先驱最开阔的胸襟和对儿童特性最充分的理解和尊重。"处处充满着儿童的精神"、①表现"野蛮一般的思想"的安徒生童话以及《阿丽思漫游奇境记》、《木偶奇遇记》等张扬儿童纯真烂漫天性的西方作品,也是在这种接受语境下被推向中国儿童文学历史舞台的中心地带的。对儿童精神的关注是时代的理论共识。同时,在这种全新的理论基点上,在寻找儿童文学的理想范式的过程中,儿童文学逐渐走向了成熟和规范,文学内蕴的独特气质、审美品格也开始向成人文学漫溢和渗透。我们可以毫不费力地列举出沈从文湘西小说中的童话气质和《猫城记》、《八十一梦》、《鬼土日记》中的寓言气质等等,来说明和论证现代小说中的这种现象,也清晰地感觉到了儿童的精神、儿童文学的精神对中国现代文学的影响。这是在"儿童崇拜"、"儿童是成人的父亲"成为时代风尚的气

　　① 顾均正:《安徒生传》,《小说月报》第16卷第8号,1925年8月。

氛中必然会出现的一个结果。现代派美术也曾吸收了儿童和儿童文学的精神，毕加索和马蒂斯不约而同地表达过类似"学会像儿童那样作画花去了我一生的时间"、"现代艺术所苦苦追寻的艺术的真谛在儿童画那里已经天然地存在了"的观点。因此，儿童的精神、儿童文学的精神对成人文学艺术的影响和辐射是范围宽广和多层面的。在中国现代文学领域，由于战争和动荡所带来的苦难和创伤，对艰难的书写使悲凉和悲悯构成了整个新文学的基调和色彩，儿童的存在、儿童文学的诞生，多少给中国新文学带来了一点荒诞和游戏，虽然它们的明媚色泽不可能照亮整个现代文学的文本空间，但是荒诞和游戏所带来的轻松和快乐闪现在普遍的悲凉中，其意义显然是不可忽视的。

一　荒诞性

荒诞是文学艺术美学的重要视角。它的本层含义是极不真实，不合情理与逻辑，但又往往能透过表面的幻象达到本质真实的内核，揭示出人生社会的深层道理。就像古希腊的斯芬克斯之谜，怪诞的塑像拼接透示出世界组合的荒诞性，无人能真正破译的塑像含义表达着对世界的解释的荒诞性。荒诞敷衍为了一种普遍的哲学存在。尤其是在进入20世纪之后，荒诞作为一个美学术语，已更多地指向以存在主义为哲学基础的现代人荒诞的生存状况，以及畸形发展的物质文明对人的异化和人类精神的威胁。荒诞派文学直接表现的是世界与人生本质上的荒诞。而与儿童自身的认知和思维特质有着极大的关联的儿童文学的荒诞，依然保持着荒诞不经、违反逻辑规则的原初含义，这里所

说的荒诞性也基本没有超出这一范畴。处于人生初始阶段
的儿童，面对眼前既定的现实内容，常常会感到不满足，
于是他们与原始初民一样按照自己的方式解释世界和认知
世界。然而由于认知能力的低下和粗浅，几乎不受外在社
会制约的思维逻辑形态，使他们的解释常常呈现出超越现
实、常规的荒诞的美学气质，越是荒诞的东西他们越能接
受，荒诞构成了儿童精神的基本层面，是儿童文学的一种
重要美学品格和艺术视角。而且儿童的这种没有明确的是
非标准、缺乏因果逻辑的思维方式，使儿童文学提供的荒
诞世界呈现出和蔼的、可以亲近的明快色彩，即使有黑暗
的一面也不能掩饰它的明媚性。这就是为什么最具想象力
和幻想的童话和寓言，对荒诞的演绎最为淋漓尽致的童话
和寓言，构成了儿童文学主打文体的原因和理由。那违背
常理的情节、极度夸张的表述，构置出的一个个迥异于现
实的奇幻而轻松明快的世界，正是契合了儿童的这种心理
和想象。作为人类童年时期的文学表达的寓言，"小说的最
初形式"的童话，它们与现代的文学有着千丝万缕的关系。
就如这荒诞，成人文学里同样有着广泛的运用和存在，《变
形记》里的小职员格里高里一觉醒来变成了甲虫，《铁皮
鼓》中的奥斯卡由于看到了人间的丑恶，从三岁开始就停
止了生长等等。虽然这些作品所指向的都是对现代人生存
境遇的荒诞本质的揭示，透示出噩梦般的恐惧和威胁，与
明快的儿童文学荒诞有着本质的不同，然而这种荒诞的表
述中还是蕴含着童话的影子。透过格里高里和奥斯卡的奇
异身影，我们可以清晰地看见王子变成了青蛙甚至野兽、
住在永无岛上的永远不会长大的男孩彼得·潘，这些童话

中的经典。鲁迅建构的奇幻荒诞、变异朦胧的《野草》世界，也蕴含着寓言式的幻想。从这一层面上说，成人文学的荒诞与儿童文学的荒诞有着一定的渊源，特别是那些童话体、寓言体的小说，这一关联就更为明显，呈现出儿童式荒诞的奇幻、稚拙和明媚。

儿童文学常常通过想象和夸张来构造奇幻的文学空间，从中呈现出荒诞的气质，儿童文学对成人文学荒诞性的影响主要体现在离奇的情节和极度的夸张上。

众所周知，儿童文学，尤其是童话和寓言，是深富想象和幻想的文学，不可思议的故事、情节经过作家的想象，构造成了虚拟而丰厚的文本空间，荒诞性就在这空间中自然生成。阿丽思掉进兔子洞里，到了一个"不可思议的国家"，吃不同的东西把她不是变得很大就是很小（《阿丽思漫游奇境记》）；敏豪生骑着炮弹去侦察敌情，还用一块黄油打了一串野鸭子，然后把它们系在腰上，野鸭子飞起来就把敏豪生带回了家（《敏豪生奇游记》）；秃秃大王一生气，牙齿就会长长，再生气，牙齿就会像旗杆一样把秃秃大王挂在上面（张天翼《秃秃大王》）；狐狸平平大吃一惊耳朵竖了起来，头上漂亮的帽子就朝天上飞去，挂在了月亮的尖角上，于是等了半个月，月亮圆了，帽子也就掉了下来（张天翼《大林和小林》）。这些离奇而富想象力的情节，共同建构了一个荒诞奇异的世界。中国现代文学中也并不缺乏类似的荒诞情节。《鬼土日记》里的韩士谦学会走阴术到了鬼土，《猫城记》中的"我"因为飞机的失事而到了猫人的星球，万士通和"我"坐错了飞机到了狗头国（张恨水《八十一梦》），就像阿丽思掉进了兔子洞、汤姆掉进河里变成了"水孩子",荒诞而离奇的故事开始展开。在鬼土世界里,根据"坐着出恭"和"蹲着出恭"的不同分为"坐社"和"蹲社"两大政治集团,他们用扑克牌赌博的方式来推选出大统领。政客陆永劳为了表达自己的平民精神,会在每次宴会前在客厅里扫三十秒钟的地。围绕附着在这些政客周围的文人也是精彩纷呈,自封为颓废派文学专家的司马吸毒,经过一年的努力终于将强壮的身体折磨成了病态的神经衰弱,他对别人的祝福是"祝你大烟抽上瘾"、"神经衰弱,做个现代人";极度象征派文学家黑灵灵一出口就是"铅笔的灵魂浸在窈窕的牛屎堆里了";万幸的创作灵感来自于掷骰子的结果等等,这就是鬼土里的人和发生在鬼土里的事,荒诞不经中透着伸手可触的真实。猫国里的故事也同样的荒诞,"我"的洗澡居然招来了黑糊糊的一群猫人的参观;矮人国入侵了,外务部长却忙着娶媳妇,猫人的反抗只是在墙上堆满烂泥和臭水,因为敌人怕脏。狗头国就更奇怪了,那里的阔人只要一不用外国货,就会犯一种狗叫病,但只要外国人揍他一顿就好了。

这些荒诞的故事和人物,无论是政党的分立、大统领的推选方法、文人的病态还是参观洗澡、以烂泥臭水对抗怕脏的敌人、犯狗叫病等等,虽然都是指向现实的辛辣的讽刺和嘲弄,但从故事的表述中、情节的设置中,我们也不难感受到儿童精神、儿童思维方式的切入,或者说,这些发生在鬼土猫国里的荒诞故事,其实就是儿童游戏中的真实,是儿童对生活和成人世界的模仿。成人作家也乐于将现实荒诞的故事冠上童话的名称。周文的《吃表的故事》演绎的就是一段荒诞的情节:古时候,有一个地方,因为没有钟表就拿鸡来定时间，结果是不遵守时间成了"祖先的成法"。后来在死亡的威胁之下，他们终于决定改变，要求鸡叫二遍准时到会。规则实施了，可开会时直到天黑总务还没有来，他在家里把鸡杀了，面对别人的责难，总务索性边吃鸡边骂"我偏把表吃了，以后就偏不守时间"。这个故事，显然是指向现实中的陋习的，但一开头，就将故事推向了童话的语境："古时候，有一个地方"，这是典型的民间童话的开头方式，总务最后示威性的语言也带着孩子式的霸道和逆反的心理特征。因此，这些荒诞的情节设置中，体现的正是与儿童精神和儿童文学精神的神合与交融。

夸张是荒诞性的又一表现策略。儿童文学丰富的想象力和离奇的幻想往往是通过出奇的夸张张扬出来的。通过如此的夸张，平常的事物散发出了神奇神秘的光彩，普通的环境也成了奇幻的世界，作品呈现出荒诞的艺术之美。这不仅吻合了儿童的思维和心理特征，满足了他们的接受需要，还传达出了儿童生命、儿童精神中所蕴含的品格。格列佛在海上遇险漂流到了小人国，他的手掌成了只有指甲盖大的小人们尽情跳舞的舞台，他的头发之间能够让许多男孩和女孩玩捉迷藏的游戏，而当他又漂流到大人国时，却成了庞然大物们的玩偶，他们用食指和拇指轻易地将格列佛提起来放在了口袋里（斯威夫特《格列佛游记》）。公主被二十张床垫子和二十床羽绒被下面的一颗豌豆，硌得全身娇嫩的肌肤发青发紫（《豌豆上的公主》）。大林成了叭哈的儿子之后，养尊处优，胖得连指甲盖上都长了肉，三千个人也拖他不动，与乌龟蜗牛参加五米赛跑还得了第三名，花了五小时三十分的时间才到达终点（《大林和小林》)。极度的夸张将作品中的人物和故事推向了荒诞的境地。

在成人文学中，夸张也是一种通用而常见的艺术策略，只是与儿童文学的夸张存在着使用策略上的不同。儿童文学中的夸张是突破了时空的制约，进入到内容和形式的全方位领域的夸张，它不仅表现为修辞学意义上的语句的修饰，也融入到作品的整体构思之中，直接指向荒诞的美学意境。而且夸张所建构的荒诞境界又呈现出童话般的真实，作者对小人国、豌豆公主和肥胖的大林的塑造，都是要告诉读者这一切都是真的，儿童读者也真诚地相信荒诞的小人国和肥胖的大林形象都是真实的。成人文学常常将夸张具体化为一种修辞技巧，并呈现出清晰的非真实性。就像"一日不见，如三秋兮"、"白发三千丈，缘愁似个长"、"飞流直下三千尺，疑是银河落九天"等等，思念之切、忧愁之深以及瀑布飞流直下的壮观气势，在"三秋"、"三千丈"、"三千尺"的夸张中得到了凸显和强调，但无论是作者还是读者都不会将"三秋"、"三千丈"、"三千尺"误认为是事实。也就是说成人文学中的夸张有一个度的限制，有一种审美的距离感，不存在有被误认为是事实的可能性。即使是以夸张这一创作手法所建构出来的荒诞世界，也呈现出扭曲、变形的特质，与儿童文学中透示着童话般真实的荒诞有着明显的差异。这就是为什么同样描写鼻孔，老舍小说《四世同堂》中形容瑞丰是"鼻孔要朝天，像一双高射炮口"，鼻孔只是"像"高射炮口而非"是"高射炮口，而在张天翼的童话《大林和小林》里写四四格的鼻孔很大，"说起话来鼻孔里就有回声"，这回声是真实地存在的，小林就觉得四四格把每句话都说了两遍。

文学的发展总是蕴含着各种文体的互融和渗透，优秀的作家善于在各种文学领域里自由穿梭，因此，随着儿童文学的成熟和影响力的扩大，成人文学中同样也出现了构造荒诞空间，而这种荒诞又呈现出真实品格的儿童文学式的夸张，尤其是在关注、从事儿童文学创作的作家的成人文学文本中，这种现象就更为明晰和突出。鲁迅对阿Q形象的塑造，就作了极为夸张和荒诞的处理，无论是阿Q的精神胜利法、他的革命还是最后的大团圆，都在悖乎常理的叙述中透出荒诞的气质。新感觉派的怪诞气质虽然更多地来自于西方现代性的精神和技巧，但将军的头被砍下后还是来到了心仪的姑娘的身边，这依然带上了童话夸张的品格。无论是阿Q形象还是将军的头，都背离了成人文学对夸张"不致误为事实"的尺度要求，他们的真实性也不曾遭到过质疑。而张天翼因其在儿童文学与成人文学领域的从容游走，夸张建构的荒诞品性在两个领域更是呈现出了一致性。《鬼土日记》中政府要员潘洛未满周岁的儿子不幸夭折，议会决定举行国葬，"出殡时断绝交通一天"，动用"汽车一万五千余辆，军乐二万余队"，"沿途店家住户，皆下半旗志哀"，吊客每餐多达十七万三千五百余人……这样的祭事足足忙了三个多月；备受关注、轰动学界、郑重其事颁发的Elbon贤妻奖金，是一张"大洋一元二角九分七厘"，还要"打七五折，用四舍五入法，实汇九角七分二厘八。汇费照扣"的汇票；十五金元一个，被陆伯劳视若珍品的太子牌食品，是经过层层奇妙包裹的一粒瓜子，五分钱就可以买一斤的瓜子。凡此种种，与童话中描写大林的胖、秃秃大王的牙齿，在夸张手法的使用上达到的荒诞效果是一致的。

作为儿童文学重要美学视角的荒诞性,保持着荒诞的原初本意,总是以违背常理的情节和极度的夸张来建构荒诞的世界,在明媚轻松的语境中反映出儿童认知的真实与情感的真实。这与现代派文学中基于存在主义哲学、折射出生活的本质内涵的荒诞,有着美学意境和审美内涵上的具体差距。但是,即便是现代派小说中的荒诞也依然与儿童文学的荒诞有着千丝万缕的关系,格里高里、奥斯卡的异化中就很难撇清童话的荒诞影子。而且成人文学与儿童文学的发展是互动的,它们之间的文体互渗与互融是不争的事实,在现实沉重得使人无法直面或不能直面的现代文学背景中,作家也乐于借鉴童话和寓言的某些元素甚至结构,来更淋漓尽致地宣泄对现实的不满与讽刺,文体内含的文学精神自然也随着这种渗透获得了承传的机会,包括荒诞性在内的儿童文学品格有意无意地得以在成人文学空间里自由释放。作家借助于童话式的荒诞来表达他们的批判意旨,也获得了别一种的深刻和独特。

二　游戏精神

游戏是儿童生活中的一种重要活动形式,甚至可以说儿童的一切活动都呈现为游戏,他们在游戏中释放生命力,表达对自由、力量的青睐和热衷,也在对成人的扮演游戏中学习成长和走向现实。属于儿童的儿童文学自然应该张扬儿童的这种游戏精神。进入 20 世纪之后,游戏确实已经成为西方儿童文学具有思潮性质的一种内在精神。中国的儿童文学虽然由于传统文化的影响,在发展的最初时段里,游戏和游戏精神等要领被不经意地忽视了,直到 80 年代游戏性才作为儿童文学的美学精神得以勃发和繁荣，但是忽视并不等于不存在。提出儿童本位观念的周作人，曾经津津乐道地谈论自己对玩具的收藏，自称"玩就是我的工作"，① 并以玩具"陀螺"作译文集的题目，以儿童游戏的意象为题将故事集命名为《土之盘筵》，希望走过童年的成人能容忍游戏，"努力学玩"，② 共同塑造一个成人"庄严地为儿童筑'沙堆'"③ 的时代。周作人所倡导的"无意思之意思"的儿童文学的美学意蕴，表达的也是明确的游戏精神。他在《儿童的书》中说："我觉得最有趣的是那无意思之意思的作品。安徒生的《丑小鸭》，大家承认他是一篇佳作，但《小伊达的花》似乎更佳；这并不因为他讲花的跳舞会灌输泛神的思想，实在只因他那非教训的无意思，空灵的幻想与快活的嬉笑，比那些老成的文字更与儿童的世界接近了。我说无意思之意思，因为这无意思原自有他的作用，儿童空想正旺盛的时候，能够得到他们的要求，让他们愉快的活动，这便是最大的收益，至于其余观察记忆，言语练习等好处即使不说也罢。总之儿童的文学只是儿童本位的，此外更没有什么标准。"④ 周作人认为，对成人可能无意思的空灵的幻想和快乐的嬉笑，正是顺应和满足了儿童空想的需要，给儿童提供了本能的快乐，

---

① 周作人：《陀螺序》，《苦雨斋序跋文》，河北教育出版社 2002 年版，第 30 页。

② 同上。

③ 周作人：《土之盘筵·小引》，《苦雨斋序跋文》，河北教育出版社 2002 年版，第 18 页。

④ 周作人：《儿童的书》《儿童文学小论》，河北教育出版社 2002 年版，第 57 页。

这就是儿童文学的"大意思"。这一切表述鲜明地传达出了周作人对游戏性质的认同和游戏地位的推崇。这也代表了五四文坛对游戏的一种态度,否则也就不会出现对蕴含游戏精神的安徒生童话的接受,更不可能在30年代出现张天翼的童话《大林和小林》、《秃秃大王》,在这些文本中,游戏不仅被视作彰显教育目的的手段,甚至直接转化为了作品的内容。在标榜教育性的中国现代儿童文学阶段,依然存在着游戏的美学精神,虽然因时代和理论的制约,对游戏的认识还有诸种局限,也没有被整个文坛普遍接受和集体张扬,但还是散发出了萌芽阶段的光芒。

这些中国现代儿童文学理论、翻译和创作中零星表达出来的游戏精神,辐射、渗透到了现代文学的创作之中,并获得了创作的实绩,反过来构成了对缺失游戏精神的现代儿童文学的极好补充。在西方的文论界和美学界,游戏性是一种颇受关注的美学精神,斯宾塞、席勒、皮亚杰等都阐释过他们的游戏理论。德国艺术史家朗格在《艺术的本质》一书中认为:游戏是孩提时代的艺术,而艺术是形式成熟的游戏。弗洛伊德也指出:"诗人所做的事情与儿童在游戏中所做的事情是一样的。"[1] 游戏与艺术之间存在着难以割裂的因缘关系。晚清的中国受西方哲学和文化的影响,提出了游戏的概念,有了初步的游戏理论,尽管这种游戏概念与我们所说的游戏精神具有审美内涵上的极大差距。但是,游戏确实是儿童天赋的权利和活动,游戏精神是任何经典的儿童文学都不

---

[1] [奥]弗洛伊德著,滕守尧译:《性爱与文明》,安徽文艺出版社1987年版,第166页。

能剥离的审美特质。作为一种艺术的审美精神，游戏精神在儿童文学里的表达和实现是多层面的，语言的游戏性、情节的游戏化、天真稚拙淘气活泼的形象塑造、幻化的游戏情景设置等等，都能揭示出游戏的本质，蹦跳出儿童的游戏精神。现代文学以游戏化的语言、情节设置和稚拙淘气的形象塑造，呈现出文本的游戏精神。需要说明的是，游戏化的情节常常透出荒诞的气质，荒诞夸张也是实现游戏精神的具体策略，但是，荒诞和游戏又是两种不同的美学精神，指向不同的审美领域，只是在借助夸张来传达荒诞和游戏时，才有了效果上的双重性。

鲁迅可能是现代作家中阐发游戏精神最淋漓尽致的一个。经典的《阿Q正传》最初被刊载在"开心话"栏目里，虽然随着情节的发展，小说的情致由"开心"逐渐转向"不开心"，但依然清晰地呈现出了文本的游戏性。文章一开始，先喋喋不休地写了一篇序，解释题目的由来，考证阿Q的姓氏，然后再详述阿Q得以保持"优胜"记录的精神胜利法。尤其是阿Q的革命，他盘起辫子就是"投降"了革命党，意气风发地高喊"造反了！造反了！"连一向视他为虫豸的赵太爷也尊称他为"老Q"，阿Q自己也飘飘然地做起了抄家娶妻的"革命"美梦，并"有意无意地"到尼姑庵革了一回命。阿Q糊里糊涂的"革命"的结果是被砍头，但阿Q遗憾的是他没有画圆那个圈，没有在游街的时候唱几句戏。显然，鲁迅是用一副游戏的笔墨来建构这篇小说的。到了创作《故事新编》的时候，这种游戏精神更是得到了进一步的张扬。此时的鲁迅在与强大的无物之阵搏斗之后，暂时抛却了无限的焦虑和愤激之情，以"一种游戏的心态，一种超越，从容的玩弄和凝视着宇宙古今"① 的姿态，表现出了所谓的"油滑"，这油滑中就蕴含着游戏的精神。在《故事新编》里，传说中的英雄和历史上的圣贤都降格为俗人和百姓。老子是"一段呆木头"，讲学是一套"道可道，非常道"的老调，为了出关，不得不眯着老花眼睛编讲义；射日的羿每天为了吃饭奔波和沮丧，能打到一只小麻雀就兴高采烈，但美丽的嫦娥还是因为不能忍受整年的吃乌鸦炸酱面，偷吃了灵药独自飞升到了月亮上；不食周粟采薇的伯夷叔齐，天天变着法子做各种味道的薇菜，还因说漏了嘴暴露了身份，招来了人们的上山围观。圣贤英雄不仅被摘去了神圣的光环，还被搁置到了一种尴尬的境地或备受冷落。美丽崇高的传说和故事就有了另一种解读，嫦娥的飞天是因为不能忍受天天吃单调的乌鸦炸酱面，女娲抟土造人、补天是出于"太无聊"，"有什么不足，又有什么太多"的力比多释放。透过这一个个荒诞的情节和故事，文本的游戏精神得到了极好的表达和实现，构成了对传统神圣的还原与颠覆。与文本情节的游戏性相适应，语言也在各种语音杂糅、语言与语境的偏离中呈现出一种游戏性："时装表演"、"幼稚园"、"遗传"、"水利局"、"警笛"、"警棍"、"维他命"、"莎士比亚"等现代汉语，"OK"、"Good Morning"、"How do you do"等英语，"来笃话啥西，俺实直头听弗懂"等南北夹杂的方言，以及"为艺术而艺术"、"文学概论"等现代文学术语，这些现代

---

① 旷新年语，陈改玲整理：《〈故事新编〉的多层构思和多层面阅读——北京大学现代文学研究生讨论课摘要》，《鲁迅研究月刊》1991年第9期。

语境下的表达用语，夹杂在描摹古代的文学情景之间和出现于圣贤英雄人物之口，显得滑稽而可笑，体现出明显的游戏色彩。语言的游戏性和情节的游戏性共同构成了《故事新编》文本的游戏精神，鲁迅以文本的游戏性完成了对神话、圣贤的一次嘲弄和解构。

鲁迅小说借助于语言和情节的游戏性折射出文本的游戏精神，这在现代文学中不是唯一的，虽然游戏精神在整个创作界略显寂寞，但也出现了像废名《莫须有先生传》、张天翼的寓言体小说等文本。废名追求在对成语的引用和戏仿中获得一种文字的趣味，作品中有"莫须有先生风吹得欢喜，乐得虽执鞭之士，贫而不骄，富而好礼，不禁莞尔了"这样的成语叠用的描述文句，以及莫须有先生那"嗟夫银汉，好像姑娘的一匹布，上帝叫我走到这里长啸两三声"的情书，旧式文牍和新式言辞杂糅又毫无真情，这使《莫须有先生传》成了一个游戏性的文本。张天翼小说中以赌博的形式来选举大统领和根据出恭姿势的不同决定政党分类等等，荒诞的情节体现的也正是文本的游戏性。这些现代小说中的游戏精神使我们不由得想起了儿童文学中充盈的游戏性情节和语言。小林因为偷了四四格的金刚钻遭到了严厉的足刑的惩罚，这足刑就是"搔脚板"；叭哈的嘴唇太厚了，一只臭虫从上嘴唇到下嘴唇足足走了几个小时，更富游戏性的是，叭哈怕臭虫太劳累，还请了一个医生给它打针（《大林和小林》）。虽然表现的内容和作者寄寓的理性思考有着明显的不同，但我们依然可以发现儿童文学和成人文学的游戏精神是一致的。

塑造天真活泼、淘气稚拙的形象是儿童文学文本实现游戏性的又一策略。翘着两根又硬又粗的辫子、脚上穿的袜子常常颜色不同，但双手能举起一匹马的长袜子皮皮，是这种形象的典范。在这样的文本中，即使是成人形象也是稚拙的，《豆蔻镇的居民和强盗》里的三个强盗，并不是凶狠残暴的成人强盗形象，而完全像是三个稚拙天真的孩子。他们好吃懒做，贼窝又脏又臭，于是在晚上用床单把熟睡中的苏菲姑姑偷了来做管家婆，但是反而让精明能干的苏菲姑姑给严厉地管了起来，强盗们只好又趁苏菲姑姑睡觉的时候把她送了回去。这样的三个强盗，简直就是三个稚拙可爱的孩子。在中国的现代儿童文学阶段，教育性笼罩了整个文坛，主流的创作张扬着时代的精神，活泼稚拙的孩子踪迹难寻，活跃在儿童文学空间里的是苦难的儿童、小英雄和充满道德色彩的好孩子、乖孩子，倒是在成人文学领域，出现了淘气活泼的孩子形象的塑造。顽劣不懂事的环哥、找机会跟高丽孩子打架的男孩、整天在后花园玩还偷东西的小女孩等等，这些在第二章儿童形象中详细阐释过的"坏孩子"形象，凸显的正是儿童的游戏精神。就像《长袜子皮皮》通过对皮皮形象的塑造表达作家对儿童成长的理解一样，萧乾、萧红、骆宾基等作家也通过这些"坏孩子"形象的塑造，表达自己对儿童和儿童游戏精神的理解，尽管这种理解可能是不自觉的，对游戏精神的理解和表达也不能与西方的儿童文学同日而语，但是，这些小说的出现，对普遍缺失游戏精神的中国现代儿童文学的意义是深远的。

　　当然，我们在这里阐释儿童文学的荒诞性和游戏精神对成人文学的渗透和影响，并不是想夸大其词，整个中国现代文学所呈现出来的荒诞性和游戏精神是零星的、游离于主流文学之外的，崇尚写实的中国现代儿童文学创作对荒诞和游戏的张扬也是有限的。安徒生童话在20世纪30年代就遭到"逃避了现实，躲向'天鹅''人鱼'等的'乐园'里去"①的尖锐批评，张天翼童话被广泛接受更主要的也是它们的现实批判意义。但是不可否认的是，儿童作为具有独立品格和精神的人被发现了，以周作人为代表的五四先驱提出的儿童本位观念蕴含的是对儿童精神的体认，西方儿童文学作品的翻译引进和张天翼的童话创作，客观上也将荒诞性和游戏精神带入了中国的现代儿童文学领域，这就使荒诞性和游戏性向现代文学的美学渗透获得了某种可能性。再联系中国现代的历史背景，残破、黑暗、外敌侵凌、内患频仍，任何灾难性的语词来形容当初的现实都不过分，在这种情境之下，知识分子的心态是复杂的，清醒的理智和无法超越的现实会使他们对现实困境产生一种暂不接受的心态。就像儿童在游戏中把自己想象成大人、动物、王子公主，就是不是他们自己，这就是儿童在他那个年龄阶段面对现实暂不接受的心态。他们往往会以比成人更少受羁绊、更少现实的约束的想象，对现实生活作个性化的处理，童话就是儿童的感知和儿童的心理想象的世界，是对现实生活作夸张的、荒诞的、游戏性的变形处理的结果。成人也一样，为了挣脱现实的压力，或者说是对现实生活的沉重产生一种反弹，使那些信奉反映现实的成年人，严格遵从现实主义原则的成年人，在一些时候也会对现实作荒诞、游戏的处理。这种心态体现于成人的文学创作之中，就是对现实世界的排斥，而对荒诞的想

---

① 茅盾：《丹麦童话家安徒生》，1935年《文学》第4卷第1号。

象的游戏中的世界充满热烈的兴致。

中国现代儿童文学在儿童的发现的理论背景中产生,伴随着儿歌、童话、寓言等不同文体创作的出现走向成熟。这些儿童文学独具的文体形式,在自我完善的过程中散发出特异的文体魅力,显示了向成人文学渗透的态势,儿童文学内蕴的儿童的精神和儿童文学的精神也影响着成人文学精神气质的形成。这种文体形式和精神内核的影响和渗透,出现在现代文学的发展流程中,是有其内在的原因的。一方面,儿童文学文体形式和美学精神的独特气质,吸引着成人文学的注意和借鉴;另一方面,也是文学发展的必然。新文学诞生的五四是一个开放而具有包容性的时代,它以宽阔的胸襟接受了对于文体的各种尝试。单就小说而言,就一直吸收着他种文体的资源。作为第一篇现代小说的《狂人日记》,吸纳了日记的文体规范,此后各种模仿日记体的小说更是层出不穷,冰心的《疯人日记》、庐隐的《丽石的日记》都是纯粹的日记体,丁玲以《莎菲女士的日记》一鸣惊人,直到40年代,茅盾还以日记体写下了小说《腐蚀》。诗歌与散文对小说的渗透也是现代文学发展史上的绚丽篇章,废名的小说以带着淡淡的感伤的意境的营造见长;"达夫的作品,差不多篇篇都是散文诗";①鲁迅的《鸭的喜剧》、《兔和猫》虽被收在《呐喊》之中,但更像是小品文;废名的小说集《桥》中有几篇被周作人编入了《中国新文学大系·散文一集》;萧红被称道的小说也是以越轨的

----

① 郑伯奇:《〈寒灰集〉批评》,《郑伯奇文集》,陕西人民出版社1988年版,第97页。

笔致创作的诗化小说。这些带有文体融合色彩的作品无疑丰富了现代文学的文本空间，使文学的表达呈现出多元的姿态。作家总是在努力寻求更为完美的文体形式，就像"鲁迅的每篇小说都可以说是一次新的技巧的探索，是力求使形式完全适应主题的一次新尝试"。[①] 这种对技巧的探索，自然包含着向其他文体的借鉴。文体形式和精神内核的相互融合是文学发展的必然，儿童文学与成人文学的互动也是文学发展的必然趋势。

① ［美］帕特利克·哈南著，尹慧珉译：《鲁迅小说的技巧》，西北大学鲁迅研究室编：《鲁迅研究年刊》（1981年号），陕西人民出版社，第420页。

第五章

儿童观念：现代哲思的烛照

　　五四时期，随着"儿童本位"的儿童观的建构成型，对儿童的尊重和推崇成为一种共同的审美指向。先觉者在发现儿童的喜悦中，不约而同地歌咏童心，礼赞儿童，将他们视作纯洁自己、净化心灵的精神归宿。在这个过程中，成人体悟到了儿童的思维模式和把握世界的方式的独特价值和魅力，他们试图从儿童的感知思维方式中吸取营养，以建构起自己的思维与哲学体系。这是五四时期呈现出来的一个多声部的合唱，爱的哲学、少年人的纯净初恋情怀、儿童崇拜是这歌声中最值得我们去关注和梳理的思维哲学模式。这里以冰心、湖畔诗社和丰子恺为典型个案，作出简单的分析。

第一节　冰心：爱的哲学

　　爱的哲学是弥漫在五四文坛的温馨气息。拯救破败现实的善良愿望、西方人道主义思想的滋润使初登文坛的作家纷纷亮出了爱的旗帜：叶绍钧、王统照对"爱"与"美"的寄托；许地山以基督教宽容、忍耐的博爱精神对人性、社会的救赎；冰心、陈衡哲等女作家则用爱去拥抱人生，用情去唤醒人性。但是，在作品中自觉地探讨爱的哲学，并将这种美学思想系统化、神圣化的，唯有冰心。冰心是爱的哲学观念的最典范的代表，她的作品中涌动着爱的思潮。

冰心的爱的哲学是对"人生究竟是什么？支配人生的，是爱呢，还是憎？"这一问题给出的答案，人类相爱，人与自然和谐是这一哲学的内涵，母爱、童心和自然是其文学表达的主题模式。在这里，有必要考察冰心爱的哲学形成的内在基因。一直以来，研究界已经建构起了一种较为一致的观点，即冰心爱的哲学是基督教教义、泰戈尔哲学、童年经验三者合力作用的结果。这三种因素对冰心思想和创作的影响是确实无疑的，但正如茅盾所说："大凡一种外来的思想绝不是无缘无故就能够在一个人的心灵上发生影响的。外来的思想好比一粒种子，必须落在'适宜的土壤'上，才能够生根发芽；而此所谓'适宜的土壤'就是一个人的生活环境。"① 对冰心爱的哲学成因的考察也应放到冰心生活的环境中去。研究者对冰心童年经验的关注就是茅盾观点的实践，但他们在强调童年经验这一个人的生活环境的同时，又忽略了青年冰心当时所生活的大的时代背景。冰心曾坦言，她是被五四的惊雷震上文坛的。她必然会对作为五四新文化运动的重要成果的人的发现、儿童的发现等崭新的观念，做出自

① 茅盾：《冰心论》，1934 年 8 月《文学》第 3 卷第 2 号。

己的回应。事实上,冰心爱的哲学的形成,正是源于五四时期对儿童生命的尊重和崇仰。

在儿童没有独立于封建家长之外的人格价值的时代,孩子仅作为成人的附庸、作为家族传宗接代的意义而存在,他们是幼稚、无知的代名词,因此,对儿童思维模式的规避,对童稚世界的逃离构成了成人约定俗成的选择。五四时期对儿童个性的尊崇显然将改变成人的这一古旧观念,并将为他们采用儿童视角观照世事提供理论和话语的支撑。由此,当我们重新审视形成冰心爱的哲学的三个成因时,就可发现,它们都蕴含着儿童的眼光、渗透着纯净的童心,儿童是冰心爱的哲学的基石和理论的生长点。

冰心出生在一个开明的官僚家庭,拥有一个深受父母呵护的天真无邪的幸福童年。父亲谢宝璋很早就接受了西方文化,对幼小的冰心很是理解和尊重。他从不约束冰心的个性,不让她扎耳朵眼,不强求她学针线、搽脂粉,而是带着着男装的冰心骑马、打枪、参观军舰,甚至连紧一点的鞋子也不让她穿,宁愿让冰心长成一对"金刚脚",为此,冰心曾自称是"父亲的'野'孩子"。[1]母亲杨福慈则是一个"极温柔,极安静的女人",[2]以传统女性的所有美德匡护着丈夫和孩子,是典型的贤妻良母。在这样一个父慈母爱,既具有民主气息又保持着许多传统色彩,充盈着

---

[1] 冰心:《童年杂忆》,范伯群编选:《冰心研究资料》,北京出版社1984年版,第62页。

[2] 冰心:《我的童年》,《冰心选集》(第二卷),四川人民出版社1984年版,第146—147页。

父母之爱的中国式的和美家庭中，冰心的内心自然充满了爱。1903—1904 年，冰心全家搬到了烟台，辽阔美丽的大海给了冰心美的熏陶，海边无拘的自由生活构成了童年最美丽的记忆之一。在她的眼里，海是无尽的庄严，无尽的伟大，即使仅仅提到海都能使她"快乐充溢，怡然而笑"，于是"每次拿起笔来，头一件忆起的就是海……当我忧从中来，无可告语的时候，我一想到大海，我的心胸就会开阔起来，宁静了下去！"①无边浩淼的海赋予了冰心博大的心胸和宽厚的气质，孕育了她爱的萌芽。但是这海又只存在于冰心童年的记忆里，因此，冰心幸福和美的童年经验萌生了她最初的质朴的爱心，这显然源于一个儿童对家庭、对自然的美与和谐的发现。

冰心所接受的现代欧美式教育，使她与基督教有了深刻的牵连。1914 年的秋天，冰心考入了在北京的美国卫理公会办的贝满女中，在具有浓郁基督教文化的环境中，冰心每天听半小时的牧师讲道，星期天去教堂礼拜，并系统地学习了《圣经》。中学毕业后，冰心就读于北京协和女子大学，协和女子大学后来并入燕京大学，两者均为基督教教会学校，冰心亦在燕京大学接受了基督教的洗礼。可见，冰心是学习并成长在宗教的氛围中的。长期的基督教教义的熏染，必然会影响冰心对社会人生的态度及自身的哲学观念。而"爱"就是基督教的核心观念。为此，冰心曾在 1932 年做出过自剖："因着基督教教义的影响，潜隐的形成了我自己的

① 冰心：《我的童年（二）》，范伯群编选：《冰心研究资料》，北京出版社 1984 年版，第 50 页。

'爱'的哲学。"① 值得注意的是，冰心是从一个"儿童"的感受来接触基督教的。散文《画——诗》中有清楚的交代：她在《圣经》课教师安女士的房间里看到了一幅牧人保护迷路小羊的画："一片危峭的石壁，满附着蓬蓬的枯草。壁上攀缘着一个牧人，背着脸，右手拿着竿子，左手却伸下去摩抚岩下的一只小羊，他的指尖刚及到小羊的头上。天空里却盘旋着几只饥鹰。"小羊迷路了，身处峭壁，又被饥饿的鹰威胁，已经无路可走，但牧人来了，他"攀崖逾岭"地去寻找和拯救迷途的小羊，而且"不责备它"，"仍旧爱护它"。这幅宗教画使冰心的内心深受感动，当《圣经》诗篇中的几行字"上帝是我的牧者——使我的心里觉醒"进入她的视野的时候，她顿时觉得自己如受保护的羔羊一样，"一会儿忽然要下泪"，但是又无法言说，"这泪，是感激呢？是信仰呢？是得了安慰呢？它不容我说，我也说不出来"。她无法解读，无法表达那一刻的心情。然而，她对迷途小羊在见到翻山越岭来拯救它的牧人时的情态的描述，又形象地阐释出了内心的感觉："它又悲痛，又惭愧，又喜欢，只温柔羞怯的仰着头，挨着牧人手边站着，动也不动。"在这里，我们完全可以把儿童与小羊，母亲与牧人进行对位的置换。迷途的小羊温驯地倚在牧人的身边，正是一个犯了错误遭受惊怕的孩子对母亲的依恋，牧人的不顾艰险的找寻及找到后对小羊的爱护，体现的也正是一个母亲对孩子的宽容与呵护。自小在母爱的沐浴中长大的冰心正是从这个层面上接受了这幅

---

① 冰心：《冰心全集·自序》，编选：《冰心研究资料》，北京出版社1984年版，第143页。

宗教画和基督教的爱的哲学。因此，冰心是从小羊，从儿童的角度来接受基督教的，是从"小羊"出发来感受"爱"的，不同于一般的基督徒的纯宗教选择。

泰戈尔是冰心"青年时代最爱慕的外国诗人"。① 在五四新文化运动期间，泰戈尔那散发着大自然的清新气息、满蕴着人道主义情怀的哲理小诗给冰心以极大的慰藉。我们可以从《遥寄印度哲人泰戈尔》一文中体会到冰心对泰戈尔的崇敬和感激："泰戈尔！谢谢你以快美的诗请，救治我天赋的悲感，谢谢你以超卓的哲理，慰藉我心灵的寂寞。""你的极端的信仰——你的'宇宙和个人的心灵中间有一大调和'的信仰，你的存蓄天然的美感，发挥天然的美感的诗词，都深入我的脑海中，和我原来的不能言说的思想，一缕缕的合成琴弦，奏出缥缈神奇无调无声的音乐。"② 由此可以看出，冰心接受的主要是泰戈尔"宇宙和个人心灵中间有一大调和"这一观念，即人与自然的和谐。在泰戈尔的思维模式里，人与自然融为一体的纽带是儿童，他认为清纯天真的儿童为人类和自然所爱，他们又以童稚的心爱着人类，游戏于自然之中，从而牵起了人与自然的互爱与融合。冰心也曾表达："我们都是自然的婴儿，/卧在宇宙的摇篮里。"（《繁星·一四》）小说《超人》中那个患时代病的厌世者何彬也因儿童小禄儿的出现，想起了"慈爱的母亲，天上的繁星，院子里

① 冰心：《译者序》，泰戈尔：《吉檀迦利园丁集》，湖南人民出版社1982年版，第1页。
② 冰心：《遥寄印度哲人泰戈尔》，《记事珠》，人民文学出版社1982年版，第59页。

的花"。虽然不能就此断言，冰心照搬了泰戈尔的思维模式，但以儿童来串起人类与自然的思维策略，显然也影响到了冰心的哲学思考。这种思考方式只有在肯定了儿童是独立于成人生活空间之外的生命个体之后，才有可能被成人所采纳。

在冰心爱的哲学的三个成因中，都包蕴着冰心的儿童眼光和童稚视角。她从儿童感受的角度接触基督教，在五四儿童发现的背景中接受泰戈尔的哲学思想，而且这童年经验、基督教教义和泰戈尔哲学的影响也只是使冰心内心形成了模糊的爱的观念，是"潜隐的形成了"爱的哲学，这种模糊的观念积淀在冰心的内心，它需要有一个"适宜的土壤"。是五四儿童的发现将这种模糊的隐性的爱的观念变得清晰、明显，并进而由零碎的散乱的观念系统化为形而上的爱的哲学。五四时期儿童的发现是外因，激活了冰心内心的感觉体验，并把一种观念上升为了哲学。

作为一种系统化的哲学，冰心的爱的哲学由母爱、童心和自然三部分构成。小诗"我在母亲的怀里，母亲在小舟里，小舟在月明的大海里"(《春水·一〇五》)，精炼地点出了三者之间的互相交织状态。考察冰心爱的哲学的三重内涵，我们依然可以感觉到五四儿童的发现这一时代气氛在冰心的哲学思考中所留下的清晰印痕。

冰心所要尽"在世的光阴，来讴歌颂扬"[1] 的母爱，是从儿童出发的。母亲对孩子的爱护与体贴是一种天然的情感，母爱成了人人心中最温馨的部分，尤其是当孩子遭受社

---

① 冰心:《寄小读者·通讯十二》,《冰心文集》(第三卷)，上海文艺出版社 1984 年版，第 121 页。

会时代的挫折时，母爱就成了抵挡人生风雨的精神庇护所。石评梅曾说："母怀是我们永久倚凭的柱梁，也是我破碎灵魂，最终归宿的坟墓。"① 陈学昭也有类似的表达："我孤蓬一般的漂泊，我浮萍一般的随波逐浪，能做而可以做的事情，都不容我做！我变成这般的因循苟且，我原需要这生命做什么？……我看破了！这梦幻的人生！这厌倦的生活！然而我却想起了我的母亲！"② 对母亲的依恋是孩子的天然本性。但是孩子的长大和母亲在家庭中的特殊地位使母爱表现出复杂的品性。毫无疑问，中国传统文化中的母亲是被父权文化建构出来的角色，在家庭中，她既是丈夫的附庸，又得到子女如同对父亲一样的孝敬，拥有副父的地位，甚至代行父权。因而，慈爱的母亲在中国古代的文学作品中常常以专制的形象出现，无论是《孔雀东南飞》中"捶床便大怒"的焦母，还是《西厢记》中滥施淫威的崔母，莫不如此。这些母亲都失却了童年时慈爱宽厚的秉性而呈现出一副森然的面孔。即使到了五四时期，在对母爱的颂扬已经构成时代主题的背景下，这一状况也依然没有改变。当五四的儿女们要冲破封建婚姻的枷锁，追求自由的恋爱婚姻时，在封建礼教熏染中的多数母亲，常常会以父权代言人的身份来阻碍儿女们的追求，构成了情爱与母爱的冲突。无论是苏雪林的《棘心》、庐隐的《海滨故人》还是冯沅君的《卷葹》，其中的母

---

① 石评梅：《母亲》，《石评梅文集》，北京燕山出版社 1998 年版，第 192 页。

② 陈学昭：《我的母亲》，《海天寸心》，浙江人民出版社 1981 年版，第 51—52 页。

亲都是因循守旧、恪守礼教的父权代言人形象,她们不仅不再给儿女爱的呵护,反而以隐形的父的代表的身份,凭借她们的威权,施行对儿女的束缚与迫害。"我的母亲向来是何等慈善的性质,此刻不知怎样变得这样残酷,不但不来安慰我,还在隔壁对我的哥哥数我的罪状,说我们的爱情是大逆不道的。"① 这几近痛心的诉说,显然表达了在长大了的女儿的心中,母爱那挚爱恩慈的面纱已然被摘除。母爱不再仅仅是心灵的依恋和遭遇风雨时的精神庇护,而是更多地构成了对女儿自由的束缚和压制。

冰心对母爱的礼赞,显然摒弃了这种成人的角度。她常常在离别后的思念中来描述童年记忆中的母亲,着眼于母爱对自己心灵的激荡而疏于对母爱具体行为的描摹。这自然就规避了五四时期母爱与情爱冲突的时代主题。冰心对母爱的书写与呼唤构成了她爱的童话世界,表达的是稚气小儿般的对母亲的依恋,对母爱的呵护的渴求。"母亲呵!/撇开你的忧愁,/容我沉酣在你的怀里,/只有你是我灵魂的安顿"(《繁星·三三》),"母亲呵!/天上的风雨来了,/鸟儿躲到它的巢里,/心中的风雨来了,/我只躲到你的怀里"(《繁星·一五九》),"母亲呵!你是荷叶,我是红莲。心中的雨点来了,除了你,谁是我在无遮拦天空下的荫蔽"(《往事·七》)。诸如此类的语词反复出现在冰心的文学作品中,表达着一个遭受自然、人生风雨的女儿对母爱的渴望,她希望能如孩子般投在母亲的怀里,如儿童般得到母亲的荫蔽和爱

① 冯沅君:《冯沅君创作译文集》,山东人民出版社 1983 年版,第 5 页。

护，对母爱的这种书写方式显然更贴和儿童对母亲的情感表达特征。因为在冰心的内心，童年时的母爱印痕太过深刻，依恋太过浓烈，即使母亲片刻的离去都会使她充满恐惧，心灵失去依傍："楼外丐妇求乞的悲声，/将我的心从睡梦中/重重的敲碎了！/她将我的母亲带去了，/母亲不在摇篮边了。/这是我第一次感出/世界的虚空呵！"（《繁星·一〇八》）长大后的女儿由于受的教育、所处的环境等等原因，往往会不可避免地与母亲形成一定的冲突。冰心为了阐发她爱的哲学，显示出母爱的伟大无私和万能，就不自觉地退回到童年，以对往事的回忆来展现记忆中的温馨母爱，以稚气小儿的心态来渴求母亲的庇护。《通讯十》就是母亲对冰心童年往事的叙说，女儿静静地伏在母亲的膝上的姿态，母亲凝想着、含着笑低低的讲述，弥漫出爱和痴的温情，将母女俩带到了女儿的童年。甚至在小说《超人》中救治冷漠的何彬的也是关于童年的母爱记忆。禄儿的呻吟使"他想起了许多幼年的事情，——慈爱的母亲，天上的繁星，院子里的花"，回到了充满爱的童年；梦中那脱尽了世俗尘埃的圣洁的母爱，也是在摇篮里看见的慈爱的母亲："晨光中间，缓缓的走进一个白衣的妇女，右手撩着裙子，左手按着额前。走近了，清香随将过来；渐渐的俯下身来看着，静穆不动的看着，——目光里充满了爱。"正是这些浸透着爱意的童年回忆，唤起了何彬对生活的爱。《烦闷》中打动"他"，消解"他"烦闷的，也是小弟弟头枕在母亲的膝上安眠这洋溢着温柔爱意的画面。童年回忆、儿童视角构成了冰心母爱书写的主要策略。

冰心对儿童的礼赞参与了创造五四时期童年崇拜的时代

风尚。对童心美的歌吟曾是许多五四作家的共同主题,从郭沫若、王统照到叶圣陶、丰子恺,他们都在肯定儿童生命个性的时代气氛中真挚地表达了他们对孩子的崇敬之情,有着幸福的童年回忆的冰心,自然也加入了这样的合唱,并以其清灵的笔触、母爱的本性显示出独特的情致。"除了宇宙,/最可爱的只有孩子。/和他说话不必思索,/态度不必矜持。/抬起头来说笑,/低下头去弄水。/任你深思也好,/微讴也好;/驴背上,/山门下,/偶一回头望时,/总是活泼泼地,/笑嘻嘻地。"(《可爱的》)儿童神态的天真烂漫与心灵的晶莹剔透,使冰心的内心充满了对他们的精神的向往。她追慕世间所有的孩子,三个小弟弟是她"灵魂中三颗光明喜乐的星"。(《繁星·四》)甚至最是"无知"的婴儿,也以其至纯的天真赢得了冰心倾心的敬仰:"婴儿!/谁像他天真的颂赞?/当他呢喃的/对着天末的晚霞,/无力的笔儿,/真当抛弃了。"(《春水·一八〇》)"婴儿,/是伟大的诗人,/在不完全的言语中,/吐出最完全的诗句。"(《繁星·七四》)在冰心的世界里,儿童是最真纯伟大的存在,"万千的天使,/要起来歌颂小孩子"(《繁星·三五》),他们以天真稚拙的一派真心为成人提供了净化自己的心灵家园,这就不难理解冰心笔下的孩子常常笼罩着一层神圣的光彩。《爱的实现》中那两个在诗人的墙外跳着走过的孩子,他们细碎的足音,活泼的笑声,使诗人"思想加倍的活泼,文字也加倍的有力",而一旦"没有这两个孩子,他的文思便迟滞了,有时竟写不下去",陌生然而可爱的孩子成了诗人文思的源泉。《世界上有的是快乐……光明》更是将儿童推向神的境地。"缟白如雪的衣裳,温柔圣善的笑脸,金赤的夕阳,照在他们头上，如同天使顶上的圆光，朗耀晶明，不可逼视。"这已不是凡间的孩子，纯净圣洁的天性，使他们具备了天使的品性，令烦闷悲苦欲跳海自杀的凌瑜"几乎要合掌膜拜"了，他们用"银钟般清朗的声音"告诉凌瑜的"世界上有的是光明，有的是快乐"的言辞，终于拨散了凌瑜心中所有的荫翳，拯救了对世事绝望的他。可见，在童年崇拜的时代合唱中，冰心是其中很为着力、倾心的一个。

对自然的迷恋，也是冰心一再颂赞的主题。在她的心目中"世界上最难忘的是自然之美"，[①] 并声称自己"生平宗教的思想，完全从自然之美感中得来"。[②] 冰心的这种观念的形成，归因于她童年时期对大海的亲近，以及泰戈尔那紧贴着大自然的脉络所写成的作品的熏陶和他所宣扬的"宇宙和个人的心灵中间有一大调和"的思想的洗礼。但"童心的来复"显然也是其中不可回避的重要因素。根据"复演说"理论，任何个体的人的成长，都是人类从自然界中成长发展过程的一次"复演"，因此，年龄越小，就越如原始初民般对大自然保持着一种纯净的、透明的亲近。冰心笔下的自然就透着单纯、明净、清新的气息，蕴含了她的一片童心："晚霞边的孤帆，/在不自觉里/完成了'自然'的图画。"（《春水·四二》）"春何曾说话呢？/但她那伟大潜隐的力量，/已这般的/温柔了世界了！"（《春水·四三》）"小松树，/容我

---

① 冰心：《寄小读者·通讯九》，《冰心文集》（第三卷），上海文艺出版社 1984 年版，第 105 页。

② 冰心：《寄小读者·通讯二十五》，《冰心文集》（第三卷），上海文艺出版社 1984 年版，第 174 页。

伴你罢，/山上白云深了!"（《春水·四一》）"鱼儿上来了，/水面上一个小虫儿飘浮着——/在这小小的生死关头，/我微弱的心/忽然颤动了!"（《春水·一〇三》）这静穆和美的自然赢得了依然葆有孩子的天真的冰心或"归心低首"，或"清淡相照"的爱。尤其是当善感的冰心把心沉浸到大自然中去时，她更是获得了真正的愉悦："五日绝早过苏州。两夜失眠，烦困已极，而窗外风景，浸入我倦乏的心中，使我悠然如醉。江水伸入田垄，远远几架水车，一簇一簇的茅亭农舍，树围水绕，自成一村。水漾轻波，树枝低亚。当几个农妇挑着担儿，荷着锄儿，从那边走过之时，真不知是诗是画!"① 尘世的烦恼、疲倦的心灵，就在这静美的自然画卷前得到了超脱。小说《月光》中的维因，认为"和自然调和的自杀"是人归依自然的方式，并在一个林青月黑的夜晚，于迷狂中将自己"收束"于一个"自然景物极美的地方"。这人与自然化而为一的方式，虽然极端，但表达了人对自然的一种纯朴、天然的亲近。这种近似原始初民的对自然的亲近方式，是属于儿童的，或者说，其中蕴含着较浓的童心。

可以说，是五四时期儿童脱离成人高大背影的遮蔽而获得独立地位的时代背景，赋予了冰心儿童的眼光。儿童的思维模式和稚拙的童心，使她能从童年经验、基督教教义和泰戈尔哲学中提炼形成自己的爱的哲学，并在母爱、童心、自然这爱的哲学的表达模式中处处浸润着晶莹剔透、天真烂漫

---

① 冰心:《寄小读者·通讯四》,《冰心文集》（第三卷）,上海文艺出版社1984年版,第90页。

的童心，透示出单纯明朗、活泼跳动的儿童视角。

第二节　湖畔诗社：少年的歌吟

　　爱情，是流贯文学历史始终的母题之一，也是五四文坛的一个显在主题。五四是一个破毁一切、颠覆一切的时代，人的解放、个性解放的呼声激起了青年心中对自由爱情的渴望，他们自觉地将对现代爱情的追求作为反叛家庭，突破封建礼教束缚的策略选择。充满着青春热情与生机的爱情表达构成了文坛的主要声音，充斥着诗歌小说等各个文学领域。据茅盾统计，1921 年 4 月到 6 月的小说创作中，"描写男女恋爱的小说占了全数百分之九十八"。① 作为时代号角的新诗，更是从形到质全方位地传达着觉醒者对爱情的真实感受。胡适的《尝试集》中包含了对爱情的吟诵，刘大白、郭沫若出版了爱情诗的专集《邮吻》和《瓶》。湖畔诗社是这个爱情大合唱中的一个较为响亮的音符，他们以对单纯明朗的少年爱情的稚气欢唱在五四的爱情主旋律中独树一帜，与郭沫若等人对成年爱情的或忧伤或肉感的抒发形成了一种并置和对应，呈现迥异于成人的爱情观念。

　　湖畔诗社的出现在五四时期社团风起云涌的背景中并不起眼，甚至显得有点儿默默无闻。1922 年春天，四位童心未泯的年轻人在杭州的西子湖畔成立了一个诗社，它没有成

------

　　① 郎损（茅盾）：《评四五六月的创作》，1921 年 8 月《小说月报》第 12 卷第 8 号。

文的宗旨纲领宣言,也没有文学研究会、创造社的宏大气势与领袖气魄,但就是这样一个由应修人、潘漠华、冯雪峰、汪静之基于友谊和共同志趣组成的湖畔诗社,任何文学史的书写却都给予了必要的关注。湖畔诗社前后仅存三年时间,于1925年自动解散,出版的诗集仅有《湖畔》、《春的歌集》(合集)和汪静之《蕙的风》、《寂寞的国》等不多的几部。他们以涉世未深的少年情怀,专心致志地吟唱爱与美,呈现出一派天真自然之气的清新诗作,在五四文坛摧毁一切的洪钟大吕之声中透出童真的别样气质,进入了文学史的创造。我们这里要谈论的主要是他们的爱情观,从他们的爱情诗中透视出的对爱情的把握和表达,为更好地了解湖畔诗人们的思维方式,也将他们对自然的颂赞纳入其中。

湖畔诗社对爱情与自然无所顾忌的稚气的欢唱,回响在20世纪20年代初中国"新诗最兴旺的日子里",[①]他们对少年天真情感的放情高唱正符合了当时的审美观念的选择。伴随着彻底反传统的时代思潮、人的发现的时代觉醒的狂喜,五四的先觉者开始注意到儿童的独立人格和纯洁天性,大声疾呼以幼者为本位的新进思想。一时间,曾被封建传统观念压抑和扼杀的童心成为现代中国作家重视和讴歌的焦点,追求、创造、歌赞清澄明澈的童心美构成了他们崭新的审美观念和艺术趣味。在他们的笔下,奉献着对孩子的真诚赞美:极富爱心的冰心赞颂"除了宇宙,最

---

① 朱自清认为:"新文学运动以来,新诗最兴旺的日子,是1919至1923这四年间。"见朱自清《新诗》,《朱自清全集》第四卷,江苏教育出版社1990年版,第208页。

可爱的只有孩子";① 激情的郭沫若感叹"小孩儿比我神圣得恒河沙数倍";② 刘半农情不自禁地艳羡周岁的女儿"呵呵，我羡你！我羡你！/你是天地间的活神仙！/是自然界不加冕的皇帝！"③ 而周作人面对浑朴明净的孩子，则只剩下身为成人的无限忏悔了："小孩呵，小孩呵，/我对你们祈祷了。/你们是我的赎罪者。"④ 诸如此类对童心的礼赞和膜拜，如果没有对孩子近乎透明的了解和全心的喜爱，是无法表达得这么倾心和纯粹的。可见，对儿童的关注和热情，对童心的羡慕和崇拜成为五四文坛普遍的趋向。随着儿童作为独立生命个体的被发现和肯定，对单纯明净的童心美这一美学境界的追求，构成了五四文坛的审美理想。

湖畔诗社就是在这样的大背景中进入五四时期那个开放而又多元、渴慕自然和童真的文坛的。连一个小学生写的"冬天到了，/这些树叶全冻死了"这样平常的诗句，也会引起朱自清极大的兴奋和欣喜，认为"只有儿童纯洁柔美的小心里，才有这样轻妙的句子流露"⑤，这样的时代显然具备了接受湖畔诗派率真坦诚、童贞纯净诗歌的社会文化语境。《湖畔》诗集一出版，就得到了文学大家的精心呵护和关怀

① 冰心：《可爱的》，《晨报副刊》1921 年 6 月 28 日。

② 田寿昌、宗白华、郭沫若合著：《三叶集》，亚东图书馆 1920 年版，第 42 页。

③ 刘半农：《题女儿小蕙周岁日造象》，《新青年》第 4 卷第 1 号，1918 年 1 月。

④ 周作人：《对于小孩的祈祷》，《新青年》第 9 卷第 5 号，1921 年 9 月。

⑤ 朱自清：《失名〈冬天〉跋》，《朱自清全集》第 4 卷，江苏教育出版社 1990 年版，第 35 页。

支持。周作人不避广告之嫌，率先在《晨报副刊》上介绍《湖畔》，认为诗中所呈现的"新鲜的印象"、"新的感觉"[①]是唯有赤子之心未失的年轻诗人才能体验到的。朱自清的《读〈湖畔〉诗集》直接肯定"少年的气分充满在这些作品里"，而其原因在于"作者都是二十上下的少年，都还剩着些烂漫的童心"。[②] 旭光陶醉在诗歌那"'天真烂漫'的心思，'清新俊逸'的格调"[③] 里。汪静之《蕙的风》的结集出版，更是得到了文学先辈们的悉心指导，朱自清、胡适、刘延陵分别为之作序，周作人亲笔为之题写了书名。这些序言不约而同地将叙说焦点定格在诗歌表达的"孩子洁白的心声，坦率的少年的气度"[④]，呈现的"稚气里独有的新鲜风味"[⑤] 上。甚至远在大洋彼岸的宗白华也感谢"放情歌唱少年天真的情感"的《蕙的风》给他带来的快乐，并进一步指出，"这种纯洁天真，活泼乐生的少年气象"正是"中国前途的光明"。[⑥] 在这些对湖畔诗的品评言辞中，天真、纯洁、

---

① 仲密（周作人）:《介绍小诗集〈湖畔〉》,《晨报副刊》1922 年 5 月 18 日。

② 朱自清:《读〈湖畔〉诗集》,王训昭编选:《湖畔诗社评论资料选》,华东师范大学出版社 1986 年版,第 2 页。

③ 旭光:《读了〈湖畔〉以后》,王训昭编选:《湖畔诗社评论资料选》,华东师范大学出版社 1986 年版,第 6 页。

④ 朱自清:《〈蕙的风〉序》,王训昭编选:《湖畔诗社评论资料选》,华东师范大学出版社 1986 年版,第 95 页。

⑤ 胡适:《〈蕙的风〉序》,王训昭编选:《湖畔诗社评论资料选》,华东师范大学出版社 1986 年版,第 99 页。

⑥ 宗白华:《〈蕙的风〉之赞扬者》,王训昭编选:《湖畔诗社评论资料选》,华东师范大学出版社 1986 年版,第 151—152 页。

新鲜、稚气是共有的关键词。五四文坛对湖畔诗的接受和推崇，正是基于它们纯朴稚拙的童贞品格，或者说，正是由于湖畔诗童贞纯净的气质符合了时代的审美理想和艺术旨趣，吻合了时代对儿童的关注热情和对童心的膜拜渴望，汪静之等人的放情歌唱才成为五四诗坛的一个醒目亮点。

显然，五四文坛追求童心美的审美指向为湖畔诗派提供了接受语境与外界的扶持，而且这个大的背景也必然会影响到湖畔诗人的艺术追求。汪静之、潘漠华和冯雪峰湖畔时期是浙江第一师范的学生，浙江第一师范被誉为是南方思想最活跃的学校之一，聘有朱自清、叶圣陶等多位新文学的先驱为教师，他们两位又都被邀请担任了湖畔诗社的前身晨光社的顾问，他们的审美追求自然也会影响到湖畔诗人。朱自清对《冬天》一诗的欣喜表达了他对童心美的推崇；叶圣陶以《小白船》、《芳儿的梦》等童话述说着他对纯净童心的礼赞。湖畔诗人面对广泛的时代风气的熏染、导师的美学观念的指引，自然就专情于青春年少情怀的抒发。他们不是像叶圣陶、丰子恺、冰心等作家那样以成人的姿态俯下身来仰视童心、追怀童年，崇拜中带有对成人世界规避的成分，即使努力地去抒发儿童少年的真情实感，也因成人的思维惯性而呈现出勉为其难的特质。湖畔诗人本身就是一群稚气未脱、涉世不深的少年，有着孩子般透明的心灵，保有孩子般丰富的想象。汪静之就坦言自己"孩子气重"，冯雪峰的《小诗》更是以孩子气的语言形象地展露了浓郁的童心："我爱小孩子、小狗、小鸟、小树、小草，/所以我也爱做小诗。/但我吃饭偏要大碗，/吃肉偏要大块啊！"正是以这种孩子气，没有丝毫的假饰和做作的坦诚为依托，当他们"极真诚地把

'自我'溶解在我底诗里"① 时，他们对爱情和自然的吟唱就拥有了单纯坦率、清新明净的童心美品性。

　　湖畔的爱情诗是情窦初开的少年人直观的爱的告白，单纯明朗，坦白中又含有羞涩。虽然个性解放的思潮，使爱情成为五四文学的时代主题，但正如朱自清所说，那些初登新诗坛的爱情诗是"理胜于情的多"，常常是以对封建婚姻的批判和恋爱自由的追求来呼应思想解放的时代律动，从道德判断的角度来结构诗作，而"坦率地告白恋爱者绝少，为爱情而歌咏爱情的更是没有"，唯有"湖畔的四位年轻人"，是"真正专心致力做情诗的"，② 而且湖畔诗人又正值青春年少，未经世事的悲凉和挫折，对爱情满怀憧憬。当他们歌咏爱情，倾诉对爱情的真切而新鲜的感受时，就呈现出了质直明快的气质。汪静之的《月夜》就是一个稚气未脱的小儿女对爱情纯真大胆而幼稚的体验："我那次关不住了，/就写封爱的结晶的信给伊。/但我不敢寄去，/怕被外人看见了；/不过由我的左眼寄给右眼看，这右眼就是代替伊了。"面对蜂拥而至的对爱人的思慕之情，向情人倾诉的急切热望，天真少年将之化为了激情的文字，但初涉情网的小儿女的胆怯羞涩，又使抒情主人公欲寄还休，最后只能以右眼代替佳人作自我的安慰。这样的情书处理方式，恐怕只有还保有孩子式的想象的天真少年才能创造出来。《我俩》更是以直白的

---

①　汪静之：《〈蕙的风〉自序》，王训昭编选：《湖畔诗社评论资料选》，华东师范大学出版社1986年版，第277页。

②　朱自清：《中国新文学大系·诗集·导言》，《中国新文学大系·诗集》，良友图书公司1935年版，第4页。

语言描摹了爱情的世间形态:"我每每乘无人看见,/偷与你亲吻,/你羞答答地,/很轻松很软和地打我一个嘴巴,/又摸摸被打的地方,赔罪说:/'没有打痛罢?'/你那温柔的情意,/使我真个舒服呵!"虽然过于本真的描述有直露之嫌,但也正是在这种率真的告白中,弥漫出了沉醉于爱情中的甜蜜。《别情》则在沉醉中更显出一份爱的热烈:"你知道我在接吻你的诗么?/知道我把你的诗咬了几句吃到心里了么?/你从诗中送我的情爱,/更醉得我醺醺然了。"此外还有《楼梯边》(应修人)"见面时一笑外,不留半句话"的欲说还羞;《到邮局去》(应修人)寄信给心上人又唯恐写错信封的过虑;"鸟儿出山去的时候,我以一片花瓣放在它的嘴里,告诉那位住在谷口的女郎,说山里的花已经开了"(冯雪峰《山里的小诗》)的山里人的诗心和脱离尘俗的爱情等等。所有这些诗作,都以天真的热情坦率地抒发着自己爱情的真实感受,是"带着孩子的任性,作着对于恋爱的孩子的想象"。①

湖畔诗人是以近乎儿童的眼光观照爱情,以童稚的心理书写少年的爱情。在这样的爱情观的支配之下,诗歌传达出一种透明、简单、纯净的品格,是爱和美的吟唱,没有或少有忧伤颓唐的情绪和肉感的抒情。这也正是他们区别于郭沫若、徐志摩、戴望舒等诗人的最大特质。郭沫若的爱情诗正如郁达夫的小说,惊世骇俗而又大胆放纵:"我把你这张嘴,/比成着一个酒杯。/喝不尽的葡萄美酒,会

---

① 沈从文:《论汪静之的〈蕙的风〉》,王训昭编选:《湖畔诗社评论资料选》,华东师范大学出版社1986年版,第164页。

使我时常沉醉！//我把你这对乳头，/比成着两座坟墓。/我们俩睡在墓中，/血液儿化成甘露！"（Venus）表达的是成熟男女之间摄人心魄、感情奔放的灵肉的融合。实际上，五四时期的人们是将对爱欲的书写作为个性解放的策略和举动的。几千年来，"存天理，灭人欲"的封建伦理道德束缚和笼罩着人们对爱情和爱欲的自由追求，已经觉醒的"人之子"要突破这种封建礼教的藩篱，自然就无拘地表达出了自己的性爱意识的觉醒。这种生理心理都已成熟的成年人的爱情，显然与情窦初开的湖畔诗人的清新自然、羞涩纯净的爱情不同。

徐志摩的爱情诗则满含着成人的忧伤和沧桑。徐志摩在康桥的触发下写爱情诗时，已经年满 25 岁，虽然心里也曾存有爱情的憧憬，曾自由地放声歌唱："假若我是一朵雪花，/翩翩的在半空里潇洒，/我一定认清我的方向——/飞扬，飞扬，飞扬，——/这地面上有我的方向。""那时我凭借我的身轻，/盈盈的，沾住了她的衣襟，/贴近她柔波似的心胸——消溶，消溶，消溶——/溶入她柔波似的心胸。"但现实的困境，与林徽因、陆小曼的感情纠葛，使他的乐观情绪并没能维持多久，迅速地由单纯的信仰流入了颓废的怀疑和彷徨："我不知道风/是在哪一个方向吹——/我是在梦中，/她的负心，我的伤悲。//我不知道风/是在哪一个方向吹——/我是在梦中，/在梦的悲哀里心碎！//我不知道风/是在哪一个方向吹——/我是在梦中，/黯淡是梦里的光辉。"（《"我不知道风是在哪一个方向吹"》）徘徊、消沉、伤悲中流淌着对爱情的迷惘和感伤。《半夜深巷琵琶》更是透出了爱的悲凉："又被它从睡梦中惊醒，深夜里的琵琶！/是谁的悲思，/是谁的手指，/像一阵凄风，像一阵惨雨，像一阵落花，/在这夜深深时，/在这睡昏昏时，/挑动着紧促的弦索，乱弹着宫商角徵，/和着这深夜，荒街，/柳梢头有残月挂……"凄风惨雨落花、深夜荒街残月，共同营构起了苍凉、阴冷、沉重的意境，表达着曾经沧海的成年人的爱情创伤。戴望舒的爱情诗传达的也是成年人爱情的颓唐和怅惘。《雨巷》就是最典型的文本。"撑着油纸伞，独自/彷徨在悠长、悠长/又寂寥的雨巷，/我希望逢着/一个丁香一样地/结着愁怨的姑娘。"寂寥而又悠长的雨巷，主人公迟缓的徘徊足音，梦一般飘过的有着丁香一样的美丽和忧愁的姑娘，合力造就了诗歌的感伤情调，使诗汩汩地流淌出愁苦忧郁的潜流。

其实，从新月诗派的淡淡的哀愁和无奈，象征诗派的以忧郁为美，到中国新诗派的爱的沉重和残酷，整个中国现代爱情诗的主流气氛就是伤痛和苦涩，极少如湖畔诗派的明朗乐观。这显然与成年诗人自身的爱情经历和当时社会的理想与现实的反差有关，这些因素制约了诗人对甜美爱情的放声高歌，沉痛成为爱情诗的主旋律。而稚气未脱的湖畔诗人因思想与经历的单纯，用天真善意的乐观眼光看世界，对现实人生充满了抑制不住的热爱和美好憧憬："有趣的人生啊！/拾不尽的满地爱情啊！"（应修人《独游》）"可爱的人生，——人生的可爱呀！/没有一朵花不是柔美而皎清，/没有一个人的心不像一朵春的花！"（应修人《欢愉行》）欢快之情不可遏止地从这些诗和诗人的心里洋溢出来。当他们在儿童的发现的时代气氛中，顺应五四文坛的童心崇拜的审美倾向，在文学大师们的呵护与扶植下，毫无顾忌地吟唱着质直明快的爱情时，自然就形成了富于少年气象的"活泼乐生"的欢乐型情诗。当然，他们也会有爱的小小挫折，遭遇到相思的苦楚、爱而不得的些许愁思，甚至人生的无奈。"东边太阳西边雨，/鹧鸪唤得更急了；/遥望你的家在朝雾的山下，/攀了杨柳，握了一把杨柳泪。"（冯雪峰《十首春的歌·二》）但充盈的依然是小儿女的忧思，带有青春少年的多思性质，没有成年人历经世事后的悲凉沧桑。对此，朱自清曾作出过恰切的解说和评价："这因作者都是二十上下的少年，都还剩着些烂漫的童心；他们住在世界里，正如住在晨光来时的薄雾里。他们究竟不曾和现实相肉搏，所以还不至十分颓唐，还能保留着多少清新的意态。就令有悲哀底景闪过他们的眼前，他们坦率的心情也能将他融合，使他再没有回肠荡气底力量；……就诗而论，便只见委婉缠绵的叹息而无激昂慷慨的歌声了。"[①] 烂漫的童心、初恋的情怀，建构起了湖畔诗人少年人的爱情观，纯洁、欢乐而满怀憧憬。

湖畔诗人的爱情观决定了他们将以少年的热情坦率告白自己对爱情的直观体验和感受，天真的少年气度建构起了爱情诗童心美的审美风格。以这样纯净的儿童眼光和洁白的孩子之心去观照和领略自然，无疑使他们对自然景物的歌赞呈现出了童心、童趣之美，这对自然的爱也可以说是爱情的延伸和扩展。湖畔诗人常常将进入他们视野的景物，赋予孩子式的想象，并用孩子式的思维将之拟人化："'花呀，花呀，别怕罢，'/我慰着暴风猛雨里哭了的花，/

---

① 朱自清:《读〈湖畔〉诗集》，王训昭编选:《湖畔诗社评论资料选》，华东师范大学出版社1986年版，第2页。

'花呀，花呀，别怕罢！'"（汪静之《小诗六》）把在暴风
雨中战栗的花视作弱小的生命，涌起一种孩子般的天然的
同情；"蛙的跳舞家呵，/你想跳上山颠么？/想跳上天罢？"
（汪静之《西湖小诗第十五》）青蛙不知天高地厚的茫然神
情孩子气的被呈现了出来，传达出一种新鲜的意趣，怪不
得冯文炳（废名）对本诗极为推崇，认为"这首诗写得很
成功，把蛙的神气写得恰好，又能表现出一种山水风景，
然而我的意思还在于爱重当时新诗可有的新鲜气息"，[1] 可
谓一语中的。冯雪峰的《杨柳》是另一首被冯文炳推崇的
诗："杨柳弯着身儿侧着耳，/听湖里鱼们的细语；/风来
了，/他摇摇头儿叫风不要响。"作者抓住了杨柳柳丝低垂、
临水而种的自然特征，并将这种自然形态拟人化，以为这
是他们在倾听湖里鱼儿们的温言细语，因此当微风拂来时，
"他摇摇头儿叫风不要响"，唯恐风的轻响惊破了湖里鱼儿
们的平静与安逸。全诗如童话般透明纯净，尤其是"摇摇
头儿叫风不要响"这句，完全以孩子的口气说出，没有刻
意地去营造意境而境界全出。诗歌的这种新颖奇特而又甜
美秀逸的思维和表达方式，只有以童稚之心去领略自然之
趣的天真少年才能真正拥有。应修人的《柳》也具有异曲
同工之妙："几天不见，/柳妹妹又换了新装了！/——换得
更清丽了！/可惜妹妹不像妈妈疼我，/妹妹总不肯把换下
的衣裳给我。"虽然"可惜妹妹不像妈妈疼我"一句似乎为
刻意地追求幼稚而显得造作，失去了童心自然流淌的浑朴

---

① 冯文炳：《湖畔》，《谈新诗》，人民文学出版社 1984 年版，第
128 页。

诗情，但"妹妹总不肯把换下的衣裳给我"的憨稚娇嗔的小儿情态，则在一定程度上掩去了上句的矫情。

可见，自然界的景色经过湖畔诗人天真眼光和纯朴心灵的折射，飘荡出清新灵动的气质，传导出童心美的审美倾向。这样的素朴天真、稚气扑人的诗，只有童心未失的人才能结撰出来。这种孩子气的眼光，使很多被成年人所忽略的诗材进入了湖畔诗人的视野并成为主体选择。如田间洁白的豆花（应修人《豆花》）、湖边轻盈的杨柳（冯雪峰《杨柳》）、空中游荡的灰尘（汪静之《小诗四》）等等。考察这些诗材，我们可以发现，它们都带有单纯明朗的色泽，表现出活泼幼稚的气象。也许，未经沧桑、童心未泯的湖畔诗人单纯的思想，还不足以承载世事的复杂，近乎孩子的想象和思维方式，只能使他们关注小花小草的稚气清浅。于是，三只狗成为冯雪峰的描摹对象："月亮底下的草场中，/三只狗面对面地坐着；/看看月亮怪凄凉的。//有个人走到那里，他们向他点点头，/仍旧看他们的月亮，/而且亲亲嘴摇摇耳朵。"（《三只狗》）应修人为红红的小蜻蜓所感动：一个恬静的农家早晨，"鸟儿在树里曼吟；/鸭儿水塘边徘徊；/狗儿在门口摸眼睛；/小猫儿窗门口打瞌睡。/人呢？——/还是去锄旱田了，/还是在炊饭呢？"似乎一切都带上了慵懒的气息，但"蒲花架上绿叶里一闪一闪的，/原来是来偷露水吃的/红红的小蜻蜓！"（《温静的绿情》）它就像一个活力四溢的孩子，打破了安谧的气氛，在宁静中跳荡出了一分温静的绿情。三只狗和红红的小蜻蜓也能触动诗人的诗情，如此活泼的眼光，是属于孩子的。

综上所述，在"五四"人的解放的时代气氛中，随着儿童作为一种独立的生命现象的被发现和肯定，对儿童生命的颂扬和推崇构成了五四文坛的一种审美指向。这种审美观念的变更，一方面为湖畔诗派天真稚气的歌吟提供了被接受的社会文化语境，使他们的诗作一出现就得到了文学大家们的肯定和扶持；另一方面也使湖畔诗人感受到了时代的气息和呼唤。当青春年少的他们将自我极真诚地融化在诗里时，笔下的爱情和自然就透示出了单纯明净、直率真切的童心美品格。这样的爱情观念显然是迥异于成年人的爱情的，单纯明快的少年爱情无疑是对缠绵哀婉的成年人爱情的丰富。朱自清曾对汪静之的诗集《蕙的风》做出过这样的品评："小孩子天真烂漫，少经人间底波折，自然只有'无关心'的热情弥满在他的胸怀里，所以他的诗多是赞颂自然，咏歌恋爱。所赞颂的又只是清新，美丽的自然，而非神秘，伟大的自然，所咏歌的又只是质直，单纯的恋爱，而非缠绵，委屈的恋爱。这才是孩子洁白的心声，坦率的少年的气度。"[①] 其实这也正是对整个湖畔诗派诗歌创作的恰切评价，对湖畔诗社少年人爱情观的发现和肯定。

第三节　丰子恺：儿童崇拜

五四时期"人"的苏醒带来了儿童的发现和对童心的认识和尊重，追求个性解放的时代精神催生了对童心的热切向

---

① 朱自清：《〈蕙的风〉序》，王训昭编选：《湖畔诗社评论资料选》，华东师范大学出版社1986年版，第95页。

往和对儿童的无尽推崇。一时间，儿童崇拜构成了五四中国的一个显著时代标识。郭沫若、冰心、叶圣陶、郑振铎等中国新文学的最初奠基者都曾真挚地膜拜儿童的纯洁（具体论述见上节），并以失去童年的成人的姿态呼唤童年，试图能"回复我纯朴的，美丽的童心"。① 在这样的一个群体中，丰子恺是一个最富代表性的名字，他由对儿女们童真稚拙生活的描绘切入艺术领域，高扬儿童的纯洁，渲染他们的有情世界，将孩子的想象力、创造力和同情心推向极致，同时又从绕膝小儿的游戏生活中体味童心，倾诉对从来不掩饰自己真情实感的真诚的儿童的全身心的推崇。对童心如此毫无顾忌的礼赞凸显的正是丰子恺独特的儿童观，主要呈现为儿童崇拜意识。对此，丰子恺有着明确的表述："儿童天真烂漫，人格完整，这才是真正的'人'。于是变成儿童崇拜者，在随笔中、漫画中，处处赞扬儿童。"②

　　丰子恺儿童崇拜观念的形成还有其个体的因素。作为人类历史文化演进纽带中一员的丰子恺，他的思维和理想，既是对中国传统文化的承传，又肩负着对未来文化的创造之责。他的儿童崇拜观念的形成，也源自于这样一个大的背景。中国传统文化经过几千年的传承，已深深积淀在中国人的心理结构中，成了一种集体无意识。尤其是其回归自然、超然物外的出世态度，更成了历代文人祈求内心平静的精神

---

① 徐志摩：《乡村里的音籁》，《徐志摩全集》第一卷，广西民族出版社1991年版，第39页。

② 丰子恺：《漫画创作二十年》，《丰子恺文集》第4卷，浙江文艺出版社1992年版，第389页。

依托。生性温和、淡泊、率真的丰子恺承继着这一传统的文化基因。他仰慕士大夫式的闲适生活，超然脱俗而又怡然自得，"对外间绝少往来，每日只是读书作画，饮酒闲谈而已"，① 从日常琐碎中体会生的乐趣，在懵懂小儿的童稚中乐享天伦。李叔同皈依佛门也为丰子恺提供了选择另一种生活方式的可能。李叔同是丰子恺在浙江省立第一师范读书时的音乐美术老师，是年轻的丰子恺需要引导时出现的导师，需要崇拜时出现的偶像。在丰子恺的心目中，老师是一个完人，每做一事都能完满，做少爷时风流倜傥，做老师时认真敬业，出家后更成了高僧，教的虽是音乐美术，国学根基却远远甚于国文老师……李叔同的执著与完美使他成为丰子恺的偶像。可就是这样的一位神圣偶像，却在 1918 年看破红尘，到杭州的虎跑寺剃度出家。这对丰子恺的心灵和思想造成了极大的震撼。在李叔同的感染之下，丰子恺也在三十岁生日那天正式皈依佛门，成为居士，接受了佛家"心性本净，客尘所染"的命题，并在佛光的烛照下形成了自己的人格与文格操守。"心性本净，客尘所染"的佛家思想，指向的是人心的原初状态是纯净无邪的，是世间的尘埃玷污了它们的理性内涵，这使丰子恺体认到了拥有原初本心的儿童的天真纯洁以及尘世的各种教条规范对儿童的束缚和异化。因此丰子恺的儿童观念，一方面表现的是崇尚超然出世的传统士大夫文化和"心性本净"的佛家思想，使他的心理底蕴和价值体系滋生出对自然和儿童的崇拜，另一方面是对五四时

① 丰子恺：《沙坪小屋的鹅》，《丰子恺文集》第 6 卷，浙江文艺出版社 1992 年版，第 165 页。

代高扬的人文精神和"儿童本位论"思想的倾心实践。在丰子恺的思想体系里,儿童是具有独特价值的生命存在,并将游戏的儿童生活看作是理想的生活途径,认同席勒"只有游戏,才能使人达到完善并同时发展人的双重天性"① 的主张。丰子恺鼓励孩子尽情享受童年的幸福,并呼吁成人"切不可斥儿童的痴呆,切不可盼望儿童的像大人,切不可把儿童大人化"。② 让儿童有一个自在的生长环境,能尽情地挥洒他们那随心所欲的无拘无束的个性。丰子恺面对身穿长袍马褂,头戴瓜皮小帽的小大人的礼仪谦让,不是欣慰而是心痛,发出了如同别林斯基的"勉强的、过早成熟的儿童——是精神上的畸形儿"③ 的叹息,痛感成人对童心的摧残,对孩子内在心理需求的忽视,就像寄宿社生活中的孩子犹如数百只小猴子关闭在大笼子中一齐起卧的对儿童个性的压抑。丰子恺努力使儿童保持具有丰富想象,放荡不拘的、正当的、自然的状态,尊奉儿童是有着独特生命价值的存在物。他对儿童的这种把握方式,是对五四先哲们所倡导的儿童本位论的再度阐释,构成了儿童崇拜的核心内容。具体而言,主要体现在以下几个方面。

首先,对童心的推崇使丰子恺能设身处地地体味童心童

① [德]席勒著,徐恒醇译:《美育书简》,中国文联出版公司1984年版,第89页。

② 丰子恺:《关于儿童教育》,《丰子恺文集》第2卷,浙江文艺出版社1992年版,第254页。

③ 别林斯基:《新年礼物。霍夫曼的两篇童话和伊利涅依爷爷的童话》,周忠和编译《俄苏作家论儿童文学》,河南少年儿童出版社1983年版,第4页。

境，以儿童的心态与感知去观察儿童的生活。丰子恺熟谙儿童的心理，能顺利地把握儿童的以自我为中心的思维方式，因此，他能读懂儿女们那充满稚气而独具内涵的语言。大女儿阿宝看不起小妹妹软软，"吃东西时，把不好吃的东西留着给软软吃；讲故事时，把不幸的角色派给软软当。向母亲有所要求而不得允许的时候，你就高声地问：'当错软软吗？当错软软吗？'你的意思以为：软软这个人要不得，其要求可以不允许；而阿宝是个重要不过的人，其要求岂有不允许之理？今所以不允许者，大概是当错了软软的缘故。所以每次高声地提醒你母亲，务要她证明阿宝正身，允许一切要求而后已"。① 这正是对儿童的自我中心思维的形象把握。在儿童的意识中，"我"是万物的中心，世间没有比"我"更重要的存在，唯我独尊的地位尤其不可动摇，完全是以自我为中心直接感受外在事物。对这种思维方式的理解使丰子恺能顺利地进入儿童的世界，甚至设身处地做了儿童去感受他们的心理："我看见她在水门汀上骑竹马。她对我一笑，我分明看出这是叫我一同去骑竹马的意思。我立刻回她一笑，表示我极愿意，就从母亲的怀里走下来，和她一同骑竹马了。"② 稚拙的言辞点出了两个小孩初见面时的心意相通，真实地展现了孩子的情态和心理。这种设身处地也使丰子恺体味到了儿童在成人世界里生存的尴尬与不便。漫画《设身处

① 丰子恺：《送阿宝出黄金时代》，《丰子恺文集》第 5 卷，浙江文艺出版社 1992 年版，第 448 页。
② 丰子恺：《华瞻的日记》，《丰子恺文集》第 5 卷，浙江文艺出版社 1992 年版，第 141 页。

地做了儿童》描画的就是这样一种困境:房间里有异常高大的桌子、椅子和床铺,一个成人正努力地想爬上椅子去坐,可是椅子的座位比他的胸脯更高的现实使他的攀爬显得苍白无力;与椅子一样高的床铺使他爬上床睡觉的可能性大为缩小;要拿桌子上的茶杯来喝水更是一种幻想,桌面同他的头差不多高,放在桌子中央的茶杯比他的手大得多。漫画表现出了一切以成人为中心的生活,按照成人的便利标准设计的生存生活环境,造成儿童日常生活中的极大不便,体现了成人世界对儿童的忽视,这种忽视造成了儿童在家庭中寄存的实境和精神上的痛苦。他们不断地被要求按照成人的规则生活、成长。丰子恺非常同情孩子的处境,为孩子在成人礼仪道德驯化下的循规蹈矩、谦然有礼而扼腕叹息,这无意中宣扬了卢梭的"我们要让孩子们享受天赋的自由"、[①]"大自然希望儿童在成人以前就要像儿童的样子"[②]的观点。他要从儿童的视角来写他们在成人世界里的困惑,为儿童争一片自由生长的天地。《华瞻的日记》就是从瞻瞻的视角写出孩子对成人世界的不解:与郑德菱玩得兴味正好,却要被强拉回去吃饭;商店里的玩具分明是给小孩用的,爸爸却不肯拿回家;宝姐姐整天只夹了书包去上学却不愿跟自己玩;大人们端坐在椅子里说一些无聊的话,不怕厌气,而忘却了孩子的寂寞和缺少知己;更可怕的是爸爸被一个穿长衫的麻脸的陌生人又割又打(剃头),众人却无动于衷,任

---

　　① 〔法〕卢梭著,李平沤译:《爱弥儿》(上卷),商务印书馆1983年版,第88页。

　　② 同上书,第91页。

"我"一个人又恐惧又疑惑。成人世界对瞻瞻有着太多的神秘意味和太远的距离，他根本不懂内在的游戏规则，而成人却往往不顾及孩子的感受去任意主宰他们的世界，不懂他们对剃头的恐惧，只会一味地责怪他们"会哭"。丰子恺用一种儿童的思维方式与逻辑推理，站在孩子的角度，写出了一个完全是儿童眼睛里的童稚的世界与荒谬的成人世界，他本人也在叙述中变成了天真烂漫的孩子，真正设身处地做了儿童。

其次，对绝假纯真之童心的歌赞，优游于儿童世界的闲适与自在，表达了丰子恺对儿童的羡慕与崇拜。他盛赞儿童是"身心全部公开的真人"，① 是"出肝肺相示的人"，② 他们有着"天地间最健全的心眼"，"天赋的健全的身手和真朴活跃的元气"，③ 认为只有孩子们的生活才是纯洁无瑕、值得憧憬的，"世间的人群结合，永没有像你们样的彻底地真实而纯洁"。④ 他艳羡孩子"要把一杯茶横转来藏在抽屉里，要皮球停在壁上，要拉住火车的尾巴，要月亮出来，要天停止下雨"⑤ 的童真稚拙，倾慕孩子嫌花生米给得太少就咧嘴大哭，穿了爸爸的衣服会立刻认真地变成爸爸，两把芭蕉扇可

---

① 丰子恺：《给我的孩子们》，《丰子恺文集》第 5 卷，浙江文艺出版社 1992 年版，第 253 页。

② 同上书，第 256 页。

③ 丰子恺：《儿女》，《丰子恺文集》第 5 卷，浙江文艺出版社 1992 年版，第 114、115 页。

④ 丰子恺：《给我的孩子们》，《丰子恺文集》第 5 卷，浙江文艺出版社 1992 年版，第 256 页。

⑤ 同上书，第 254 页。

以认真地变成脚踏车的那份真诚与自然，那种丰富的想象与独创。他写下了《给我的孩子们》、《儿女》、《从孩子得到的启示》等散文作品，绘就了《花生米不满足》、《穿了爸爸的衣服》、《瞻瞻的车》、《阿宝两只脚，凳子四只脚》等漫画作品，直接表白了对儿童纯净天性的推崇和膜拜。在他的笔下，只吃蛋黄不吃蛋白的阿宝是"以为凡物较好者就叫做'黄'。所以有一次你要小椅子玩耍，母亲搬一个小凳子给你，你也大喊'要黄！要黄！'你要长竹竿玩，母亲拿一根'史的克'给你，你也大喊'要黄！要黄！'"① 瞻瞻每次出门去车站，都"多多益善的要买香蕉，满满地擒了两手回来，回到门口时，你已经熟睡在我的肩上，手里的香蕉不知落到哪里去了"。② 儿女的如此天真、无邪与自然使丰子恺不由自主地发出了这样的感慨："这是何等可佩服的真率，自然与热情！大人间的所谓'沉默'，'含蓄'，'深刻'的美德，比起你来，全是不自然的，病的，伪的！"③ 睁着欣赏玩味的眼的丰子恺真诚地审视着儿童天真稚拙的言行和生活，以饱蘸舐犊之情的笔书写着儿童生活的恬淡和率真，甚至欣然地描述着被围在一群儿女中间的闲适生活：那是一个炎热的下午，丰子恺带领四个孩子坐在地上吃西瓜，孩子们充溢着生的欢喜：

---

① 丰子恺：《送阿宝出黄金时代》，《丰子恺文集》第5卷，浙江文艺出版社1992年版，第448页。

② 丰子恺：《给我的孩子们》，《丰子恺文集》第5卷，浙江文艺出版社1992年版，第254页。

③ 同上书。

最初是三岁孩子的音乐表现，他满足之余，笑嘻嘻摇摆着身子，口中一面嚼西瓜，一面发出一种像花猫偷食时候的"ngam ngam"的声音来。这音乐的表现立刻唤起了五岁的瞻瞻的共鸣，他接着发表他的诗："瞻瞻吃西瓜，软软吃西瓜，阿韦吃西瓜。"这诗的表现又立刻引起了七岁与九岁的孩子的散文的、数学的兴味，他们立刻把瞻瞻的诗句的意义归纳起来，报告其结果："四个人吃四块西瓜。"①

丰子恺勾勒了一个吃西瓜的开心场景，在这场景中有孩子的言笑举动，有充满童稚的思维与心理，洋溢着盎然生机与家庭生活的情趣，呈现出孩子的一种至纯的生活情态。这显然表达了丰子恺对孩子的欣赏与靠近。更值得关注的是，深富童心的丰子恺不仅优游在儿女的世界里，与他们同喜共悲，做着共同的游戏，还为他们构筑童话《明心国》，以表达自己对儿童的崇拜与对儿童世界的憧憬。在明心国里，有长发赤脚、穿棕榈衣吃马铃薯、每人胸前挂一颗透明的心的野人，丰子恺盛赞这样的社会："他们想什么就显出什么，一点都不能瞒人，这真是最善良的人类社会，在这社会里，一定个个人坦白，个个人率真，个个人无事不对人言，个个人天真烂漫，这社会里绝对没有欺骗诈伪的事。"丰子恺所描绘的野人世界正是儿童的世界，那些喜怒哀乐形之于心的野人正是有着一念之本心的儿童，他们有的是儿童的纯真、坦白与自然。也正因此，在丰子

---

① 丰子恺：《儿女》，《丰子恺文集》第 5 卷，浙江文艺出版社 1992 年版，第 113—114 页。

恺的心目中，儿童有着与艺术、神明、星辰同等的地位，并认为童心的境界是人世间的纯正、和平和幸福的境界。

但是，绝假纯真之童心也要被人世间的礼仪、教条所规范，因此对失去童真的哀叹构成了丰子恺童年崇拜的第三个内容。儿童是美好的，童心是纯净的，但孩子总要长大，要经历尘世的磨炼而被成人社会所同化，洁净纯真的童心也要受到尘俗的浸染与蒙蔽。因此，丰子恺在盛赞与企慕孩子的童真时，也就带上了对孩子失去童真的哀愁和无奈。他看到：“成人的世界，因为受实际生活和世间的习惯的限制，所以非常狭小苦闷。孩子们的世界不受这种限制，因此非常广大自由。”[1] 孩子们每天自动地去做火车汽车的游戏，办酒，请菩萨，唱歌，堆六面画，创造着生活，而大人们一边呼号着“归自然”、“生活的艺术化”，一边却陷在枯坐默想、敷衍应酬的病残生活里。跟孩子相比，成人的世界里有太多不可超越的大自然的定理和不可破犯的人为的规律，成人的真的心眼早已被世智尘劳所蒙蔽，所斫丧，成了可怜的残废者。丰子恺认为孩子的长大是一种悲哀，在《给我的孩子们》一文的开头，他就明确地写道：“我的孩子们！我憧憬于你们的生活，每天不止一次！我要委曲地说出来，使你们晓得。可惜到你们懂得我的话的意思的时候，你们将不复是可以使我憧憬的人了。这是何等可悲哀的事啊！”[2] 尤其是当

---

[1]　丰子恺:《谈自己的画》,《丰子恺文集》第5卷,浙江文艺出版社1992年版,第467页。

[2]　丰子恺:《给我的孩子们》,《丰子恺文集》第5卷,浙江文艺出版社1992年版,第253页。

他看到那个曾拍手欢呼"阿宝两只脚，凳子四只脚"的稚气童真的阿宝已不知不觉地长成了少女，开始为父母分忧的时候，有一种送她出黄金时代的悲喜交集之叹，"一刹那间我心中感到深痛的悲哀。我怪怨你何不永远做一个孩子而定要长大起来"，他深深地为"我家将少却了一个黄金时代的幸福儿"而悲哀。① 在丰子恺的内心深处，他拒绝孩子的成长，痛惜孩子的长大，他希望孩子们就如那永不长大的彼得·潘，永不走出黄金时代。丰子恺所常常臆想的理想的人生是："小孩子长到十岁左右无病地自己死去，岂不完成了极有意义与价值的一生呢?"② 但是孩子的长大是生理发展的必然，他们会随着年龄的增长，对外界的见闻知觉日益深广，所懂的道理越来越多，受到的社会制度、道德习俗的制约也日益宽广。为了扬名避丑，他们会尽量地掩饰自己，纯洁、坦率、真诚的童心逐渐被虚伪所遮蔽，世界也就不再像童年时那样广阔自由，连一层纱布也不包的赤裸裸的鲜红的心开始一层又一层的被包裹起来。对此丰子恺不由得感叹："你们的黄金时代有限，现实终于要暴露的。这是我经验过来的情形。我眼看见儿时的伴侣中的英雄、好汉，一个个退缩、妥协、屈服起来，到像绵羊的地步。"③ 这不能不使丰子恺感到悲哀，可又不得不亲手将孩子们一个个地送出黄金时代，

① 丰子恺：《送阿宝出黄金时代》，《丰子恺文集》第5卷，浙江文艺出版社1992年版，第447、449页。

② 丰子恺：《阿难》，《丰子恺文集》第5卷，浙江文艺出版社1992年版，第148页。

③ 丰子恺：《给我的孩子们》，《丰子恺文集》第5卷，浙江文艺出版社1992年版，第256页。

去接受成人世界的压抑，沦为知识、名誉、生活以及自身欲望的奴隶。绝假纯真的童心也终因尘埃的遮蔽而荡然无存。

由此，在儿童的发现的社会背景中，在对童心的推崇成为时代标识的氛围下，丰子恺表达着对儿童世界的赞美和倾慕。他设身处地地想儿童所想，感儿童所感，热爱率真、坦诚、无私地将喜怒哀乐形之于色的儿童；他崇尚儿童的天真，推崇他们的游戏，并将他们对物的关怀，对个性的毫无顾忌的挥洒，对成人的模仿游戏等内容都摄入自己的创作视域之中，以妙趣横生的画面展现于眼前，以素淡隽永的文字记载着儿童的日常琐事，而且丰子恺是用欣赏、玩味的眼光审视着孩子们的游戏生活，真诚地赞叹着孩子的天真稚朴的。也正是这种以童心为崇拜对象的儿童观，使丰子恺在20世纪二三十年代的动荡的中国社会里找到了寄托心灵的精神家园，而他以心理上的亲和来体察童心的艺术特性，则是对儿童崇拜观念的张扬，是儿童的发现的延续性成果。

爱的哲学、少年人的初恋情怀和儿童崇拜，是我们从20世纪二三十年代浸润着儿童发现思潮的成人思维模式中遴选出来的典范个案，冰心、湖畔诗社和丰子恺是各自的理论代表。我们是要从对这三者的阐述中，说明随着儿童的发现，对童年现象的肯定，儿童的感知思维方式也影响到了某些成人的理性思考和哲学观念。在论证过程中，透过作家诗人的文学创作和观念表达，我们也触摸到了文学背后的艺术思考。实际上，儿童观不仅表现在文本之中，就像我们在前面三章所论述的，还表现于富有个性的对儿童的把握之中。这在西方对儿童观的各种阐发中已经获得了明晰的表达。卢梭张扬儿童的天性，提倡儿童自然地生长；华兹华斯提出"儿

童是成人之父"的概念；杜威认为儿童是中心和太阳。这些
儿童观呈现的正是在肯定童年的基础上，对儿童的思考和体
认的多样性。在中国的现代文学阶段，不仅打破了古代将儿
童视作未长成的小人和缩小的成人的儿童观念，建构完成了
儿童本位的儿童观，而且对儿童的把握呈现出了多元的态
势。冰心是以母性的成人视角去认识儿童的，在她的视野
里，天真烂漫的儿童是神圣的代名词，他们拥有天使的品
性，承载着冰心对他们全心的精神向往；湖畔诗人本身就是
童心未泯的大孩子，他们以近乎儿童的眼光和心理，抒写少
年人朦胧坦白、单纯明朗的快乐爱情，不必刻意地去阐发对
儿童的把握和理解，诗歌里的稚气欢唱已经直观地表达了诗
人对儿童的体认；丰子恺是以父亲的身份去关注围绕在身边
的一群小儿女的，但又能设身处地，以心理上的亲和去体味
童心童境，对儿童纯真的歌赞中夹杂着失去童真的哀叹。冰
心、湖畔诗人和丰子恺的文学创作和思维模式虽然都表达了
对儿童生命的肯定和精神个性的尊重，但又呈现出对儿童的
文化思考的多样性。这可以看作是对儿童的发现的承继和儿
童观的丰富。

余 论

  儿童的发现，是五四时期的重要事件之一。在颠覆、批判压制人的个性和独立人格的传统文化的时代气氛中，作为人类个体童年阶段的儿童，其生命形式、内在精神和独立价值获得了肯定和尊崇，"以儿童为本位"的现代儿童观得以建构成型，儿童的发现作为一个具体部分直接充实了人的发现的理论空间。

  我们把儿童的发现定位在五四这一时间点上，并不意味着旧文化就完全没有认识到儿童，相反，作为个体生命的延续形式、传宗接代的工具，儿童在传统的文化体系中是有着一定地位的，而且地位还不低。成人也为儿童制定了一整套规范而严密的教育体制。重视儿童教育一直是中国传统社会的显在态度，部分教育家如朱熹、王守仁等认识到儿童生理和心理的发展特点甚至儿童的年龄阶段特征，并认为儿童教育只有顺应儿童的身心、年龄，才能促进儿童的健康成长，否则只会阻碍儿童的积极发展。朱熹等人的这些思想见解，蕴含的是对儿童生命的理性把握，这对古代儿童文化的价值是不言而喻的。但是，传统文化对儿童地位和儿童教育的重视，是基于成人对儿童的塑造理想，而不是建立在对儿童精神个性和独立价值的理解和尊重的基础之上，传统伦理规范的教育内容和灌输式的教育方式构成的也是对儿童天性和精神个性的压抑和摧残。整个传统文化体现出的是对儿童生命特征和独立人格的压制和抹杀。朱熹等人对儿童生理、心理特征的科学论述，在如此庞大的文化体系的笼罩之下，只能寂寞、零星地存在着，不可能对古代儿童文化形成些许的触动。

五四新文化对儿童的发现是对儿童自身的发现，对儿童生命精神和独立人格的理解和尊重。这种儿童的发现、儿童观的变更，具体表现为"以儿童为本位"的崭新儿童观的成型。新的儿童观所带来的对文学的影响是丰富而多元的。它不仅触发了中国现代儿童文学的诞生和全新创造、建构了一门研究儿童文学的专门理论，而且对整个现代文学产生了多方位的影响。在成人文学领域，出现了儿童视角这一叙事策略，塑造出了具有儿童生命特征和精神气质的儿童形象系列，兴起了"爱的哲学"、"儿童崇拜"等思维哲学观念，以及具有现代性的儿童文学对成人文学的影响和渗透，等等。儿童的发现改变了现代文学看待世界和表现世界的方式，世界被展现出来的样子也呈现出新颖和丰富的色泽。尤其是儿童视角的进入文学创作，对现代文学的意义更为深远。一方面，儿童视角是以儿童作为叙述者，他的叙述远离了社会历史的沧桑，而成人视角则因成人思维的成熟、历经的沧桑和知识的丰富，叙事中常常更多地联系历史和社会，显示出历史的纵深感。就像《三国演义》、《红楼梦》指向的是历史的风云和家族的命运；茅盾的小说是对时代事件的忠实记录；鲁迅的《狂人日记》、《阿Q正传》蕴含的是对传统文化和国民劣根性的深切批判。在这些成人的叙述中，作家的价值取向和理念得到了清晰的表达，整个叙述过程呈现出严密的逻辑性，与零散化的儿童视角文本存在着明显的差异。另一方面，儿童视角的出现，丰富了中国小说的叙事手法。全知全能的成人视角是统治整个中国古典小说创作的主导，儿童视角的设置显然突破了这种叙事技巧上的单一和垄断。变换一种角度来看待社会，捡拾起被成人视角遗漏或放弃的材料碎片，构成了对成人视角的补充甚至一种映衬和对照，使叙事角度更趋多元化和现代化，提供了观照、表现世界的一个新的切入口。因此，儿童视角的设置和独立，建构的表现成人世界的独特意义和价值，使之成为整个新文学的一个重要的向度。

其实，儿童观的转变生长是人类文化史上一直延续的过程，五四时期儿童的发现则是儿童观的激烈变更，此后的儿童观依然在这基点上继续发展，尤其是当历史进入到20世纪八九十年代之时，儿童观更是走向了深入和多样化。与之相应，儿童视角和儿童形象也不断地丰富和充实。随着儿童观的发展，儿童视角所承载的内容呈现出了富有时代感的演变线索：二三十年代以鲁迅的《朝花夕拾》、《故乡》、《社戏》为代表，通过儿童视角所透露出的是作者独特而深刻的人生哲学思想和对封建文化的批判；40年代以萧红的《呼兰河传》为典范，更注重儿童的心理和感觉，以逼近儿童的心态去还原幼年时期的自我形象，并从这种还原中寄寓深层的人生和文化内容；到了八九十年代，以莫言的《透明的红萝卜》、《红高粱》为代表的先锋小说创作对儿童视角的采纳，则是用儿童独特的感觉颠覆成人世界，以儿童的非理性解构成人自认为的常识和次序，逼近真相。这些视角内涵的变化之中蕴含的是儿童发现的延续和儿童观的更迭。

儿童形象的演变更能展现出儿童观的丰富。整个现代文学阶段，尤其是五四时期，儿童崇拜是主导的时代思潮。在西方先进儿童观和"将来必胜于过去，青年必胜于老年"的进化论的观照之下，五四学人对现代文明有着执著的追求，代表着将来和希望的儿童也是这追求的一部分，于是"以儿童为本位"的现代儿童观的提出就带上了明显的进化论色彩。拥有真率的生命活力和保有自然天性的儿童作为成年人的参照得到了作家的一致颂赞。儿童形象几乎都是以天真纯洁为显在标识，散发着天使般的圣洁光辉。但是到了八九十年代，这种观念和形象遭到了极大的挑战。现代文明的发展所夹带来的精神危机，使人们不再迷信社会文明，开始反思文明对人类心灵的戕害，并企图恢复被实用主义价值观和机器文明所扭曲了的自然人性。他们否定社会的进化和发展，儿童也不再代表文明发展的倾向，回归文明之前的状态、寻根成为当时的主体追求。与之相应，小说中的儿童形象也不再是对抗成年人的积极存在，不再是希望和理想的载体。韩少功的小说《爸爸爸》中的丙崽就不是一个健全的形象，他是有着先天的精神残疾、老是长不大、自生至死都是一个"睁眦大的用也没有"的痴愚呆傻的小老头，不仅外在形象是不健全不健康的，"眼目无神，行动呆滞"，而且只能发出"爸爸"、"X妈妈"这两种音响符号，以表示他一喜一怒两种最简单的生理反应。在他的身上，保留的是原始初民的浑朴落后、愚昧蛮荒，却又不自觉地抛弃了祖先的威武雄壮和古道热肠，似乎是一个返祖的形象，却又无法回复到祖先健全雄壮的生命形式。苏童《罂粟之家》中刘老侠的那四个被"弃于河中顺水漂去"的孩子，也存在着返祖的形象特征，"他们像鱼似的没有腿与手臂，却有剑形摆尾"。作为儿童，他们不再是成人眼中寄寓着希望和理想、代表着人类的进步和发展的生命个体，而是在特定的文化背景中孕育出来的畸形产物，相对于成人，他们是退化的、消极的存在物。莫言则直接宣称种的退化。代表着过去文明的"我爷爷"、"我奶奶"有着强悍的生命力，他们敢爱敢恨，泼辣张扬，在高粱地里演出"一幕幕英勇悲壮的舞剧"，在粗野不驯的个性和行为中显现出一种强劲而质朴的生命激情。而"我"只能站在爷爷的"墓碑上，怒气冲冲地撒上一泡尿"，这不由得"使我们这些活着的不肖子孙相形见绌，在进步的同时，我真切感到种的退化"（莫言《红高粱》）。社会的进步文明的发展，带来的是人种的退化，父辈的彪悍泼辣在儿童的身上荡然无存，他们已经不同于五四时期进化论观念指导下的作为成人的进步的儿童形象。在种族退化的趋势下，儿童不仅没有胜过成年人，而且不如成人，即使连被五四作家所倾羡并津津乐道的那一点纯净自然也已在现代文明的熏染下消失殆尽。因此，在八九十年代的社会文化背景中，一度被五四作家附加在儿童身上的神圣光环，遭到了当代作家的无情颠覆和解构，失去了纯净天性和无限生命力的儿童不可能再承载起成人的理想和希望，反而成了种的退化的形象载体。当然，如此说并不是全盘否定八九十年代作品中依然存在着的

"成人之父"的儿童形象，而是想说明，随着儿童观的发展，儿童形象也趋于复杂，不仅有胜过成人的儿童，也有不如成人的儿童。承载着种的退化这一文化内涵的儿童，他们以一种群体和潮流的形式出现，是现代人对文明反思的结果，构成了对五四时期儿童是人类理想的维系的观念的一种补充和当代文化语境下的别样思考，呈现出儿童观内涵的多元性特征。

儿童视角、儿童形象、深富童心的成人哲思的出现，文学形式与内蕴的丰富，都是五四时期儿童的发现带给整个现代文学的影响，而且这种影响还将随着历史的发展不断地丰富和变化。因为儿童的发现还在延续、在发展。

参考文献

文学作品

鲁迅：《鲁迅全集》，人民文学出版社1981年版。

冰心：《冰心文集》，上海文艺出版社1982年版。

废名：《冯文炳选集》，人民文学出版社1985年版。

凌叔华：《凌叔华文集》，北京燕山出版社1998年版。

《中国现代短篇小说选》，人民文学出版社1980年版。

《中国现代儿童文学选》，江苏人民出版社1981年版。

张爱玲：《张爱玲文集》第1卷，安徽文艺出版社1992年版。

庐隐：《中国现代文学名著丛书·庐隐卷》，太白文艺出版社1997年版。

黄谷柳：《虾球传》，花城出版社1979年版。

丰子恺：《丰子恺文集》，浙江文艺出版社1990年版。

张天翼：《张天翼文集》，上海文艺出版社1985年版。

萧红：《萧红小说全集》，时代文艺出版社1996年版。

萧乾：《萧乾选集》（第 1 卷），四川人民出版社 1983 年版。

端木蕻良：《端木蕻良文集》第 3 卷，北京出版社 1999 年版。

骆宾基：《混沌初开——姜步畏家史》，北京十月文艺出版社 1994 年版。

沈从文：《沈从文文集》第 1、7 卷，花城出版社、三联书店香港分店 1982 年版。

王统照：《王统照文集》，山东人民出版社 1982 年版。

陈衡哲：《小雨点》，新月书店 1928 年版，上海书店 1965 年影印本。

叶圣陶：《叶圣陶集》，江苏教育出版社 1987 年版。

老舍：《老舍小说经典》（第二卷），九洲图书出版社 1995 年版。

蒋光慈：《蒋光慈文集》，上海文艺出版社 1982 年版。

应修人等：《湖畔》，湖畔诗社 1922 年版。

理论著述

《新青年》（1915—1921 年）

《晨报副刊》（1920—1928 年）

《文学》（1933—1937 年）

周作人：《周作人自编文集》，河北教育出版社 2002 年版。

夏丏尊：《夏丏尊文集·文心之集》，浙江人民出版社 1983 年版。

陈平原：《中国小说叙事模式的转变》，北京大学出版社

2003年版。

张寅德编选：《叙述学研究》，中国社会科学出版社1989年版。

胡从经：《晚清儿童文学钩沉》，少年儿童出版社1982年版。

乐黛云编选：《国外鲁迅研究论集》，北京大学出版社1981年版。

西北大学鲁迅研究室编：《鲁迅研究年刊》（1980年号），陕西人民出版社。

茅盾：《茅盾文艺杂论集》，上海文艺出版社1981年版。

王富仁：《中国反封建思想革命的一面镜子》，北京大学出版社2000年版。

冯黎明等主编：《当代西方文艺批评主潮》，湖南人民出版社1987年版。

方卫平：《中国儿童文学理论批评史》，江苏少年儿童出版社1993年版。

孙建江：《二十世纪中国儿童文学导论》，江苏少年儿童出版社1995年版。

班马：《前艺术思想》，福建少年儿童出版社1996年版。

王泉根：《现代中国儿童文学主潮》，重庆出版社2000年版。

朱自强：《中国儿童文学与现代化进程》，浙江少年儿童出版社2000年版。

梅子涵等：《中国儿童文学五人谈》，新蕾出版社2001年版。

朱智贤：《儿童心理学》，人民教育出版社1981年版。

刘晓东：《儿童精神哲学》，南京师范大学出版社 1999 年版。

王泉根评选：《中国现代儿童文学文论选》，广西人民出版社 1989 年版。

雷群明：《中国古代童谣》，上海文艺出版社 2003 年版。

陈蒲清：《中国古代寓言史》，湖南教育出版社 1983 年版。

范伯群：《冰心研究资料》，北京出版社 1984 年版。

王训昭：《湖畔诗社评论资料选》，华东师范大学出版社 1986 年版。

［德］卡西尔：《人论》，甘阳译，上海译文出版社 1985 年版。

［法］华莱士·马丁：《当代叙事学》，伍晓明译，北京大学出版社 1990 年版。

［美］W. C. 布斯：《小说修辞学》，华明等译，北京大学出版社 1987 年版。

［法］热拉尔·热奈特：《叙事话语·新叙事话语》，王文融译，中国社会科学出版社 1990 年版。

［德］席勒：《审美教育书简》，冯至、范大灿译，北京大学出版社 1985 年版。

［奥］阿德勒：《自卑与超越》，黄光国译，作家出版社 1986 年版。

［法］卢梭：《爱弥儿》（上下卷），商务印书馆 1983 年版。

［美］杜威：《学校与社会·明日之学校》，赵祥麟、任钟印、吴志宏译，人民教育出版社 1994 年版。

〔瑞士〕皮亚杰：《发生认识论原理》，王宪钿等译，商务印书馆 1981 年版。

〔奥〕弗洛伊德：《梦的解析》，国际文化出版公司 1998 年版。

〔奥〕弗洛伊德：《摩西与一神教》，李展开译，三联书店 1989 年版。